왕과 왕비님의 신혼일기 ◉ 2

왕과 왕비님의 신혼일기
◉ 2
유오디아 장편소설
결

차례

돌아온 홍몽남

난 그의 말에 주변을 둘러보다가 깜짝 놀라 말했다.

"혹시 이 근처에 동굴이 있지 않나요?"

"맞습니다. 그걸 어찌 아시는지요?"

"그건…."

난 잠시 고민하다가 내가 미래에서 온 사실을 말하지 않기로 했다.

"과거에 우연히 이곳을 지나간 적이 있어요. 그런데… 여긴 왜 온 거죠?"

그가 갑자기 걸음을 멈추더니 슬픈 목소리로 말했다.

"이곳이 소희의 무덤입니다. 중전마마."

그가 걸음을 멈춘 자리 앞에는 아무런 표식도 없이 봉분만 있는 작은 무덤이 덩그러니 있었다. 봄이 왔는데도 풀도 돋아나지 않은 무덤은 마치 얼마 전에 조성한 것처럼 깨끗했다. 나는 그 무덤 앞에서 긴 한숨을 내쉰 후 원근을 돌아보았다.

"나를 이곳에 데려왔다면… 분명 이유가 있겠죠?"

"그렇습니다."

"말씀해주세요. 나를 이곳에 데려오신 이유."

"소희가 죽은 이유를 말씀드리려 하기 때문입니다."

"그녀가… 죽은 이유?"

경복전에서 홀로 아침 문후를 온 왕은 들뜬 목소리로 사냥을 가겠다고 말했다.

"사냥이라니?"

당황스러운 이야기였다. 왕의 사냥은 하루아침에 결정될 수 있는 것이 아니었기 때문이다.

"멀리는 가지 않을 것이옵니다. 그러니 이르게 출발하면 해질 무렵에는 환궁이 가능할 듯하옵니다."

왕이 너무나도 밝은 얼굴로 말하고 있어서 대왕대비는 입도 벙긋하지 못했다. 그러자 혜경궁이 이런 대왕대비를 대신해서 나섰다.

"주상, 안 될 말입니다. 자고로 임금의 사냥에는 준비할 것이 아주 많습니다. 하루아침에 무작정 사냥을 나가겠다니? 이는 연산조 때도 없었던 일입니다."

"그래서 최소한의 인원만 대동하려고 합니다."

"그래도 안 됩니다."

혜경궁이 재차 말렸을 때였다. 대왕대비가 나섰다.

"다녀오세요."

"대왕대비마마!"

평소와 다르게 혜경궁이 목소리를 높였지만 소용이 없었다. 왕의 마음은 이미 궁궐 밖에 나가 있었던 것이다.

"무리하지는 마시고. 너무 늦게 돌아오셔서도 안 됩니다."

"예. 그리하겠습니다."

왕이 신나서 밖으로 나가자 대왕대비가 짧은 웃음을 흘렸다. 그러나 혜경궁은 웃지 않았다. 심각했다.

"어찌 허락하셨사옵니까?"

"혜경궁은 보고도 모르겠소? 주상의 마음은 이미 옹주가 있는 이서구의 사저에 가 있소. 막아서 될 일이 아니오. 이미 그곳에 가 있는 마음을 되찾아올 시간을 주어야겠지."

"주상의 마음이 이서구의 사저에 있다뇨? 그곳은 지금 옹주가 있는 곳이 아닙니까. 아… 설마 중전 때문이옵니까?"

대왕대비가 소리 내어 웃었다.

“그게 아니라면 갑작스러운 사냥이 무슨 이유겠소. 주상이… 어지간히 애달픈가 보오.”

“민망할 따름이옵니다. 분명 왕과 왕비의 사이는 좋을수록 좋다지만, 과해서도 아니 되지 않겠습니까?”

“글쎄… 난 막아서 될 일이 아니라면 굳이 막을 생각은 없소. 지나치지만 않다면 말이지.”

“제 말이 바로 그 말이옵니다. 너무 과하옵니다. 서둘러 간택 후궁이라도 들여야 하옵니다.”

혜경궁의 말에 대왕대비가 반문했다.

“어째서?”

“예?”

그러자 그때까지도 대왕대비와 혜경궁의 대화를 가만히 듣고 있던 대비가 고개를 들었다.

“난 곧 좋은 소식이 있을 것이라 기대하고 있소. 그러니 중전이 대군을 생산할 때까지는 후궁 이야기를 꺼내어 중전에게 부담을 줄 생각이 없소.”

“그 말씀도 옳습니다마는… 선왕 때도 그러했고 왕실은 적통 대군이 귀하지 않사옵니까? 그러니 하루라도 빨리 후궁을 여럿 두어 많은 왕자를 생산할 수 있게 하심이….”

대왕대비의 눈초리가 날카로워졌다.

“잘 들으시오. 주상의 후궁 문제는 아직 논하기에 이르오.

무엇보다도 중전이 원자를 생산할 때까지는 후궁 문제를 거론하는 것을 일절 금할 것이오."

"하, 하오나…."

대왕대비의 눈치에 혜경궁이 말을 더듬던 그때였다. 잠자코 있던 대비가 입을 열었다.

"대왕대비마마의 말씀이 모두 옳사옵니다. 헌데 만에 하나라도 중전이 회임할 수 없는 몸이라면 어찌하시겠사옵니까?"

"대비."

"신첩처럼 말이옵니다."

대비가 자신을 스스로 거론하며 나서자 대왕대비도 입을 다물었다. 이 순간 대비는 이 언쟁의 승리자이자 패배자였다. 과거 선왕은 대비에게 약조했다. 건강한 적통 대군을 낳아준다면 결코 후궁을 들여 왕비인 그녀의 마음을 다치지 않게 하겠다고. 하지만 그녀는 단 한 번도 회임하지 못했다. 처음부터 회임이 불가능한 몸이었다. 결국 선왕은 약속을 지키지 못했다. 그러나 대비는 이 일에 대해서 한 번도 드러내놓고 원망할 수가 없었다.

원근이 이야기를 시작했다.

“지금의 주상전하께서 세자이던 시절 금혼령이 내려지고 간택이 치러졌습니다. 하지만 삼간택은 치러지지 않았습니다. 선왕께서는 제 누이였던 소희를 마음에 두고 계셨기 때문이지요. 이 사실을 조정 대신들 모두가 알고 있었습니다.”

“그래서 결국 소희는 최종 간택에서 뽑혔지요?”

원근이 고개를 끄덕였다.

“예, 그렇습니다. 그런데 납채례를 앞두고 갑작스럽게 선왕께서 승하하셨습니다.”

납채례는 국혼의 가장 첫 번째 단계. 최종 간택에 뽑힌 규수가 별궁에 입궐해서 혼인 전 예법을 배우는 것이다. 나는 이미 어의동 별궁에서 이 납채례를 치렀다.

“그래서 국혼이 미뤄졌겠군요.”

선왕이 죽었으니 삼년상. 이 삼년상 동안 국혼은 기약 없이 미뤄졌다.

“예. 그사이에 대왕대비마마께서 어린 주상전하를 대신해서 수렴청정을 하셨고, 대왕대비마마의 집안인 경주 김씨를 주축으로 다시 삼간택을 치러야 한다는 말이 나오기 시작했습니다.”

“어째서죠?”

“무엇보다 삼간택을 치를 당시와 상황이 달라졌기 때문입니다. 소희가 최종 삼간택에 올랐을 때 전하는 세자저하이셨지요. 그러니 세자빈을 뽑는 삼간택이었습니다. 하지만 선왕께서 승하하시고 세자저하가 즉위하시자, 세자빈 삼간택으로 뽑힌 처자를 왕비로 세울 수 없다는 이유를 댄 것입니다."

"그랬군요…."

"예. 그 기간이 선왕의 국상 기간인 3년입니다. 그 3년간… 조정에서 국혼도 올리지 않은 소희를 내쫓고 새 간택을 해야 한다면서 탁상공론이 이어지는 동안… 제 누이는 방구석에 틀어박혀 세상 밖으로 나오려 하지 않았습니다. 식사를 거르는 일도 많았고… 점점 야위어가고… 그렇게 죽어가고 있었습니다."

"그래서 소희가 죽은 이유가 그 때문인가요?"

원근이 고개를 저었다.

"아닙니다. 소희는 그 때문에 죽은 것이 아닙니다."

"그럼요?"

"소희는 스스로 목숨을 끊었습니다."

난 이해할 수가 없었다.

"새로 간택을 하겠다는 결정이 내려진 것도 아닌데 스스로 목숨을 끊었다고요?"

"그것도 아닙니다."

"그럼 왜…."

"정인이 생겼기 때문입니다."

정인? 정인은… 연인을 말하는 건가? 소희에게 숨겨진 연인이 있었다고?

“정말인가요?”

“그렇습니다. 소희는 자신의 정인이었던… 저의 성균관 동무이기도 한 ‘홍몽남’과 함께 스스로 목숨을 끊었습니다. 선왕의 국상 기간이 끝난 후 대왕대비마마께서 소희를 불러 보시고는 최종 간택에 낙점하시겠다고 공표하신 다음이었습니다.”

그날에 대해서는 이미 들어 알고 있었다. 대왕대비는 그 자리에 왕을 불렀다. 왕은 소희를 첫눈에 마음에 들어 했다. 적어도 그녀에게 호감은 있었다. 왕이 드러내놓고 소희에게 관심을 보였기 때문에 대왕대비는 이런 왕의 의사를 존중해서 최종적으로 소희를 왕비로 낙점한 것이다

온몸에 소름이 돋았다. 한 소녀의 운명을 바꾸어놓았고 지금의 나를 있게 했던 사건. 분명 어느 한 사람의 잘못 때문만은 아니었다. 여러 사건들이 맞물려서 지금의 결과를 낳은 것이다.

하지만… 왕이 첫눈에 반했던 소녀 김소희는 지금 이곳에 묻혀 있다. 왕은 그러한 사실도 모른 채 나에게 아낌없는 애정을 주었지. 원래는… 그녀가 받았어야 할 사랑과 애정을.

나는 먹먹한 마음으로 그녀의 초라한 무덤을 쳐다보았다.

"그녀의 정인이라는 홍몽남은요? 함께 묻혀 있나요?"

죽어서라도 함께했다면 내게 작은 위로가 될 것 같았다. 그런데 내 질문에 원근의 표정이 어두워졌다.

"함께 죽었다면서요?"

"함께 목숨을 끊으려 한 것은 맞습니다. 그 두 사람의 시신을 직접 확인하고 묻어주려 한 것도 저였으니까요. 그런데 홍몽남의 시신만 사라졌습니다."

"시신이… 사라져요?"

따분하기 그지없는 신부 수업을 받고 있던 옹주에게 기쁜 소식이 날아든 것은 오후쯤이었다.

"마마! 옹주마마!"

"무슨 일인데 그리 호들갑이냐?"

옹주 곁에 앉아 있던 가순궁이 호들갑 떠는 나인을 꾸짖었다. 그러자 나인이 목소리를 낮추며 아뢰었다.

"주상전하께서 오셨사옵니다…."

"전하 오라버니가?!"

이 말에 옹주가 자리를 박차고 일어섰다.

"예! 지금 사냥을 가시던 길에 잠시 이곳을 지나면서 들르셨다고 하옵니다!"

"어디 계신데? 지금 어디에 계시냐구!"

"막 대문 앞에…."

"전하 오라버니한테 갈래!"

옹주가 신이 나서는 방을 박차고 밖으로 뛰어나갔다.

"전하 오라버니!"

잔뜩 신이 나서 왕을 찾아 대문 앞으로 달려간 옹주는 크게 실망하고 말았다. 대문 안쪽 마당에는 왕이 타고 온 말과 왕을 호위하는 병사들은 있었다. 그러나 왕은 없었다.

옹주는 왕의 오랜 동무인 조인영을 발견하고는 그에게 다가갔다.

"인영!"

"옹주마마."

옹주를 본 인영이 서둘러 말에서 내려와 옹주에게 인사를 올렸다.

"오라버니는요? 전하 오라버니는 어디에 있어요?"

"전하께서는…."

인영이 옹주의 눈치를 살피며 조심스럽게 말했다.

"아마 중전마마께서 어디에 계신지를 찾는 것이 먼저일 듯 싶습니다만."

"에? 그게 무슨 말이에요?"

“중전!”

중전이 머물고 있다는 별당까지 뛰어온 왕은 아무도 없는 고요한 별당 앞에서 잠시 머뭇거렸다. 중전을 모시는 나인들도 하나도 보이지 않는 상황. 이상하다 싶으면서도 왕은 두근거리는 마음을 안고 별당에 올랐다.

“중전…!”

그러나 별당의 문을 열고 안으로 들어가자 그곳에는 아무도 없었다. 그나마 중전이 쓰는 물건들이 보여 그녀가 이곳에서 머물고 있다는 사실은 확인할 수 있었다.

“저… 전하…!”

뒤늦게 왕이 왔다는 소식을 들은 이서구가 달려와 무릎을 꿇었다. 왕은 그에게 눈길조차 주지 않은 채 쌀쌀맞게 물었다.

“중전은 어디에 있소?”

“그게… 이른 아침에 홍문관 김 응교가 찾아와 중전마마를 모시고 갔사옵니다. 아마 친정에 가신다고 그리 들었던 것 같사옵니다.”

“김 응교?”

홍문관 응교라면 중전의 둘째 오라버니인 김원근이다.

그러고 보니 전날에 친정에 다녀와도 된다고 허락한 것은 왕이었다. 그러나 자신이 오는 것도 모른 채 신이 나서 친정에 바로 가버렸을 줄은 생각도 못 했다. 중전이 이곳에 없다는 사실에 왕은 온몸에 힘이 빠지는 기분이었다.

"알겠소. 그만 물러가시오."

"호, 혹시 더 필요하신 것은 없으시옵니까?"

"없소. 없으니 물러가시오."

왕이 이서구를 내쫓아버리고 별당에 털썩 주저앉았다. 단 하루만 머물렀을 텐데도 오늘 처음 온 낯선 별당 안에 중궁전에서 맡았던 내음이 가득했다.

"하아…."

그러나 이것도 왕에게는 위로가 되지 못했다. 울적한 듯 연신 한숨만 내쉬는 왕의 뒤로 조인영이 나타났다.

"전하?"

"…말 걸지 말게. 말하고 싶은 마음도 없으니."

조인영은 애써 웃음을 참으며 왕의 곁으로 다가왔다.

"이곳으로 오다 들으니 중전마마께서 친정에 가셨다지요?"

"…그만해라."

한 번만 더 물어봤다가는 왕이 조인영에게 싸움이라도 걸 상황이었다.

"허면 국구의 집으로 가셔서 중전마마를 뵙고 오시지요."

"여기까지 오는데도 이 난리였다. 그런데 과인보고 국구의 집으로 가라고? 중전이 좋아하지도 않을뿐더러 궁궐보다도 더 불편한 자리가 될 것이다."

조인영이 조심스럽게 말했다.

"어차피 지금 국구는 입궐해 있을 시간이옵니다. 그곳에서 누가 전하의 용안을 알아보겠사옵니까?"

"김 응교가 있지 않느냐."

"전하께서 미복(微服)을 하고 가시면 김 응교도 감히 전하를 전하라고 부르지 못할 것이옵니다."

"미복?"

전혀 생각하지 못했던 방법이다. 미복으로 간다면 소수의 인원만 데리고 조용히 다녀올 수 있었다. 어쨌든 왕의 목표는 왕비를 보는 것. 괜히 왕이 납셨다며 광고하며 보러 가는 것은 아니다.

"그거 좋은 생각이로구나!"

왕이 자리에서 벌떡 일어섰다.

그때 밖에서 왕을 찾는 옹주의 목소리가 들려왔다.

"전하 오라버니이!"

옹주의 목소리를 들은 왕이 서둘러 별당의 문을 닫았다.

"여기서 옹주에게 잡히면 미복이고 뭐고 이곳을 나가지 못할 것이다."

"하오면 어찌하시려고…?"

왕이 조인영과 마주 섰다. 그의 키는 왕과 얼추 비슷했다. 왕은 그가 입은 도포와 머리에 쓴 갓을 가리키며 말했다.

"내놓아라."

"예?"

"바꿔 입자."

"예에?!"

그가 입은 옷은 그렇다 치더라도 왕이 입은 옷은 왕의 사냥복이었다. 잘못 입었다가는 역모 죄로 죽기 십상이었다.

"어서 벗거라. 어서!"

왕이 강제로 조인영의 옷을 벗기려고 했다. 조인영은 얼굴이 새파랗게 질려 고개를 가로저었다.

"이것은 아닌 듯하옵니다. 제가 바로 나가서 전하께 맞는 옷을 구해 올 터이니…"

"그럴 시간이 어디에 있느냐!"

왕이 재촉하는 사이에 옹주의 목소리가 더욱 가까워졌다.

"오, 라, 버, 니, 이?"

"옹주의 목소리가 들리지 않느냐? 어서 벗어라! 어명이다!"

"전하…."

이제 더는 피할 곳도 없었다. 조인영은 울며 겨자 먹기로 입고 있던 도포를 벗었다. 그사이 왕도 자신이 입은 사냥복을 벗어 던지고는 조인영이 벗어놓은 옷으로 갈아입었다.

"전하 오라버니? 여기에 있사옵니까?"

옹주가 별당의 문 앞에 섰을 때였다.

쾅! 문이 열리더니 갓을 깊게 눌러쓴 왕이 튀어나왔다. 옹주가 당황하며 옆으로 물러섰다.

"인영?"

조금 전 인영을 만났던 옹주는 그의 옷차림을 알아보고는 웃으며 다가왔다.

"전하 오라버니는?"

그러자 인영의 옷으로 갈아입은 왕이 손짓으로 별당 안쪽을 가리켰다.

"아하! 전하 오라버니가 지금 이 안에 계시는구나! 전하 오라버니이!"

옹주가 신이 나서 별당 안으로 뛰어 들어가자 왕은 재빨리 자리를 떴다.

"시신이… 사라져요?"

원근이 하려는 얘기는 어쩌면 지금부터 시작인지도 몰랐다

"예, 살아 있을지도 모른다는 생각을 했지만… 그날 이후로

그를 그 어디에서도 보지 못했습니다. 그러니 정말로 죽었을지도 모르지요."

마음이 무겁다. 죽음까지 함께하려던 연인이 죽어서도 이별한 채로 있다니.

하지만 그보다도 내 마음을 무겁게 짓누르는 이유는 따로 있었다.

"만약에요. 그럼 만약에요… 소희가 살아 있었다면… 왕비가 되었을까요?"

"무슨 말씀이십니까?"

나는 가슴속에만 묻어두려던 말을 원근에게 꺼냈다.

"전하께서 소희의 얼굴을 본 적이 있으세요. 대왕대비마마께 불려갔던 그날… 전하께서도 소희를 보셨어요."

"그 이야기는 저도 들어서 알고 있는 이야기입니다."

"그때… 전하께서 소희를 첫눈에… 마음에 들어 하신 것 같아요."

"예?"

원근도 이것은 모르는 이야기. 하지만 나는 안다. 왕은 분명 첫눈에 소희에게 호감을 느꼈다.

만약 소희가 홍몽남을 사랑한 채로 왕비가 되었다고 하더라도… 지금의 왕을 보면 안다.

그가 쉴 새 없이 퍼부어주는 사랑에 소희도 마음을 돌렸을 것이다. 홍몽남이 어떠한 남자였든 소희는 사랑할 수밖에 없는 왕을 사랑하게 되었을 것이다.

그것은 내가 존재하지 않았을 '만약'이 깔린 세상의 이야기. 소희가 죽지 않고 살아서… 진짜 순조의 왕비가 되었을 때의 이야기.

"전… 전하가 좋아요. 아주 좋습니다."

그리고 그를 사랑한다.

"하지만 지금 저에게 향해 있는 전하의 마음이… 애초부터 저를 향한 것이 아닌 소희를 향한 것이었다면…."

난 어떻게 해야 할까? 그와 함께 나눈 사랑은 모두 나의 일방적인 사랑이 되어버리는 것일까?

이제 난 왕을 사랑하지도 않고 죽었던 여인을 질투해야 하는 처지가 되어버렸다. 결국 눈물을 보이고 만 나를 원근이 자신을 향해 돌려세운다.

"중전마마. 중전마마."

그는 내 눈물을 닦아주지 않지만, 내가 흘리는 눈물을 피하려 하지 않는다. 그는 지금 내가 흘리는 눈물의 의미를 가장 잘 아는 사람이기에.

"중전마마는 지금까지 아주 잘하셨습니다."

"무엇을요? 그저 소희의 자리를 대신해 중전이 되었을 뿐인데요."

"아뇨. 지금 전하를 가슴 깊이 좋아하신다고 말씀하셨습니다. 그 마음, 진심이십니까?"

"진심이에요…."

진심이라고 말하는데 눈물이 배가 되어 폭포수처럼 흐른다. 내 감정을 어디서부터 주체해야 할지 모를 정도로 진심으로 왕을 사랑하고 있었다.

나, 황나래가.

"그렇다면 진짜 김소희로 사십시오."

"네?"

"소희의 죽음은… 이 김원근의 가슴속에 영원한 비밀로 묻을 터이니… 이제부터 진짜 소희로 살아주십시오. 마마는 황나래가 아니라 진짜 김소희로 사시는 것입니다."

"누구시라고요?"

"김원근과 홍문관에서 함께 일하고 있소."

김조순 댁 집사는 의심스러운 눈길로 왕의 차림새를 살폈다. 잘 차려입긴 했는데 생각보다 옷이 약간 작아 보인다. 빌려 입은 듯 그러면서 아닌 듯 잘 받는 옷발까지.

도대체 '너는 누구냐?'라는 시선에 왕은 명쾌한 해답으로 김원근을 팔아넘긴 것이다.

"둘째 나리께서는 출타하셔서 아직 돌아오지 않으셨습니다."

"그렇소? 그럼 안에서 기다리겠소."

"급한 일이 아니면 나중에 오시지요."

"우린 아주아주 가까운 동무요. 나를 그대로 내쫓았다가는 나중에 김원근에게 크게 혼날 것이오."

"…그래요?"

영 시답잖다는 표정. 아무래도 가까운 사이라고 해놓고 첫 방문이라 하니 의심을 받기 딱 좋긴 했다. 그래도 이 상황은 왕에게 전혀 난처하지 않았다. 무엇보다 왕의 목적은 따로 있었다.

"일단 들어오시지요. 원근 나리 처소에서 기다리시면 될 듯합니다."

"고맙소."

집사의 뒤를 따라 들어가며 왕은 매와 같은 눈으로 집 안을 살폈다. 도무지 '왕비'가 방문한 것으로 보이지 않는 집 안의 조용한 분위기 때문이었다. 집사의 뒤를 따라 들어가며 왕이 넌지시 물었다.

"소문을 듣자 하니 중전마마께서 친정을 방문하셨다던데."

"잘못된 소문이지요. 중전마마는 궁궐에 계시지 않겠습

니까?"

왕은 이 말에 의문을 품었다. 중전이 옹주를 따라 이서구의 사저로 출궁한 사실은 일부러 조정에도 알리지 않고 처리했지만, 친정에서조차 출궁한 사실을 모르고 있다? 여기에 분명 이서구의 사저에 와서 중전을 데려간 사람은 김원근이라고 했다. 그런데 김원근도 중전도 친정에 없었다.

'너무 빨리 왔나?'

아마 중전은 가마를 타고 친정으로 향했을 것이다. 이와 반대로 자신은 말을 타고 급하게 이곳에 왔으니… 길이 엇갈렸을 수도 있다 싶었다. 왕은 시름 섞인 긴 한숨을 속으로 삼키며 안내받은 원근의 방 안으로 들어갔다.

"여기 계시지요."

집사가 물러간 후 왕은 깔끔하게 정돈된 원근의 방 안을 둘러보았다. 무엇보다 궐에서 보지 못한 희한한 서적들이 많은 듯했다. 이리저리 서적을 뒤적거리며 중전이 없는 무료한 시간을 보내던 왕의 귓가에 여인들의 소곤거림이 들려왔다.

"둘째 나리가 아직 안 돌아오셨다고?"

"그럼 어서 끝내자."

"대충 해. 안 그래도 아침에 닦았는걸."

"그럴까?"

집안 하녀 두 명이 대청에 물걸레질을 하려고 온 모양이었다. 그녀들은 문 하나를 사이에 두고 왕이 원근의 방 안에 있다는 사실을 모르는 듯했다. 그녀들은 하려던 일은 안 하고 대청에 앉아 수다를 떨기 시작했다.

"그나저나 세상 참 좋아. 우리 큰아가씨가 정말 중전마마가 되실 줄 누가 알았겠느냐고."

중전이 된 소희를 칭찬하는 이야기로 시작하는가 싶어 왕도 귀를 기울였는데 다른 하녀가 소희의 이야기를 꺼낸 하녀를 꾸짖었다.

"쉿. 조용히 못 해. 이 집안에서는 큰아가씨 이야기는 절대 금기인 거 몰라?"

"왜 우리만 금기여야 하는데? 어차피 중전마마가 되셨으니 모든 사람들의 입방아에 오르시는걸."

"얘가 아직도 정신 못 차렸네. 지난번에 못 들었어? 대감마님께서 몽남 도련님을 발견하는 즉시 죽이려고 사람까지 보낸 거."

"그런데 그거 정말일까?"

"정말이지. 대감마님께서 몽남 도련님에게 몰래 건 현상금이 얼만데. 그래서 아가씨가 중전마마가 되시자마자 몽남 도련님이 한양에서 종적을 감춘 거라고."

"난 여전히 못 믿겠어. 아가씨 말이야. 그렇게 좋아서 죽고 못 살던 몽남 도련님을 놔두고 어떻게 안색 하나 안 바꾸고 입궐하실 수 있지? 부귀영화가 좋긴 좋은가 봐."

"중전마마잖아, 중전마마. 그 자리를 얻기 위해서라면 옛 정인의 목이 달아나든 말든 상관없는 거라고, 큰아가씬."

방 안에서 그녀들의 대화를 엿듣던 왕의 눈에 힘이 실렸다.

"그러니까 말이야. 가난한 데다가 조정에 연줄도 없어 과거도 못 보는 유생 따위를 정인으로 삼으시다니. 젊어서 시시덕거릴 때나 좋지. 결국은 그 유생과 함께했다간 거지꼴 못 면할까 봐 국모의 자리를 택하신 게 아닐까."

"호호호… 하여간 우리 같은 천것들이 왕비 자리에도 오를 수 있는 규수의 속을 어찌 다 알겠어?"

"그러게 말이야."

탁! 원근의 방 안에서 소리가 들리자 수다를 떨던 하녀들이 일순간 입을 다물었다.

"뭐, 뭐지? 이 소리는…?"

"설마… 둘째 나리가 벌써 돌아오셨나?"

겁에 질린 그녀들이 서로 등을 떠밀며 원근의 방문을 조심스럽게 열었다.

"뭐야? 아무도 없잖아."

그녀들은 비어 있는 방 안을 살펴보며 안심했다.

"고양이였나 봐."

창문이 반쯤 열린 것을 본 하녀의 말이었다.

내가… 내가 소희가 된다.

원근의 말은 내게 큰 위안이 되어주었다. 왕을 사랑하게 되었는데도 내 마음 한구석을 차지하고 있던 무거운 돌의 자리. 그것은 당연히 이 자리를 차지하고 왕의 사랑을 받았어야 할 소희의 자리를 빼앗았다는 죄책감이었다. 왕을 사랑하지 않았더라면… 결코 무게를 느낄 수 없었던 그 자리. 사랑은… 기쁨도 주지만 불안도 준다는 것을 처음으로 깨달았다.

"도착했사옵니다."

가마가 이서구의 사저 앞에서 멈췄다. 곧 가마의 문이 열리고 윤 상궁이 손을 내밀어 나를 부축했다.

"좋은 기회이지 않았사옵니까…."

윤 상궁이 아쉬운 듯 말한다. 원래대로라면 친정에 갔어야 한다. 그러나 난 가지 않았다. 소희의 무덤 앞에서 원근과 헤어진 뒤 이서구의 집으로 돌아왔다.

"또 기회가 있겠지."

난 웃으며 이서구의 사저 안으로 들어섰다. 그런데 사저가 내가 나갈 때와는 분위기가 달랐다. 평소보다도 많은 사람들이 마당에 모여 있었다. 그들은 왕비인 나를 보자마자 고개를 숙이며 바닥에 몸을 엎드렸다.

"무슨 일이 있느냐?"

내 물음에 이서구의 사저에 남아 있던 나인이 다가와 아뢰었다.

"전하께서 오셨사옵니다."

"전하께서?"

얼굴이 화끈거렸다. 그가 이곳에 온 이유가 있다면 그것이 나 때문이라는 것을 확신했기 때문이다. 설마 했지만 출궁한 지 하루 만에 나를 만나러 올 줄은 예상하지 못했다.

"어디 계시느냐?"

"별당에서 중전마마를 기다리고 계시옵니다."

"알겠다."

난 서둘러 별당으로 향했다.

별당에 이르자 나인들이 별당으로 들어서는 작은 문 앞에 모여 있는 것이 보였다. 그녀들은 내가 나타난 줄도 모르고 심각한 표정으로 서로 대화를 나누고 있었다.

"전하께서 이곳에 계시느냐?"

"주, 중전마마!"

내가 물음을 던지자 그제야 내가 온 것을 알아차린 그녀들이 고개를 숙였다.

"어서 비키시게."

그녀들이 길을 비키지 않고 고개를 숙였기 때문에 윤 상궁이 길을 내라고 그녀들에게 지시했다. 그러자 그녀들이 일사불란하게 옆으로 물러섰다. 그녀들 앞으로 반쯤 열린 문이 보이고 그 문 너머에는 사람의 그림자가 전혀 보이지 않았다. 난 이상하다는 생각이 들어서 문 앞에 있던 나인에게 다시 물었다.

"전하께서 안에 계시느냐 물었다."

"계시옵니다."

"헌데 너희들은 어찌 이곳에 있느냐?"

"전하께서 모두 물러가라 명하셨사옵니다. 다른 것은 모르옵니다… 단지…."

"단지?"

"전하께서… 화가 많이 나신 듯하옵니다."

"전하께서 화가 많이 나셨다고?"

나는 고개를 갸웃거리면서 안으로 들어섰다. 그 뒤를 윤 상궁과 중궁전 지밀나인 두 명이 뒤따랐다. 하지만 나는 걸음을 멈추고 윤 상궁을 돌아보며 말했다.

"자네도 나가 있게."

"하오나 마마…."

"걱정 말게. 별일이야 있겠는가."

"예에… 그럼 소인은 문밖에서 기다리겠사옵니다."

윤 상궁이 나인들과 문밖으로 나가자 이제 나 혼자 남았다.

난 별당 마당에 서서 대나무 숲으로 둘러싸인 별당을 물끄러미 쳐다보았다. 갑자기 어디선가 바람이 불어 대나무 가지가 요란하게 흔들렸다. 그 소리만으로도 잊었던 겨울의 서늘함이 내 몸을 스치고 지나가는 것 같았다.

뭐지…?

왕이 벗어놓은 신이 가지런히 섬돌 위에 놓여 있었다. 그 외에는 정말로 주변에 아무도 없었다. 난 고개를 갸웃거리며 신을 벗고 별당 위에 올랐다.

"전하, 신첩이옵니다."

하지만 안에서는 답이 돌아오지 않았다. 혹시 그새 잠든 것일까?

나는 조심스럽게 문을 열었다. 그러자 별당 안에 우두커니 홀로 앉아 있는 왕의 모습이 보였다. 그가 앉은 자리 옆으로 창문이 열려 있었지만 대낮에도 대나무 숲에 가려 햇빛보다는 바람에 흔들리는 대나무 그림자만 들어와 있었다. 그의 얼굴은 검은 대나무 그림자에 가려 감정을 읽어내기가 어려웠다. 그러나 두 눈은 분명 뜬 채로 가만히 바닥을 응시하고 있었다.

"전하?"

왕에게 다가간 나는 그의 앞에 앉았다.

그제야 그가 바닥에 두었던 시선을 들어 내 얼굴을 바라보았다. 하지만 내가 기대하고 바라던 그의 웃음은 보이지 않았다. 감정을 전혀 읽어낼 수 없는 무표정이었다. 그가 왜 이러는지는 알 수 없었지만 난 웃으며 한 손을 왕의 뺨에 가져다 대었다.

"신첩을 많이 기다리셨어요? 신첩은…."

"어디에 다녀오는 길이오?"

내 해명이 끝나기도 전에 그가 차가운 목소리로 물었다.

"친정에요."

"친정에? 국구에게 다녀오는 길이오?"

"아니오. 가려고 했는데… 입궐 중이실 것 같아서 중간에 돌아왔어요. 하지만 전하께서 계시는 줄 알았으면 계속 별당에 머무를 걸 그랬죠?"

방긋 웃으며 말하는 나를 그가 멍하니 쳐다보았다. 피곤한 듯 보이기도 하고 지친 듯 보이기도 했다.

그렇게 나를 응시하던 그가 갑자기 한 손을 들어 자신의 뺨을 감싼 내 손을 잡았다. 나는 그가 내 손을 잡아주는 것만으로도 좋아서 더욱 활짝 웃었다. 그런데 그가 내 손을 잡자마자 자신의 뺨에서 떼어내 바닥에 내려놓았다.

"전하?"

그가 왜 이런 행동을 하는지 이해가 되지 않던 그때였다. 그의 입이 열렸다.

"중전."

"네. 말씀하세요."

"홍몽남이란 자가… 누구요?"

"…!"

홍몽남.

그는 다름 아닌 원근이 말했던 소희의 정인의 이름이었다.

왕은 왜 갑자기 홍몽남에 대해서 묻는 거지? 난 오늘 그 이름을 원근에게서 처음 들었는데…. 왕의 생각을 도무지 알 수가 없다. 하지만 한 가지는 확실하다. 그는 지금 나를 보고 웃지 않는다.

알고 묻는 거야…. 분명 알아냈어. 소희와 몽남의 관계를…. 그들은 사랑하는 연인이었다.

난 어색한 웃음을 지으며 말했다.

"왜… 그 이름을…."

"아는 자요?"

왕이 내 말을 끊는다. 웃음기 없는 얼굴로.

"전하…."

그래도 난 끝까지 어색한 웃음을 지을 수 있었다. 정말로 이름 외에는 홍몽남에 대해서 모르니까. 어떻게 생겼는지도 모른다. 하지만 소희가 그를 사랑하고도 왕비가 되었다면… 분명 다시 왕과 사랑에 빠졌을 것이다. 나도 그랬으니까. 사랑할 수밖에 없는 왕을 홍몽남보다 늦게 만난 것을 후회했을지도 모른다. 그러나 소희는 죽었다.

"중전은… 그자를 알고 있군."

왕이 내게서 시선을 돌리며 속으로 한숨을 삼켰다.

아냐! 그의 이름만 알아. 그 외에는 아무것도 모른다고!

여기서 내가 말할 수 있는 진실은 하나였다.

난 진짜 소희가 아니다. 왕이 국혼 전에 대왕대비전에서 마주한 소녀는 내가 아니었다. 왕이… 첫눈에 반했던 소녀는….

난 황나래다. 난 김조순의 딸도 아니고 김원근의 누이도 아니다.

이 사실을 밝힌다면….

꿀꺽. 난 무거운 침을 삼켰다.

다시 내게 돌아온 왕의 시선은 이를 놓치지 않았다. 그리고 나도 더 이상 웃지 못했다.

"왜… 물으시는데요?"

난 조심스럽게 그의 의중을 물었다.

"과인은 오늘 중전과 그에 대한 소문을 들었소."

역시다. 그는 소희와 몽남이 연인이었다는 사실을 알고 묻는 거였어.

이제 내가 선택할 수 있는 답안지는 두 가지다. 하나는 모든 진실을 털어놓는 거다. 내가 사실 김소희가 아니란 것. 김

소희라는 소녀와 똑 닮은 황나래라는 것. 그렇기 때문에 홍몽남이라는 남자는 전혀 모른다는 것.

그가 믿어줄까? 믿어준다고 하더라도… 난 더는 왕비로 그의 곁에 있을 수 없겠지. 조선의 왕비 자리는 대대로 세도 가문의 차지였다. 미래에서 온 내게는 가문 따윈 없어. 운 좋게 그가 나를 살려준다고 하더라도… 그는 또 다른 왕비를 맞아들여야 하겠지.

그리고 안동 김씨는 이 일로 큰 피해를 입을 거야. 가짜 소희인 나를 왕비로 만드는 일을 도운 원근은 절대로 살아남지 못할 거야. 죄 없는 소희의 부모님까지도….

물론 또 다른 답안지도 있다. 원근의 말처럼 더는 황나래가 아니라 진짜 김소희가 되는 거다. 그렇게 되면 홍몽남과의 관계를 인정하더라도 단순한 과거라고 고백하면 된다. 과거에는 홍몽남을 좋아했는지 몰라도 지금은 전하를 좋아한다고.

전하는 분명 믿어줄 거야. 내가 아는 전하는… 분명.

"신첩과… 그자가… 서로… 사랑했…다는…."

"알고 있소?"

왕이 첫눈에 반한 소녀는… 다른 남자를 사랑하고 있었다. 하지만 나 황나래는 아니야. 내 첫사랑은….

'전하.'

'응?'

'저 좋아하시죠.'

…친영례 때 내 손을 몰래 잡으며 웃어주었던 왕.

"…네."

"사실이오?"

그가 이 말을 묻는 순간 내 고개가 아래로 떨구어지며 뺨을 타고 눈물이 흘러내렸다.

"…네."

그도 놀란 듯 대답이 늦게 나왔다.

"…그랬군."

난 고개를 들어 그를 바라보았다. 하지만 그는 내게서 이미 고개를 돌린 뒤였다.

"하지만…! 그건 과거예요! 지금은 신첩이 전하를 그 누구보다도 사랑한다는 사실을 잘 아시잖아요. 지금은 진심으로…."

"그래서."

다시 내게 돌아온 왕의 눈에는 감정이 전혀 실려 있지 않았다.

"…과인을 좋아하지 않겠다 했소? 그자를 사랑하고 있었기에?"

'허면 그대를 좋아하지 말까?'

'네. 좋아하지 마세요. 저는 전하를 안 좋아할 거니까.'

"또 단지 왕과 왕비로만 살고 싶다 말했지. 그 역시도… 그 자 때문이었소?"

"…!"

안다. 왕은 소희를… 그리고 소희를 닮은 나를 사랑했다. 나보다도 그가 먼저 나를 사랑했다. 그런데 지금 내가 하는 말은 그가 나를 사랑할 때 난 다른 사람을 사랑하고 있었다고 말한 것이나 마찬가지다.

난 울며 말했다.

"지금은… 전하를 사랑하는걸요."

이 변명이 19세기 조선을 살아가는 남자에게 얼마나 우습게 들릴지 안다. 그래도 내가 진짜 소희로서 둘러댈 수 있는 변명은 이것뿐이다.

"믿어주시는 거죠? 지금 신첩이 그 누구보다도 사랑하는 사람이 전하라는 거."

"믿소."

"…!"

난 눈을 크게 떴다. 그러나 그는 여전히 감정을 읽을 수 없는 눈으로 말했다.

"허나… 과인에겐 생각할 시간이 필요하오."

"시간…요?"

그가 갑자기 자리에서 일어섰다. 난 서둘러 그를 따라 자리에서 일어서려고 했다. 그러자 그가 한 손으로 제지하며 나를 쳐다보지도 않은 채 말했다.

"내일 궁궐로 돌아올 필요 없소. 옹주의 혼인이 끝날 때까진 이곳에서 머무시오."

"전하…!"

그는 나를 둔 채 자리를 떠났다.

왕이 다녀갔는데도 나는 환궁하지 않았다. 아직 어린 옹주야 자신의 혼인날까지 있는다고 하니 좋아서 웃지만, 가순궁은 아니었다.

"전하와 무슨 일이라도 있었습니까?"

퉁퉁 부은 내 눈을 보고 하는 말이었다.

"별일 아니옵니다. 옹주의 혼인날까지 궐 밖에 있고 싶다고 했더니… 전하께서 화가 나신 듯하옵니다. 단지… 그것뿐이옵니다."

"옹주는 내게 맡기고 중전마마께서는 환궁해도 될 것을…."

다행히 가순궁은 하나뿐인 옹주의 혼인에 정신이 팔려 있었다. 그 덕에 별다른 지적도 하지 않고 내가 환궁하지 않는 이유를 더는 묻지 않았다.

"전하 곁에서는… 평생을 함께하겠지만, 옹주를 보는 것은 앞으로 어려워질 테니까요."

평생. 정말 나는 남은 생애를 왕의 곁에서 함께할 수 있을까?

어느덧 옹주의 혼인이 이틀 앞으로 다가왔다. 분주한 바깥채와 다르게 별당에는 침묵만 가득했다.

"이게 무슨 일입니까?"

내가 환궁하지 않았다는 사실을 알게 된 원근이 찾아온 것도 이때쯤이었다. 난 불도 켜지 않은 방에 홀로 앉아 눈물만 뚝뚝 흘렸다.

"전하께서 아셨어요…. 전하께서 아셨다고요…."

"전하께서 아시다뇨?"

난 바로 원근에게 말하려 했다. 하지만 원근이 들어온 이후로 별당의 문은 열려 있었다. 그리고 그 밖에는 윤 상궁과 두 나인이 대기 중이었다.

나는 울음을 삼키며 말을 아낄 수밖에 없었다. 다행히 눈치 빠른 윤 상궁이 나인들을 별당 밖으로 물리는 것을 내게 보이고는 그 자신도 문을 닫고 별당을 나갔다. 난 우는 와중에도 침착하게 창문을 열어 밖을 내다보았다. 윤 상궁과 나인들이 모두 별당 주변을 떠나는 것을 확인한 것이다.

"어서 말씀해주십시오, 중전마마."

그사이에도 원근이 재촉했다. 그의 눈빛은 이미 무언가를 예상한 듯한 얼굴이었다. 난 창문에서 눈을 떼고 그를 돌아보며 말했다.

"홍몽남요."

"…!"

"전하께서… 그 이름을 직접 언급하셨어요."

내 말에 원근은 크게 놀란 기색이었다. 그는 한동안 입을 다물지 못했다.

"이제 어떡하죠?"

"전하께서… 몽남의 이름을 알고 계셨다고요?"

"네…. 그리고 저와의 사이를 물어보셨어요."

원근의 눈썹이 일그러졌다.

"뭐라고 대답하셨습니까?"

"전…."

"중전마마…!"

난 더는 원근의 얼굴을 바라보지 못한 채 고개를 숙였다.

"…사실을 이야기할 수밖에 없었어요. 전 이제 진짜 소희니까… 그 누구도 저를 대신해서 소희가 되어줄 수 없다는 걸 아니까… 그래서….”

“뭐라고 대답하셨습니까!”

원근이 재차 다그쳤다.

난 흐느끼며 그의 얼굴을 쳐다보았다.

“…사랑했다고요. 하지만… 지금은 아니라고요. 지금은 전하를 사랑한다고… 아흑….”

진정하려 입술을 깨물어보지만 아픔만 몸 곳곳에 짙게 남을 뿐이다.

“중전마마….”

원근이 답답한 듯 주먹으로 땅을 쳤다. 그는 분명 내 말이 실수라고 여기는 것 같았다. 적어도 끝까지 부정하거나 숨기려고 노력했어야 한다고 생각하는 것 같았다.

“그럼 뭐라고 말해요? 내가 진짜 소희가 아니라고? 전하께서 첫눈에 마음에 두셨던 그 소희는 죽었다고? 그럼 일이 더 커져요. 나만 죽는 건 아닐 거예요.”

“하아….”

원근이 길게 한숨을 내쉬었다.

“전하를 속이려고 해봤자 소용이 없을 것 같았어요. 전하의 눈은… 진실을 원하셨다고요. 그러니 제가 드릴 수 있는 말은 그것뿐이었어요. 그래서….”

“부정하셨어야지요. 끝까지…! 전하께서 믿어주실 때까지.”

"그러면요? 소희와 홍몽남이 정인이었다는 사실이 없던 일이 되나요? 지금은 제가 소희잖아요. 이 세상에 존재하는 유일한 김소희."

난 울음을 삼키며 숨을 가다듬고 말을 이었다.

"오라버니도 알아요. 소희에게 정인이 있었다는 사실을요. 전하께서도 아셨다면 분명 아는 사람이 어딘가에 또 존재하겠죠. 한두 사람이 아닐 수도 있어요. 전하께서 물으시는 그 순간을 운 좋게 넘어갔더라도 다음에 없으리라는 보장이 있나요? 차라리 과거의 일로 깨끗이 정리해버리는 게 나을 수도 있지 않을까요?"

"…중전마마의 말씀이 옳습니다. 하지만… 과거의 일로 만드셨다면서 어찌 그리 울고 계십니까? 어찌 환궁을 하지 않으시고요?"

간신히 참았던 내 눈에서 눈물이 다시 흐른 것은 그때였다.

왕은… 나를 믿는다고 했다. 하지만 궁궐로는 돌아오지 말라고 했어. 만약… 영영 돌아오지 말라고 한다면? 난 어디로 가야 하지?

"단지… 과거일 뿐인데… 많이… 화가 나셨을까요.?"

"중전마마는… 이 나라의 국모이시지 않습니까? 삼간택이 내정된 상황에서 다른 사내를 마음에 품었다는 게 얼마나 큰 대죄인 줄 아십니까?"

"국모도 여잔데… 흐흑, 전하는… 전하는… 여염집 부부처럼 살고 싶다고… 흐흑…."

"여염집이라도 이런 일이라면 이혼을 당할 일입니다. 국모라면… 이혼으로만 끝나진 않을 것입니다."

나는 소희가 아니다. 그러나 소희로 살기로 마음먹었다. 소희의 죄도… 이젠 내 죄가 되는 걸까?

"제가… 죽을까요?"

"전하께서는 자애로우시니 목숨은 건질 수 있을지도 모릅니다. 다만… 이 일이 조정에 공론화가 되는 순간… 저희 집안, 안동 김씨는… 아버지는… 저는…."

"모두 끝장나겠죠."

하지만 내가 김소희가 아니라는 사실을 밝혔어도 결말이 크게 달라지진 않았을 것이다.

"…그렇습니다."

이 순간 내가 가장 두려운 것은 살지 죽을지에 관한 문제가 아니었다. 더는… 왕의 곁에 있을 수 없다는 것이었다.

왕은 새로운 왕비를 맞아들일까? 그녀에게도… 내게 보여주었던 미소를 보여줄까? 그녀에게도… 평범한 부부처럼 살고 싶다며 수줍은 고백을 할까?

왕비가 되며 당연히 내가 소유했던 모든 것들이… 이제는 욕심을 내야 할 정도로 귀한 것이 되어버렸다는 사실을 받아들이기가 어려웠다.

"흐흑…."

어깨를 들썩이며 우는 나를 물끄러미 바라보던 원근이 물었다.

"정녕… 진심으로 전하를 사랑하십니까?"

단 한 가지. 정말 단 한 가지는 분명했다.

"제가 왜 왕비가 되기로 했는지… 그때의 결심을 모두 잊어버렸을 만큼, 전하가 좋아요…."

중전을 홀로 두고 환궁한 왕은 그 어느 때보다도 경연에 열심이었다. 친정하기 전이었는데도 친정하는 것과 다름없이 대왕대비와 함께 국정 운영에 최선을 다했다. 이런 모습을 대왕대비는 상당히 만족해했지만 의문은 남았다.

"옹주의 혼인이 끝날 때까지 중전을 이서구의 사가에 그대로 두기로 했다고?"

"예."

왕은 별다른 말을 하지 않았다. 다만 왕의 얼굴에서 중전과 함께 있을 때 더욱 빛이 났던 미소가 사라졌다. 노련한 대왕대비는 이미 둘 사이에 무슨 일이 있다는 것까지는 눈치챘다.

그러나 캐진 않기로 했다. 단순히 젊은 부부의 말다툼 정도로 만 생각하는 것 같았다. 그 때문인지 환궁이 미뤄진 중전에 대한 물음은 왕실 여인들 사이에서도 더는 언급되지 않았다.

옹주의 혼인을 하루 앞둔 날이었다.

"김 응교 나리!"

퇴궐하려는 원근의 앞길을 막는 이가 있었다. 원근은 처음 보는 내관이었다.

"누구시오?"

정중한 원근의 물음에 내관이 답했다.

"소인은 대전 지밀내관이옵니다."

"대전…?"

"예. 지금 전하께서 김 응교를 찾으시옵니다. 소인과 함께 가시지요."

원근은 올 것이 왔다 싶었다. 이미 홍몽남의 이름을 아는 왕이라면 제일 먼저 그의 동무였던 자신을 부르지 않을 리가 없었기 때문이다. 두근대는 심장을 안고 원근이 대전에 들었다. 그곳에 왕은 혼자였다.

"전하. 신 홍문관 응교 김원근이옵니다."

당상관도 아닌 그가 왕과 이렇게 독대하는 것은 굉장히 드문 일이었다.

원근의 정중한 인사를 받고도 왕은 한동안 말이 없었다. 원근은 고개를 숙인 채 왕의 말을 기다렸다.

왕은 감정이 드러나지 않는 얼굴로 마주 앉은 원근을 가만히 바라보았다. 얼핏 깊은 생각에 잠겨 있는 듯 보였으나, 그 어디에서도 군왕으로서 흐트러진 모습을 보이지 않았다. 한참 뒤에야 왕이 원근에게 말했다.

"고개를 들라."

"예…. 전하."

원근이 고개를 들었다. 중전의 곁에서만큼은 가장 편하게 내면을 드러냈던 왕은 이곳에 없었다. 그는 군신 간의 높은 벽을 쌓아놓고 원근을 바라보았다. 원근도 이러한 분위기를 느끼고 있었다. 지난날 경복전에서 부모님과 함께 알현했을 때 보였던 왕의 쾌활한 분위기가 더는 존재하지 않았다.

"과인이 네게 묻고 싶은 것이 있다."

독대의 자리. 왕은 신하에게 쓰는 경어를 피했다.

"말씀하시옵소서."

"과거 네가 성균관에서 유생 홍몽남과 가까운 친우였다 들었다. 맞느냐?"

원근은 무겁게 침을 삼켰다.

"그러하옵니다…."

"허면 그와 중전의 사이도 알고 있었느냐?"

"…!"

왕은… 어디까지 알고 있을까? 원근이 고개를 숙였다.

왕은 돌아오지 않는 그의 대답에도 상관 않겠다는 듯 이어서 질문을 던졌다.

"과인이 그를 수소문해보니 지난해부터 그를 도성 안에서 본 이가 없다 한다. 그러나 그의 친우였다는 너는 알고 있을 수도 있겠지. 홍몽남. 그자는 지금 어디에 있느냐?"

잠시 숨을 고른 원근이 왕에게 아뢰었다.

"모르옵니다."

"모른다?"

원근은 되묻는 왕의 속내를 알 수 없어 답답하기만 했다. 마음 같아서는 모든 사실을 왕에게 털어놓고 싶었다. 그렇다면 중전의 죄는 사라져도 가짜 소희였던 나래를 중전으로 만든 죄는 피할 수 없게 된다. 자신뿐만 아니라… 소희가 죽은 줄도 모르는 가족까지, 전부.

"설사… 신이 홍몽남의 소재를 안다면… 그를 죽이실 것이옵니까?"

왕이 잠시 머뭇거리더니 말했다.

"…네가 과인을 오해하는구나."

"예?"

원근이 고개를 들자 왕이 고뇌하는 표정을 지었다.

"그를 죽이려고 찾는 것이 아니다. 다만… 그자가 품은 비밀이 중전에게 위해가 된다면, 국구처럼 그자를 죽일 용의는 있다."

"…."

왕은… 홍몽남을 죽이기 위해 찾으려는 것이 아니었다. 중전을 위해 그를 찾으려 하는 것이다.

"그러니 그자의 소재를 안다면 즉시 말하거라. 지금은 단순히 궐 밖에서 떠도는 작은 풍문일지 몰라도 이것이 국론화된다면 중전이 위험해진다. 아니, 김조순과 그대의 집안까지도 위험해진다."

원근은 믿을 수가 없었다.

"정녕… 신의 친우와 중전마마 사이의 일을 아시고서도 중전마마를 지키고자 하시옵니까?"

그러나 고뇌로 드러나기 시작한 왕의 감정은 진솔했다.

"과인은 지나간 과거의 일로 지금의 중전을 잃을 순 없기 때문이다."

"…."

원근은 더 이상 자신의 감정을 주체하기가 어려웠다. 겉으로는 유유자적해 보이는 왕이 실은 마음이 넓고 아량과 배포도 큰 사내라고 짐작은 하고 있었다. 그리고 그런 사내일수록 유독 자신에게만은 엄격하다. 그런 면에서 그는 진심으로 군왕이었다.

왕이기 전에 조선의 사내라면 자신의 여인에게만큼은 가장 엄격한 잣대를 들이대야 하는데도 저런 아량과 포용력을 보여줄 수 있다면… 일찍이 죽은 소희가 애석할 따름이었다. 그러나 왕과 소희, 두 사람의 엇갈린 인연은 애초부터 서로를 향하고 있지 않았다.

큰 결심을 한 원근이 다시 머리를 땅에 조아리며 말했다.

"전하. 지금부터 소신이 하는 말은… 오직 소신과 중전마마만 아는 일이옵니다."

"국구도 모르는 일이냐?"

"예. 그렇사옵니다."

"무엇이냐?"

원근이 큰 숨을 들이켰다.

"소신의 친누이이자 친우 홍몽남의 정인이었던 소희는… 지난해 죽었사옵니다.

"…!"

왕은 큰 충격을 받은 듯 한동안 말을 잇지 못했다. 원근은 계속 머리를 땅에 조아린 채 말을 이어 나갔다.

"선왕의 승하로 예정된 국혼이 차일피일 미뤄지는 사이, 조정에서는 예정된 간택을 취소하자는 여론이 들끓은 것을 아실 것이옵니다. 집안에서는 만약 국혼이 없던 일이 되어버린다면 소희 스스로 목숨을 끊어 전하를 향한 충정을 드러내야 한다는 분위기가 팽배했사옵니다. 여린 소희는… 스스로를 골방에 가둔 채 식음을 전폐하고 죽음을 선택하려 하였사옵니다. 소신은 누이가 그리 죽는 것을 볼 수가 없었사옵니다. 하여, 소신의 친우인 홍몽남을 글 읽기 선생으로 불러들였사오나… 이 일로 그만 두 사람이 정인이 되었고 지난해 국혼이 확정되자 함께 목숨을 끊었사옵니다."

"네 누이가 죽었다니? 너는 그 사실을 어찌 알았느냐?"

"소희와 홍몽남의 시신을 두 눈으로 확인한 것이 소신이었으며… 소신이 두 손으로 소희를 땅에 묻었사옵니다."

"홍몽남의 시신도 같이 묻었느냐?"

"소희의 시신을 수습한 뒤에 홍몽남의 시신을 수습하려 하였으나, 시신이 사라졌사옵니다. 그가 죽었는지 살았는지 지금은 알 수 없으나, 그 뒤로 그를 본 사람이 없으니… 분명 살아 있지는 않을 것 같사옵니다."

왕이 망설이다 입을 열었다.

"허면 지금의 중전은 누구냐?"

원근이 다시 고개를 들어 왕을 바라보았다.

"소희를 빼닮은 소녀이옵니다. 소희가 홍몽남과 목숨을 끊던 날 찾아냈고, 가족이 없는 듯 보였사옵니다. 허나 기본 소양이 충족했고 영특하여 소희를 대신하기에는 무리가 없어 보였사옵니다. 소신은 그 소녀가 소희를 대신해주리라고 믿어 의심치 않았사옵니다."

"별궁으로 들어간 여인은… 너의 누이가 아니었다는 말이구나."

"황씨 성을 가진 나래라는 이름을 가진 소녀이옵니다."

'전 아직까지 누군가를 좋아해본 적도 사랑해본 적도 없어요. 하지만!'

왕이 혼잣말처럼 중얼거렸다.

"중전은 과인에게 거짓말을 한 것이 아니었다…."

소희, 아니 나래라는 이름을 가진 소녀는 왕의 앞에서 솔직했다. 단지 이름만 속였을 뿐… 그녀는 단 한 번도 소희의 탈을 쓴 연기를 한 적이 없었다.

"전하?"

오래도록 말이 돌아오지 않는 왕을 원근이 불렀다. 그러자 왕이 원근을 향해 입을 열었다.

"국구도 이 사실을 아느냐?"

"모르시옵니다. 오직 소신과 중전마마만 아는 일이옵니다."

"헌데 어찌하여 국구는 제 자식도 못 알아볼 수 있느냐?"

"중전마마께서는 단 하루만 저희 집에 머무신 후 별궁으로 입궐하셨사옵니다. 그 때문에 가족과 함께 지내신 시간은 반나절이 채 되지 못하옵니다. 아마 더 오래 집에 머무셨다면 언젠가는 들통이 나셨을지도 모르옵니다."

왕이 알겠다는 듯 고개를 끄덕였다.

"이 엄청난 일을 언제까지고 숨기려 한 것은 아니겠지. 도대체 언제까지 이 일을 비밀로 하려 한 것이냐?"

"소신도 그 점을 늘 염려하였사옵니다. 하오나 영특하신 중전마마께옵서는 언젠가 모든 사실이 들통이 나기 전에 전하의 곁을 떠나려 하셨을 것이옵니다."

"중전이… 과인을 떠나려 하였다고?"

왕은 홍몽남과 중전의 일을 알았을 때보다도 더 크게 놀란 듯 원근에게 되물었다. 원근이 고개를 저었다.

"예. 하오나 중전마마께서는 그러지 못하게 되셨사옵니다."

"그러지 못하게 되다니?"

"며칠 전 중전마마를 이 대감의 사저에서 뵈었을 때, 중전마마께서는 크게 애통해하시며 '전하를 진심으로 사모하여 소희로 살기로 하였다.'라고 말씀하셨기 때문이옵니다."

'아…!'

그제야 왕은 모든 진실을 깨달을 수 있었다.

왕은 지금 원근이 털어놓는 진실을 들으면서도 한 가지 의문이 있었다. 왕이 보기에 중전이 가짜였다는 사실보다도 과거 정인이 있었다는 사실이 더 충격적이었다. 그런데 가짜 중전이었던 나래가 왕의 앞에서 인정한 진실은 약한 전자가 아닌 강한 후자였다.

'전하는… 첫눈에 신첩이 마음에 드셨나요?'

'어찌 그것이 궁금하오?'

'신첩은… 그날… 전하의 용안을 자세히 보지 못해서….'

왜 그날 중전이 왕의 앞에서 눈물을 보였는지… 왕은 이제야 중전에게 가졌던 의구심이 조금도 남김없이 모두 풀렸음을 알았다.

왕의 간절한 바람대로 왕비의 첫사랑은 자신이었다. 왕의 바람은… 이미 오래전에 이루어진 것이다.

"중전은 과인을 속인 적이 없었다…."

'지금은… 전하를 사랑하는걸요.'

왕은 이 말을 반복하며 중얼거렸다.

"중전은… 과인을… 속인 적이 없었어…."

중전이 두려워했던 것은… 얼굴 한 번 본 적 없는 홍몽남이라는 사내와의 염문이 아니었다.

'믿어주시는 거죠? 지금 신첩이 그 누구보다도 사랑하는 사람이 전하라는 거.'

왕의 사랑을 잃지 않는 것. 그러기 위해서 그녀는 진짜 소희가 되려고 결심한 것이다. 그래서 진짜 소희가 했어야 하는 말을 그녀가 하고 말았던 것이다.

왕은 가슴이 아프도록 시렸다. 자신이 진짜 소희가 아닌데도 진짜 소희가 되어 거짓 정인을 인정해야만 했던 그 순간 중전의 마음이 고스란히 그의 마음에 전해졌기 때문이다.

왕은 아픔이 느껴지는 자신의 한쪽 가슴에 손을 올렸다. 멍울이 진 듯한 아련함이 오래도록 남을 것 같았다.

"국구는 이 사실을 모른다 했다."

"예, 그러하옵니다."

"허면 영구히 비밀로 하거라."

"전하…!"

"네 누이였던 소녀가 죽은 일은 애석하나… 과인은 지금의 왕비를 잃을 순 없다."

왕은 자신의 확고한 결심을 밝혔다.

대전 밖으로 나온 원근은 안도의 숨을 내쉬었다.

마음 한구석에는 죽은 누이 소희를 향한 아픔이 있었다. 그러나 그 소희는 어쩌면 저승에서 죽은 정인 홍몽남과 행복해하고 있을지도 모른다.

왕이 소희가 아닌 소녀 나래를 중전으로 받아들이겠다 약조했으니… 이제 모든 염려는 다 끝난 것이다.

"응교 나리. 어디 가셨다가 이제 오십니까요?"

홍문관으로 돌아온 그를 부교리가 급히 맞이하며 나섰다.

"무슨 일이 있는가?"

"조금 전에 국구께서 찾으셨습니다."

"찾으셨다니? 아버지께서 무슨 일로?"

"잘은 모르오나… 중전마마의 환궁이 늦어지고 있지 않사옵니까? 하여 이만저만 걱정해 마지않으셨습니다. 바로 이서구 대감의 사저로 가셔서 중전마마를 뵙겠다면서 그리 나리께 전하라 하셨습니다."

"난 잠시… 대전에 갔다 왔네."

"아, 그러셨습니까?"

"잠깐. 허면 아버지께서 지금 이서구 대감의 사저로 가셨단 말인가?"

"예. 조금 전에 출발하셨습니다."

원근은 왠지 불안해졌다. 만약 아버지 김조순이 중전과 만난다면, 처음으로 가짜인 중전과 단둘이 있게 된다. 여러 사람들과 함께 보았을 때는 몰라도 단둘만 있는 자리에서라면 중전이 가짜라는 걸 알아차릴지도 몰랐다.

"잠시 출궁해야겠네."

그러자 부교리가 당황하며 말했다.

"안 됩니다!"

"안 되다니?"

"조금 전에 영감들께서 모두 대왕대비전 부름을 받고 가시어 홍문관이 비었습니다. 헌데 나리까지 출궁하시면… 이러다 위에서 명이라도 내려오면 저희는 어찌합니까?"

고민하던 원근이 부교리에게 말했다.

"급히 이서구 대감 댁으로 보낼 사람이 필요하네. 서둘러 알아봐주게."

윤 상궁이 물었다.

"영돈녕 대감께서 지금 이리로 오고 계시다고?"

"그러하옵니다."

원근이 보냈다던 소년은 거친 숨을 몰아쉬며 윤 상궁에게 답했다. 이번에는 내가 소년에게 물었다.

"혹 오는 길에 영돈녕 대감을 뵈었느냐?"

"급히 오느라 자세히는 기억하지 못하오나… 어느 대감의 행렬이 이쪽 방향으로 오는 것은 본 듯하옵니다."

"알았다. 그만 물러가거라."

"예."

소년이 떠나자 윤 상궁이 내게 말했다.

"아무래도 중전마마의 환궁이 늦어지시니 걱정되어 오시나 보옵니다."

"그럴지도…."

하지만 문제는 그것이 아니었다. 누가 보더라도 김조순은 내 친아버지다.

친아버지와 몇 마디 주고받는 것이 문제가 될까? 하지만 지금 김조순을 만나면 처음으로 단둘이 있게 된다.

내가… 가짜 소희라는 걸 알아보면 어쩌지? 가짜라는 게 밝혀지는 게 문제가 아니다. 진짜 소희의 소재를 추궁하면 문제가 더욱 커진다. 게다가 윤 상궁을 비롯한 나인들이 김조순과 나의 대화를 모두 엿들을 것이다. 이를 어찌한담….

"중전마마?"

"…."

깊은 고민에 빠진 나를 윤 상궁이 불렀다. 난 화들짝 놀라며 자리에서 일어섰다.

"잠시 갈 곳이 있다."

"어디를요?"

설명할 시간이 없었다.

"가마를 준비하거라, 어서."

"하오나 곧 영돈녕 대감께서 도착하실 터인데…."

"어서."

내가 화난 얼굴로 말하자 윤 상궁이 뒤로 물러서며 고개를 숙였다.

"예에, 중전마마."

김조순의 하인이 이서구의 사저 대문 앞에서 큰 소리로 외쳤다.

"이리 오너라!"

그때쯤 나는 이미 가마를 타고 이서구의 대문을 벗어난 뒤였다. 이처럼 서두른 덕분에 간발의 차이로 김조순을 피할 수 있었다.

하지만 문제는 그다음이었다.

"이제 어디로 가옵니까?"

가마 옆에 선 윤 상궁이 창문을 열어 내게 물었다.

그러나 난 대답할 말이 없었다. 나올 때는 가순궁에게 친정에 간다며 거짓말을 했다. 하지만 친정에는 김조순의 부인과 첫째 오라버니인 김유근이 있을 것이다. 원군도 없이 그들을 상대하는 것도 내게는 위험한 일이었다. 김조순을 피하려다가 정작 그 부인과 아들에게 내가 가짜 소희라는 걸 들킬 수도 없는 노릇이니까.

그렇다고 왕이 있는 궁궐로 돌아갈 수도 없었다.

"마마?"

잠시 고민하던 내가 윤 상궁에게 답했다.

"지난번 갔던 곳으로 가자."

"김 응교 나리와 함께 가셨던 곳을 말씀하시옵니까?"

"그렇다."

"알겠사옵니다."

윤 상궁이 가마의 창문을 닫았다. 다시 가마가 움직였다. 이윽고 가마가 도착한 곳은 도성의 서쪽 성벽 인근, 원근이 나를 데려갔던 소희의 무덤이 있는 곳이었다. 소희의 무덤에 가까워지자 난 가마에서 내렸다.

"잠시 혼자 걷고 싶구나."

"허나 이곳은 위험하옵니다."

위험하다는 윤 상궁의 말에 코웃음이 나왔다. 지금 내게는 김조순이 있는 이서구의 사저도 내겐 친정이라 할 수 있는 김조순의 사저도 위험한 곳이었다. 차라리 이런 한적한 길이 덜 위험하게 느껴졌다.

"허면 조금만 떨어져 있거라."

보이는 곳에는 있겠다는 의사 표시로 들렸는지 윤 상궁이 고개를 숙이며 물러섰다. 조금 걷자 소희의 무덤이 나왔다. 표석(標石) 하나 세워지지 않은 버려진 무덤 같았다.

"…흑."

소희의 무덤을 보자 또다시 목이 메며 눈물이 났다.

'지금은… 전하를 사랑하는걸요.'

사랑한다고 말했는데….

'믿소.'

믿는다고 했는데… 마음이 아파.

차라리 내가 진짜 소희였다면… 홍몽남을 모른다고 끝까지 잡아뗐을지도 모른다. 왕이 홍몽남을 내 앞에 데려다 놓아도 모른다고 잡아뗐을 것이다. 하지만 난 진짜 소희가 아니기에 그럴 수가 없었다.

"돌아가고 싶어…."

조선에 온 뒤에 처음으로 집에 가고 싶다는 생각이 들었다. 그리고 내가 이곳에 처음 왔을 때의 풍경을 떠올렸다.

어두컴컴한 동굴 안. 죽어 있는 듯 누워 있던 시신…. 그리고 동굴 밖을 나오자….

아…. 그러고 보니 이곳 풍경이 낯설지 않았다. 원근을 따라왔을 때는 소희의 죽음에 관한 이야기를 듣는다고 깊게 생각하지 못했지만… 이곳의 풍경은 분명….

소희의 무덤 앞에 선 나는 주변을 둘러보았다. 익숙한 기억을 좇아 두리번거리자 멀지 않은 곳에 동굴의 입구인 듯 보이는 곳이 있었다.

그제야 이곳이 내가 처음 조선에 왔을 때 동굴이 있었던 부근이라는 걸 깨달았다. 그러고 보니 내가 조선에 온 날 소희가 사라졌다. 그리고 난 동굴에서 여인의 시신을 보았다. 그때 워낙 무서워서 시신의 얼굴을 제대로 보진 못했지만 그 여인이 소희일지도 모른다. 죽은 소희를 나중에 원근이 발견해서 이곳에 묻었다면… 다시 미래로 돌아가는 문이 동굴 안에 있을지도 몰라.

난 윤 상궁이 있는 방향을 쳐다보았다. 때마침 윤 상궁은 함께 온 나인과 대화를 주고받고 있었다. 난 그 틈에 동굴로 다가갔다. 동굴 입구에서 안을 들여다보자 어두컴컴한 것은 그때와 똑같았다. 하지만 지금 내게는 안을 비출 불로 사용할 만한 도구가 하나도 없었다. 잠시 망설이던 나는 햇빛이 비치는 곳까지만 들어가보기로 하고는 동굴 안으로 발을 들여놓았다.

동굴 안, 딱 빛이 들어오는 경계선에서 멈춰 선 나는 안쪽을 가만히 응시했다. 깊은 해저의 구멍 같은 그곳에 들어가고 싶은 마음이 불쑥 솟았다. 아마도 그 안으로 들어간다면 얼마 지나지 않아서 다시 내가 왔던 미래로 돌아갈 수 있을지 모른다는 생각 때문이었다.

그러나 다른 한편으로는 그때 보았던 여인의 시신을 또다시 볼까 두려운 마음도 들었다.

"…하아."

무거운 숨을 내쉰 나는 천천히 어둠 속으로 걸음을 내디뎠다. 이곳이… 정말로 과거와 미래를 이어주는 동굴이라면….

"거기 누구요?"

"…?"

갑자기 동굴 입구 쪽에서 들려오는 남자의 낮은 목소리에 깜짝 놀란 내가 돌아섰을 때였다.

햇빛을 등지고 선 남자의 커다란 그림자가 동굴 입구를 막아 빛을 차단했다. 어둡게 가려 얼굴은 자세히 볼 수 없었지만, 그는 패랭이를 쓰고 있었다.

누구지? 얼굴이 잘 보이지 않아….

보통 패랭이를 쓰는 하층민들은 몸을 굽히고 다녀서인지 체격이 왜소해 보였다. 그러나 동굴 앞에 선 남자는 아니었다. 그림자만으로는 넓은 어깨에 잘 단련된 장신이 유독 부각되어 보였다.

그는 내가 머리를 올리고 비녀를 꽂은 것을 본 것 같았다.

"대갓집 마님으로 보이시는데… 부인께서는 이곳에 동굴이 있음을 어찌 아시고…!"

정중히 '부인'이라 부르던 그가 갑자기 크게 놀란 듯 빠르게 내게 다가오기 시작했다. 늠름한 체구의 그림자는 위협적이었다. 난 그 남자가 내게 해코지를 할 것이라고 생각했다. 난 두 손을 들어 올려 그를 밀어내려고 했다.

그때였다! 내게 다가온 그가 두 팔로 나를 힘주어 끌어안으며 말했다.

"김 소저!"

"…!"

그가 흐느낌을 애써 삼키며 마른 목소리로 말한다.

"살아 있었구려…."

"누, 누구?"

당황한 채 말을 더듬는 내 팔을 붙잡으며 그가 자신의 얼굴을 내 앞에 내보였다. 그림자 진 흐릿한 회색빛 눈동자와 짙은 눈썹, 선이 분명한 턱선이 제일 먼저 보였다. 한번 보면 쉽게 잊을 수 없는 선 굵은 미남의 외모였다.

하지만 난 그를 처음 보았다. 처음… 잠깐, 설마?!

내 머릿속에 떠오르는 인물은 단 한 사람뿐. 그때 그가 입을 열어 자신이 누구인지를 밝힌다.

"나요, 홍몽남."

홍몽남? 죽었다던 소희의 정인인 그가….

"당신은 죽었잖아요…."

"죽지 않았소."

그가 확언하며 내 손을 와락 붙잡는다. 난 그의 손을 밀쳐내며 소리쳤다.

"난 아니에요. 사람 잘못 보셨어요!"

"잘못 보다니?"

그가 손으로 내 얼굴을 감싸 잡았다.

"그대는 분명 김 소저요. 그대는 분명… 아, 그렇군."

그가 내 차림새를 살피더니 실망한 기색이 역력한 표정으로 손을 놓았다.

"그대가 왕비가 되었다는 사실을 알고 있소. 허나! 그것은 그대의 어쩔 수 없었던 선택이라는 것을 알고 있소. 무엇보다 왕비인 그대가 이곳에 있다는 건… 그래, 아직도 기억하는 것이오?"

"무슨 말인지 몰라요! 전 정말 김소희가 아니라고요!"

아차!

내가 먼저 꺼낸 '소희'라는 이름에 그의 입가에 슬픈 미소가 걸린다.

"나를 위해 부정하는 것이었소?"

그때 밖에서 사라진 나를 찾는 윤 상궁과 나인들의 목소리가 들려왔다.

"중전마마!"

"마마!"

"어디 계시옵니까?"

내가 먼저 내뱉은 '소희'라는 이름과 더불어 '중전마마'라는 칭호는 내가 누구인지 홍몽남에게 정확히 가르쳐주는 꼴이 되고 말았다.

"가야 해요."

난 동굴 밖으로 뛰쳐나가려고 했다. 하지만 좁은 입구 때문에 그를 밀치지 않고서는 동굴 밖으로 빠져나갈 수가 없었다.

"잠시만…."

그가 내 손목을 잡았다.

"가야 한다고요!"

난 그에게 잡힌 손목을 빼내며 그를 밀치고 나가려 했다. 그도 이를 알아차렸는지 갑자기 뒤에서 내 어깨를 붙잡았다. 그에게 붙잡힌 어깨에서 온몸으로 무거운 긴장이 퍼져나갔다. 이대로라면 동굴을 벗어나지 못할 수도 있다는 공포감이 나를 엄습했다.

"사람 살… 읍!"

윤 상궁에게 내가 있는 곳을 알려주려 소리를 질렀을 때였다. 그가 등 뒤에서 내 입을 손으로 틀어막았다.

"중전마마…! 어디 계시옵니까?"

그에게서 벗어나려 몸부림치는 동안 윤 상궁을 포함한 나인들의 목소리가 점점 멀어져갔다. 난 두려운 마음에 팔꿈치로 힘껏 그의 가슴을 쳤다.

"윽…!"

그가 짧은 신음을 내뱉으며 뒤로 물러섰다. 아마도 내가 이렇게까지 거세게 반항할 것이라 예상하지 못했던 것 같다.

지금이 기회야…! 난 그에게서 벗어나려 움직였다. 그러나 물러섰던 그가 내 치맛자락을 잡으며 난 그대로 바닥에 털썩 주저앉고 말았다.

"아얏!"

"김 소저…."

그가 말을 잇지 못했다. 아마도 그에게서 계속 도망치려고만 하는 나를 변심한 소희라고 오해한 것 같았다.

"난 소희가 아니에요…. 정말 아니라고요…."

"그리 스스로를 부정하면서 어찌 이곳에 다시 온 것이오!"

붉게 충혈된 눈으로 홍몽남이 다시 내게 다가왔다. 난 넘어진 상태로 입구 쪽으로 뒷걸음치며 나인들을 부르려 했다.

"여, 여기…! 아…."

배… 배가 아파. 아랫배가 쿡쿡 찔려오다가 마치 두 동강으로 찢기듯이 아팠다. 이유는 모르지만 도망치려다가 넘어졌기 때문인 것 같다. 하지만 살짝 넘어진 거라 크게 부딪히고 다친 느낌은 없었는데….

"김 소저?"

"아… 아파…."

"괜찮소?"

그가 나를 걱정하며 다가왔지만 난 한 손으로 뿌리쳤다. 그러나 그것도 오래가지 못했다. 난 손으로 배를 움켜잡으며 몸을 웅크렸다. 아파서 그런지 눈물이 났다.

"아파요…."

식은땀이 물 흐르듯 흐르고 정신을 차릴 수가 없었다. 그제야 내 상태를 제대로 알아본 그가 말했다.

"의원에게 데려다주리다!"

계속 거부하려는 나를 그가 두 팔로 번쩍 안아들었다. 그 순간 머리가 어지럽더니 속이 메스꺼웠다. 눈을 뜨고 있는 것이 힘들었다.

곧 햇빛이 나를 비추고 홍몽남의 품에 안겨 동굴을 빠져나왔다는 걸 알았다. 그러나 그는 나인들이 있는 방향이 아닌 반대 방향으로 나를 데려가고 있었다.

'전하….'

"휴우…."

대전 안. 왕의 깊은 한숨이 이어졌다.

마음 같아서는 당장 출궁해 이서구의 사저에 있는 중전을 다시 궐로 데려오고만 싶었다. 하지만 옹주의 혼인을 하루 남긴 시점에서 왕비를 궐로 데려온다면 이 역시 문제가 된다.

그렇다고 왕이 옹주의 혼인에 참석할 수도 없었다. 그가 참석할 수 없기에 이서구를 혼주로 삼은 것이었다. 결국 옹주가 혼주가 둘인 혼례를 치르게 할 수도 없는 까닭.

이러지도 저러지도 못 하는 왕의 고민이 깊어만 가던 그때였다.

"대왕대비마마 납시오!"

갑작스러운 대왕대비의 등장에 왕이 깜짝 놀라며 자리에서 일어섰다. 곧 문이 열리며 대왕대비가 안으로 걸어 들어왔다. 그녀는 왕을 쳐다보며 슬쩍 미소 짓고는 조금 전까지 왕이 앉았던 자리에 앉았다.

"주상.

"오셨습니까."

"안 그래도 옹주의 혼례가 하루 앞으로 다가와 사흘간 조정의 모든 행사와 주상의 경연까지도 파하였소. 주상에게는 간만의 휴식일 터인데 어찌 한숨만 내쉬고 계시오?"

"들으…셨습니까?"

"들은 것을 못 들은 척할 수는 없겠지. 혹 중전 때문이오?"

넌지시 짚은 것이지만 이번에도 왕은 깜짝 놀랐다. 결국 대왕대비의 혜안에 감탄하며 멋쩍은 웃음만 지을 뿐이었다.

"중전을 다시 궐로 데려오고 싶습니다. 당장이라도."

"얼마 전까지는 옹주의 혼례가 끝날 때까지는 돌아오지 않게 하였다더니?"

"그게…."

왕이 말을 줄이자 대왕대비가 크게 웃었다

"부부란 원래 그런 것이오. 그러니 더는 묻지 않으리다. 허나."

대왕대비가 조심스럽게 말을 이었다.

"대비는 간택 후궁을 들였으면 하던데…."

왕이 고개를 가로저었다.

"중전의 회임도 아직인데 간택 후궁은 생각해본 적도 없사옵니다."

"허면 중궁전에 새로 들인 지밀인 희순이라는 나인은 무엇이오?"

처음으로 대왕대비의 입에서 나온 희순이의 이름에 왕이 당황했다.

"내가 모르리라 여겼소?"

"아닙니다."

"그 아이를 대비전에 보냈던 것은 후에 후궁으로 삼으려 한 심산인 줄 알고 있었소. 헌데… 마음이 변하였소?"

"희순이는… 그러니까 중궁전 박 나인은…."

이상한 일이었다. 왕에게 희순이는 가깝게 지낸 나인이었다. 그런데 그녀에 대해서 설명하려고 하자 아무것도 떠오르지 않았다. 마음을 터놓고 가깝게 지내던 시기가 아주 옛날이었던 듯 희미한 기억을 헤집어보아도 딱히 그녀에 대해 할 말이 없었다.

잠시 고민하던 왕이 말을 이었다.

"과거 아바마마께서 소손에게 이런 말씀을 하셨사옵니다. 군왕에게는 마음을 나누고 기댈 단 한 명의 여인이 필요하다고. 이 구중궁궐 안에서 말이옵니다. 하여 소손도 그런 여인을 갖고 싶었사옵니다. 그리고 박 나인은… 어릴 적부터 소손과 함께 자라, 그 누구보다도 소손의 마음을 잘 헤아려주었습니다. 그래서 그녀가 소손에게 필요한 여인이라고 생각했습니다."

"그럼 중전은? 처음 중전과 마주했던 자리 이후로 계속 중전에 대해서만 이야기를 하지 않았소? 그래서 나도 주상이 중전에게 마음을 둔 것이라 여기고 조정의 중론을 무시하고서까지 중전으로 맞아들인 것이었소."

"그때 본 중전은 어여쁜 소녀였습니다. 하오나 그 소녀는 과인에게 눈길만 줄 뿐 마음을 줄 것 같진 않았사옵니다. 그래도 아바마마께서 정하시고 대왕대비마마께서 정하신 규수이니 왕비로 맞아들여야 한다 여겼사옵니다."

대왕대비는 왕이 털어놓는 속마음을 주의 깊게 들었다.

"그래서?"

"명분도 주지 않은 채 일개 나인과 마음을 주고받을 수는 없는 일이지요. 그래서 국혼 전에 박 나인을 대비전에 보내어 훗날에 후궁으로 들이려 한 것이었사옵니다."

"그런데 그러지 않았잖소."

왕이 민망한 웃음을 내보였다.

"이제 소손에게는 중전 단 한 사람만으로 충분하기 때문이옵니다."

"그것은 기쁜 일이오. 진심으로. 허나…."

대왕대비가 웃는 얼굴로 한숨을 내쉬었다.

"만약 중전이 대비처럼 후사를 보지 못한다면 어찌할 것이오? 후사가 없는 왕비는 틈만 나면 폐위론에 얽혀 들어가지."

대왕대비의 말이 마음에 들지 않았는지 왕이 살짝 인상을 썼다.

"벌써부터 그 문제를 논의할 시기는 아니라 사료되옵니다."

"그러나 언제까지 피할 수 있는 문제만은 아니오. 그러니 중전만 이해해준다면 대비의 말대로 간택 후궁을 들이는 것도 나쁘지 않다고 생각하오."

"조선에는 방계 승통의 전례가 많습니다. 만약 중전이 후사를 보지 못한다면… 소손은 후궁을 두어 내명부에 문젯거리를 만드느니 방계 승통으로 후계자를 선택할 것이옵니다."

이 말에 대왕대비는 크게 놀랐다. 그러나 다르게 보자면 왕이 중전을 향한 마음을 적극 드러낸 것과 마찬가지였다.

잠시 침묵이 흘렀다. 이윽고 대왕대비가 입을 열었다.

"정녕 후궁을 둘 생각이 없는 것이오, 주상?"

왕이 확고함을 담은 미소로 대왕대비를 바라보았다.

“예.”

대왕대비가 알 수 없는 미소를 지으며 중얼거렸다.

“참 이상한 일이오…. 사내가 여러 계집을 두지 않겠다고 약조하는 말을 듣는 것이…. 한 지아비 외에 다른 지아비를 두지 않겠다고 약조하는 것이 여인에게는 당연한데도….”

“소손도… 소손이 이런 말을 하게 될 줄은 몰랐사옵니다. 적어도 중전을 만나기 전까지는요.”

중전을 떠올리고 있는지 왕의 눈이 부드러운 곡선을 그렸다. 대왕대비는 그런 왕의 눈을 흡족한 듯 바라보다 말했다.

“주상, 내가 궁궐에서 오래 살아보니 신분이 높은 여인이나 낮은 여인이나 다 불쌍하더이다. 중전도 입궐하여 왕비가 되었으니 이제 궁궐의 여인이오. 그러니 중전이 불쌍한 여인이 되지 않게 해주시오.”

“대왕대비마마.”

대왕대비가 깊은 한숨을 내쉬며 왕에게서 눈을 돌렸다.

“선왕은 좋은 군주였을지는 몰라도 정작 대비의 마음을 헤아리진 못하였소. 만약 대비에게 잘못된 점이 있다면 그것은 선왕이 만든 것이오. 선왕의 아들인 주상이 이해하고 안고 가야 하는 문제가 될 것이라는 말이오.”

대왕대비의 시선이 다시 왕의 얼굴로 돌아왔다. 왕은 걱정스러운 얼굴로 대왕대비에게 물었다.

"간택 후궁 문제 때문이옵니까?"

"대비는… 그저 싫은 것이오. 사내이기 전에 군왕이어야 하는 임금에게 단 한 명의 여인만 존재한다는 사실이. 대비도 한때는 왕실의 여인이 되며 포기했다고 여겼을 것이오. 자신이 선왕에게 단 한 명의 여인이 될 수 없다는 사실을 말이오. 그러나 결국 평범한 여인처럼 기대했겠지…. 그리고 선왕은 그런 대비를 실망시켰고…. 어쩌면 선왕이 지킬 수 없는 약속을 대비에게 했을지도 모르오."

왕이 생각하는 듯한 표정을 지었다.

"주상은 그러지 마시오. 애초부터 지킬 수 없는 약속이라면 여인에게 하지를 마시오. 여인이란 말이오. 사내와 주고받은 아주 사소하고 그저 지나칠 법한 작은 약속 하나에… 평생을 의지하며 산다오."

"유산이오."

누워 있던 나는 의원에 말에 놀란 눈을 크게 떴다. 의원은 이런 내 표정을 보더니 말했다.

"아마… 달포가 겨우 지나 회임한 줄도 모르셨겠소. 어쨌든 너무 걱정 마시오. 초기에 이런 일을 겪는 산모들이 아주 많다오. 곧 다시 아이를 가질 수 있을 거요. 에헴!"

의원이 나가자마자 난 두 손으로 얼굴을 가린 채 흐느꼈다.

"흐흑…."

아이를 가진 줄도 몰랐다…. 의원은 한 달도 안 되었기에 그럴 수 있다고도 했다. 그러나 내게는 큰 충격이 아닐 수 없었다.

끼익. 갑자기 문이 열리는 소리가 들렸다.

난 얼굴을 가렸던 손을 치웠다. 홍몽남이었다. 난 재빨리 몸을 일으켜 세운 채 이불을 끌어당겨 안았다. 그리고 겁에 질린 눈으로 홍몽남을 쳐다보았다.

"…괜찮소. 더 쉬시오. 쉬어야 하오."

그는 의원에게서 내가 유산했다는 사실을 전해 들은 것 같았다. 난 그를 바짝 경계한 채로 벽에 등을 기대며 물러섰다. 홍몽남도 내가 자신과 거리를 두려 한다는 것을 알았는지 문가에 앉았다.

"궐로 돌아갈 거예요."

"그래야겠지…."

그가 힘이 없는 목소리로 말한다.

"당신이 소희와 어떤 관계였든 그 소희는 죽었어요. 죽었으니… 잊으라고요. 이젠!"

입술이 달달 떨리며 계속해서 눈물이 흘러내렸다.

아이는… 벌이었을까? 죽은 소희를 대신해 내가 조선에서 행복해졌기 때문에?

"난… 곧 평안도로 떠날 것이오. 그리고 다시는 도성으로 돌아오지 않을 것이오."

"그래서요?"

여전히 경계의 날을 바짝 세운 나를 그가 돌아본다. 나도 울고 있었지만 그도, 금방이라도 눈물을 쏟을 듯한 얼굴로 나를 바라보았다. 서로 찾는 사람이 아닌, 각기 다른 사람을 바라보고 있는 것이다. 오직 홍몽남, 그만 모르고 있는 진실 앞에서… 어쩌면 그도 피해자였다.

"우리 두 사람 모두 어찌 죽지 않고 살아나 재회했는지… 단 한 번도 깊게 생각해보지 않으려 하오? 그대는… 내가 알던 그대는 국모 자리에 연연하며 부귀영화를 탐하던 규수가 아니었소. 그대는…!"

진실을 말할 수 없다면…. 진실을 말해도 그가 받아들일 수 없다는 것을 알기에… 차라리 잔인한 거짓이 진실보다 나을지도 모른다.

"그래요. 난 부귀영화를 선택했어요. 죽다 살아나보니 알겠더라고요. 난 왕비로 살기 위해 태어났다고요! 그러니 날 잊어요. 평안도든 함경도든…! 다시는 돌아오지 말아요! 내 앞에 다시는… 다시는 나타나지 말라고요!”

그가 나타나면 난 불행해질 것 같다. 태어나보지도 못한 작은 생명을 잃어버린 것처럼…. 그의 잘못은 아니었다고 하더라도 다시는 그를 마주하고 싶지 않았다. 진짜 소희로 살겠다고 결심한 내게 진짜 소희가 택한 죽음의 비극이 내게도 찾아올 것같이 느끼게 만드는 존재였으니까.

“알았소. 그래서 그대가 행복하다면 다시는… 나타나지….”

그가 말을 끝맺지 못한 채 눈물을 흘렸다.

그리고 난 단면을 보았다. 내가 소희의 삶을 택해서 가질 수 있는 행복의 반대편. 누군가의 불행. 그 불행은 오로지 홍몽남이 일평생 안고 살아가야 할 것이다.

“…않을 것이니.”

눈물을 삼킨 그가 힘없이 자리에서 일어섰다.

“…갑시다. 궐로 돌아갈 수 있게 해줄 터이니.”

홍몽남이 나를 데려간 곳은 동굴이 있는 숲이었다. 하지만 이미 윤 상궁과 나인들은 모두 떠난 뒤였다. 어쩌면 내가 사라졌다는 소식이 궐에 전해졌을지도 모른다는 생각을 했다.

왕은… 그는 나를 걱정할까? 내가 사라졌다는 말을 들으면 진심으로 걱정해줄까?

“아무래도 나인들은 모두 돌아간 것 같소.”

“이서구 대감의 사저로 갔을 거예요. 그곳으로 가겠어요.”

“가는 길은 아시오?”

그의 물음에 난 할 말을 잃었다. 가마를 타고 나인들과 함께 이동했으니 궁궐도 어느 방향에 있는지 물어서 가야 할 판이었다.

“내가 데려다주리다.”

의원을 나온 뒤로 여전히 오래 걷기 힘들 정도로 몸 상태가 좋지 못했다. 이런 상태만 아니라면 그의 도움을 받으려 하지 않았을 것이다.

“난….”

“그대가 아이를 잃은 데는 내 책임도 있소. 그러니… 이번만큼은 마지막이라 여기고 내 도움을 받으시오. 부탁이오.”

그의 목소리에 진실성이 묻어났다. 아니, 그의 목소리가 적에게 호감을 줄 만큼 매력적이어서 그렇게 느끼는지도 모르겠다. 그의 목소리에는 분명 특별한 무언가가 있었다. 그것은 사람의 마음을 흔들고 사람을 끈다. 어쩌면 소희도 목소리 때문에 그에게 반하지 않았을까.

“알겠어요. 단… 이서구 대감의 사저까지만이에요.”

“알겠소.”

그가 나를 보며 슬프게 웃었다.

왕은 나를 볼 때마다 그 누구보다도 환하게 웃어주었다. 그런데 나를 바라보는 몽남이 짓는 웃음은 슬프다. 그리고 그 슬픈 웃음에 담긴 이유를 오직 나만이 안다.

그래서… 그가 느끼는 슬픔이 내게도 고스란히 전해진다.

홍몽남은 나와 거리를 두고 걸었다.

하지만 걸어도 걸어도 이서구의 집은 나오지 않았다. 이서구의 집이 이렇게까지 먼 줄은 미처 몰랐다.

난 점점 지쳐서 걷기가 어려워졌다. 궁궐 안에서도 연을 타고 전각과 전각을 오갔다. 왕비가 된 이후로 걸을 일이 줄어들어서일까? 유산의 충격에서 헤어나기도 전에 몸은 벌써 지쳐버렸다.

나보다 앞서 걸어가는 홍몽남과의 거리도 점차 멀어져갔다. 홍몽남도 나와의 거리가 멀어지는 것을 알았는지 자주 나를 돌아보며 느리게 걷다가, 결국 걸음을 멈추고 나를 기다려주었다.

"괜찮겠소?"

"괜찮아요."

전혀 괜찮지 않았다. 그런데 말과 다른 내 상태가 얼굴에 드러났나 보다. 그가 걱정스러운 얼굴로 나를 쳐다보더니 말했다.

"운종가를 가로지르면 조금 더 빨리 도착할 수 있을 거요."

"그럼 그리로 가요."

어디로든지 빨리만 갈 수 있다면 좋다.

그런데 그가 왠지 망설이는 듯한 표정이었다. 그 이유는 운종가에 들어선 뒤에 알게 되었다. 새파랗게 젊은 사대부가의 부인이 얼굴을 드러낸 채 걸으니 사람들의 시선이 내게 집중되었다. 몇몇 사람들은 일부러 나와 크게 부딪치며 지나가기도 했다. 때론 위협적이었다.

결국 몸과 마음이 지친 나는 이들을 뚫고 좁은 운종가 길을 벗어날 자신이 없어졌다. 마치 동물원 우리 안의 동물이 되어버린 기분이었다. 울고 싶었지만 사람들의 시선 앞에서 울고 싶지는 않았다. 이제 내게는 궁궐 안도 궁궐 밖도 다르지 않았다.

내 슬픔…. 내 감정…. 내 기쁨은 왕의 곁에 있었다. 그 기쁨이 너무나도 크게 느껴질 때는 슬픔 따위 있어도 없는 듯 지나갔다. 그러나 왕의 존재에서 멀어졌을 때 기쁨도 함께 나를 떠났다. 남는 것은 슬픔뿐이었고 그 슬픔이 내게 너무나도 크게 다가왔다.

감정을 추스르기가 어렵던 그때였다.

"마님."

앞서 걷던 홍몽남이 내게 돌아왔다. 그가 내게 내민 손에는 고운 연녹색 장옷이 들려 있었다. 난 그가 왜 나를 '마님'이라 불렀는지 알지 못했다. 다만 그가 내민 장옷을 서둘러 받아 들어 뒤집어썼다. 그러자 그가 내 앞에서 몸을 굽히더니 자신의 등을 내보이며 말한다.

"소인에게 업히시지요, 마님."

그는 등에 지게를 메고 있었다. 그제야 그가 왜 나를 '마님'이라 불렀는지 알았다. 잠시 망설이던 나는 지게에 자리를 잡고 앉았다. 내 몸무게가 지게에 실리는 것을 느낀 그가 자리에서 일어섰다. 동시에 내 세상이 조금은 더 높아졌다. 그는 나를 지게에 업은 채로 운종가를 빠르게 빠져나갔다. 더는 아무도 우리에게 시선을 주지 않았다. 난 지게에 뺨을 기댄 채 눈을 감았다. 짧고 가냘픈 숨이 코를 통해 힘겹게 흘러나왔다 들어가기를 반복했다.

이대로… 잠들어버리고 싶다. 궁궐로 돌아갈 수 있을까? 왕의 곁으로 돌아갈 수 있을까?

중전인 내가 홀로 외간 사내와 돌아왔다고 밝힐 수는 없었다. 홍몽남도 이를 알았는지 먼저 나를 알아볼 수 있는 윤 상궁부터 찾았다.

"중전마마를 모시는 상궁마마님을 잠시 뵙게 해주시오."

하지만 문지기는 그의 행색부터 살폈다. 그 후 더는 말하고 싶지 않다는 듯 짧은 말 한마디만 남겼다.

"안 계시오."

문지기가 그대로 문을 닫아버리려고 하자 홍몽남이 그의 팔을 잡았다.

"다른 상궁마마님이라도 불러주시오. 부탁하겠소."

"이자가 미쳤나? 썩 물러가시오! 내일이면 옹주마마의 혼례인데…. 이런 어디서 굴러먹다 온 지도 모를 잡것들이 대혼을 망치려고 작정을 했나! 쯧!"

그가 홍몽남의 손을 쳐내더니 문을 세게 닫아버렸다.

쾅쾅쾅쾅, 쾅쾅쾅. 홍몽남은 닫힌 문을 두드리며 문지기를 다시 불러내려고 했다. 하지만 안에서는 아무런 소리도 들려오지 않았다. 난 그에게 말했다.

"그만해요. 문지기한테는 소용없을 것 같으니까."

"아니오. 그대의 신분을 밝혀줄 누군가가 분명 이 안에 있을 것이오. 그래야 돌아갈 수 있지 않겠소?"

어쩌면… 마냥 문 앞에서 기다리다 보면 나를 알아볼 누군가가 나올지 모른다. 하지만 그때가 언제일지 알 수 없다. 다들 옹주의 혼례로 바쁠 텐데…. 아직 내가 사라진 사실을 모르는 건가? 윤 상궁이 밝히지 않았나? 가순궁이 입단속을 시킨 걸까?

이 집에 온 뒤로 내내 별당에만 머무른 나였다. 중전마마의 앞이라면 지밀나인들조차도 함부로 고개를 들지 못하는데, 날 보면 무조건 땅에 엎드렸던 이 집 하인들이 내 얼굴을 알 리가 없다.

"궁궐로 직접 가면…."

아니다. 궁궐도 마찬가지일 거다. 궁궐로 들어가려면 통과해야 하는 문을 지키고 있는 병사들도 모두 내 얼굴을 모른다. 이서구의 집 대문 하나도 넘지 못했는데 구중궁궐의 그 많은 문을 통과하는 일은 절대 쉽지 않을 것이다.

답을 잃어버린 나를 가만히 바라보던 홍몽남이 입을 열었다.

"내게 방법이 있소."

"방법…?"

"창덕궁 후원으로 들어가는 비밀 통로를 알고 있소. 그 길로 가겠소?"

"그게… 무슨 말이냐?"

왕의 목소리가 떨려왔다. 그 앞에는 중궁전 윤 상궁이 바닥에 엎드린 채 발발 떨고 있었다.

"자, 잠시… 소인이 한눈을 판 사이에… 중전마마께서…."

왕이 자리에서 벌떡 일어서며 소리쳤다.

"그곳이 어디냐!"

"그, 그, 도, 도성 서쪽… 성벽 인근이온데…."

"당장 그곳으로 안내하라. 당장!"

왕의 진노가 우레와 같았다. 윤 상궁은 겁에 질려 흐느끼며 자리에서 일어섰다. 그때 밖에서 내관의 다급한 목소리가 들려왔다.

"전하! 변고이옵니다!"

당장 중전을 찾으러 갈 생각이었던 왕은 다짜고짜 스스로 문을 열고 밖으로 나왔다.

"전하…!"

갑작스러운 왕의 등장에 놀란 지밀나인들이 모두 바닥에 엎드렸다. 그중에는 변고를 아뢰었던 내관도 있었다.

"무슨 일이냐?"

내관이 무슨 말을 전하든 왕의 귀에는 들릴 상황이 아니었다. 왕의 시선은 이미 내관을 넘어 궁궐을 에워싼 담장을 향해 있었기 때문이다. 내관이 아뢰었다.

"후원에… 침입자가 있다 하옵니다!"

"침입자?"

궁궐 밖을 향했던 왕의 시선이 내관에게 돌아왔다.

후원에서 담장이 가장 낮은 곳이었다. 산속 깊은 곳. 오래 전부터 폐쇄되었는지 철저하게 봉인된 작은 문이 있었다. 바로 후원 안으로 통하는 잘 알려지지 않은 문들 중 하나였다.

몽남은 담을 넘어 안으로 들어갔다. 그리고 이어 내가 담장 안으로 들어올 수 있도록 도왔다. 그를 따라 들어간 안쪽은 분명 후원이었다. 그러나 후원에서도 가장 외진 산 쪽이었기 때문에 평상시 사람이 다닐 만한 곳이 아니었다. 여기서 후원의 중심으로 들어가려 한다면 여러 초소를 넘어야 했다.

"앞쪽으로 초소가 세 군데 있소. 그쪽으로 간다면 중궁전과 가깝지만, 아무래도 돌아서 가야 하겠지. 그쪽에도 물론 초소가 한 군데 있소."

난 그를 따라가며 궁금한 점을 물었다.

"어떻게 이곳을 아는 거죠?"

내가 원근에게 전해 들은 홍몽남은 평범한 성균관 유생이었다. 물론 평범함과는 다른 선택을 했지만….

"알고 싶소?"

그가 잠시 걸음을 멈춘 채 나를 돌아보았다. 그의 슬픈 눈은… 내가 무심코 던진 의문에 대한 답이 다름 아닌 내게 있음을 알려주었다.

거짓말처럼 답을 얻기 위한 대화가 필요하지 않았다. 그는 타고난 외모와 목소리로 자신의 생각을 상대방의 마음까지 전달하는 탁월한 능력이 있었다.

"나… 때문이군요. 그렇죠?"

"그렇소."

그의 목소리가 무거워졌다.

"나를 보러 왔나요?"

그가 망설이다 이야기를 시작했다.

"정신을 차린 후에도 몇 달간 사경을 헤맸소. 뒤늦게 정신을 차리고 나니 나 혼자 살아남았다는 것을 알게 되었지. 곧장 그대의 뒤를 따르려 했소. 그런데… 그대가 죽지 않고 왕비가 되어 있더군."

내가 소희의 삶을 선택하기로 한 순간부터였다. 왕과의 갈등도, 홍몽남과의 일도… 정말로 내 인생의 한 부분이 되어버렸다. 피할 수도 없고 외면할 수도 없는 내 인생이었다.

"그대가 살아 있다는 안도감도 잠시였지…. 그대는 왕비가 되었으니 영원히 잊어야 한다는 것을 알고 있었소. 그러나… 단 한 번만이라도 그대를 보고 싶었소."

"이곳을 통해 궁궐에 들어왔군요…."

몽남이 고개를 한 번 끄덕였다.

"하지만 못 보았지. 아니, 보았소. 그러나 먼 곳에서… 많은 나인들에게 둘러싸인 그대의 얼굴은 끝내 볼 수 없었소. 그래도 여러 차례 목숨을 걸고 후원을 드나들었소."

"안 들킨 게 용하네요, 들켰다가는… 정말 죽었을 거예요."

그가 또다시 슬픈 미소를 짓는다. 그 미소에는 많은 이야기가 담겨 있다. 그리고 퉁명스럽게 그를 걱정하는 말을 내뱉고만 나를 향한 기쁨도 담겨 있었다.

"결국 어떤 식으로든 그대를 다시 보지 않았소…."

"그래도 바뀌는 건 없어요."

"더는 기대하지 않소. 그대는… 궁궐의 삶을 그리워하는 것 같으니."

그는 상처받았다. 과거 자신과의 사랑을 잊어버린 소희에게 아니, 소희로 살고 있는 내게 상처를 받았다. 지금이야말로 진실을 밝힐 순간일지도 모른다.

그런데 그것이 과연 옳은 일일까? 왕에게도 끝내 밝히지 못했던 진실이다. 그에게 사실대로 말했을 때… 그는 내가 진짜 소희가 아니라는 것을 알고 무슨 짓을 할지 모른다. 내가 가짜 왕비라는 사실을 가장 먼저 밝히려 할지도 모른다.

"오늘 이후로 다시는 이곳에 오지 않는 거죠, 그렇죠?"

"평안도로 떠난다 하지 않았소."

"마음도… 버리고 가요."

"마음? 지금 마음이라 했소?"

"네…."

그것이 그의 마음을 아프게 한 것 같았다.

"정녕… 모두 잊은 거요? 아니면 잊겠다 결심했소? 나는 그대가 왕비가 되었다는 사실보다도 임금이라는 한 사내의 여인이 되었다는 사실만으로도 가슴을 불에 태운 듯한 고통을 느끼며 살았소. 나는… 나 홍몽남의 목숨은… 그대란 말이오. 그대, 김소희."

그의 쉰 목소리가 내 마음을 절절하게 울린다. 나도 모르게 눈물이 났다. 그의 고통을 고스란히 느끼면서도 무거운 진실을 홀로 품은 나는 보여줄 것이 눈물밖에 없었다.

"과거는 과거일 뿐이에요. 모두 잊고 새 출발 하세요. 나도 그랬으니까… 그러니 하루라도 빨리 나를 잊어요."

소희가 아닌 황나래로서의 간절한 부탁이었다. 그러나 그는 요지부동이었다.

"그대를 잊으라 하는 것은 내게 죽으라는 말과 같소."

"홍몽남…!"

바로 그때였다.

"저기다!"

"이쪽이다!"

병사들의 목소리였다.

휙! 휘휙! 뒤이어 나무숲 사이로 병사들이 쏘는 화살이 날아오기 시작했다. 휙!

"조심하시오!"

몽남이 날아오는 화살을 보았는지 내 팔을 잡으며 급하게 돌려세웠다. 그 순간 내 눈에 그의 왼쪽 어깨를 관통하는 화살이 똑똑히 보였다.

"몽남!"

"윽…."

그가 짧은 신음을 내뱉으며 허리를 숙였다. 나는 그대로 그가 쓰러질까 손을 뻗어 그의 가슴을 지탱했다. 그 덕에 넘어지려는 것은 겨우 막았다.

"괜찮아요? 괜찮냐구요!"

화살이 사람의 몸도 이렇게 가볍게 뚫을 수 있을 정도로 위력이 있었나?

"으…."

어깨를 관통당한 그의 옷이 붉은 핏물로 물들어간다. 화살이 꽂힌 자리에서 오는 통증에 그는 눈도 제대로 뜨지 못하는 것 같았다. 겨우 숨을 고른 그가 오른손으로 화살의 끝을 잡았다.

"뭐 하는 거예요?"

"눈 감으시오."

"뭐 하는 거냐고요?"

"…잠시… 실례하리다."

그가 무엇을 하려고 하는 줄은 알았다. 알기에 재차 물은 것이었다. 이런 곳에서 제대로 된 지혈이 가능할 리도 없고… 소독이나… 감염 같은…!

그가 화살이 박힌 왼쪽 손을 내 눈에 갖다 대었다. 그는 내가 앞을 보지 못하도록 하고는 그대로 몸에 박힌 화살을 뽑아냈다. 푹!

"으윽…!"

내 눈을 가렸던 손이 치워지더니 그가 그대로 무릎을 꿇고 땅에 주저앉는다.

피와 살점이 뒤엉킨 화살이 바닥에 떨어졌다.

"제정신이 아니야…."

묻어 나오던 피가 이제 콸콸 쏟아진다. 이제 지혈을 해야 하는데 그에게는 그럴 정신이 없는 것 같았다.

"이쪽이다!"

"저기 사람이 보인다!"

그사이 병사들의 목소리가 가까워졌다. 몽남은 겨우 눈만 뜬 채 나를 보며 말했다.

"어서 가시오…. 내가 여기에 있는 동안 이 길로 가면 병사들의 시선을 피해 내명부로 들어갈 수 있을 것이오."

"당신은요?"

"나는 걱정 말고…."

그가 겨우 무릎을 세우고 일어섰지만 오래 걸을 수 있을 것 같지 않았다. 여전히 피가 줄줄 흘러내렸다.

나는 잠시 고민하다가 몸을 굽혀 속치마를 일부 찢어냈다. 쫘악, 쫙!

"김 소저?"

내가 진짜 뭘 하는 건지….

"가만 있어요. 그리고 난 김 소저가 아니에요. 이 나라의 왕비라고요!"

그냥 화가 난다. 내가 소희인 줄 아는 홍몽남에게. 내가 놀랄까 봐, 무서워할까 봐 다친 팔을 들어 내 눈을 가리고 화살을 뽑은 그에게도 화가 난다. 그냥… 화가 났다.

"알겠소…."

난 찢어낸 속치마로 그의 어깨를 동여맸다. 한 번 찢어낸 양으로는 지혈하기에 무리가 있었다. 난 한 번 더 속치마를 찢었다. 두 번 감고 나서야 겨우 흐르는 피가 진정된 것처럼 보였다.

지혈을 마친 그의 팔을 살펴보는 동안 가까운 곳에서 홍몽남의 시선이 내 얼굴을 향한다. 아주 슬프고 애달프게.

하지만 그 시선은 소희를 향한 것이다. 나 황나래를 향한 것이 아니라.

난 부담스러운 그의 시선을 피해 차갑게 말했다.

"가요."

하지만 그는 움직이려 하지 않았다. 나의 작은 행동 하나하나, 목소리 하나하나까지도 놓치지 않겠다는 듯… 영원히 잊지 않겠다는 듯 바라본다.

"살아난 뒤로 매일 밤… 그대를 꿈에서만 보았소."

"홍몽남…."

내가 소희가 아니라고 밝힌다면 그는 이 비밀을 지켜줄까? 어쩌면 그전에….

"김 소저."

… 그는 또다시 목숨을 끊으려 할지 모른다. 하지만 죽은 소희는 그가 살기를 바라겠지. 내가 진짜 소희로 살기로 한 이상, 그의 목숨을 살려야 할 책임도 있어.

"난 당신을 잊었어요. 그러니 당신도 나를 잊고 새 출발 하세요. 우리… 그렇게 살아요."

병사들의 소리가 더욱 가까워졌다. 그는 정말 떠나야 한다. 중전인 나는 살아도 그는 살 수 없을 테니까. 그런데도 그는 나를 바라보는 슬픈 시선을 쉽사리 거두지 못한다.

"제발… 가요!"

난 그에게서 고개를 돌린 채 매정하게 소리쳤다. 그때 그가 내 손을 잡았다.

"…김 소저."

내가 다시 그에게 고개를 돌렸다. 그는 잡아 든 내 손을 조금 전 지혈한 어깨 위에 올리며 내게 말했다.

"그대로 인해 얻은 상처요. 이제야 나 홍몽남은… 완전해졌소. 그대를 지키려다 얻은 이 상처로 인해… 이 상처는 내 몸에 죽을 때까지 지워지지 않는 흉터로 남겠지. 나… 홍몽남은 죽을 때까지 김소희, 그대를 잊지 않을 것이오."

이 순간 나는 깨달았다. 한 여인을 향한 한 남자의 순정이 이렇게까지 깊을 수도 있다는 사실을. 그리고 홍몽남은… 그의 약조대로 진짜 소희가 아닌 가짜 소희, 바로 나 황나래로 인해 얻은 흉터를 품은 채 평생 살아갈 용기를 얻겠지.

"왕비로 살겠다는 그대의 선택을 존중하오. 그래서 나는 그대의 시선이 닿는 곳에… 늘 존재할 것이오."

"그만해요. 그리고 우린 다신… 보지 말아요. 다신…!"

그가 나를 한 팔로 꽉 끌어안았다. 숨 막힐 정도의 포옹에 나는 반항할 힘조차 잃어버렸다.

그의 뺨이 내 머리카락을 아프게 쓸어내린다. 자신이 느끼는 고통의 일부라도 내게 전해지기를 간절히 바라는 것만 같았다. 풍랑처럼 밀어붙이는 그의 마음이 진짜 소희가 아닌 나를 정말로 고통스럽게 만들었다.

"소희… 소희…."

내가 아닌 진짜 소희를 찾는 그의 가슴을 울리는 목소리. 나를 바라보는 슬픈 눈동자. 그는 이 두 가지를 인상 깊게 남긴 채 떠났다.

몽남과 헤어져 내명부가 있는 서쪽 산등성이로 걸어가던 나는 후원에 나타난 왕을 발견했다.

"전하, 이쪽입니다!"

왕은 금군의 안내를 받아 후원에 나타났다. 그 뒤로 지밀나인 수십 명이 뒤따르며 왕을 말리느라 여념이 없었다.

"이곳은 위험하옵니다!"

"아직 침입자가 누구인지 밝혀지지도 잡히지도 않았사옵니다!"

"전하!"

심지어 대전 내관은 왕의 발치에 엎드려 길을 막으려 했다. 그러나 왕은 그를 가볍게 지나쳐 후원으로 빠르게 걸음을 옮겼다.

"이쪽입니다!"

후원을 둘러싼 산 위에서 병사들이 붉은 깃발을 흔들었다. 조금 전까지 몽남과 내가 머물렀던 부근이었다. 그들은 우리가 남긴 흔적을 발견했는지 이를 알리려고 깃발을 흔드는 것 같았다.

왕은 그쪽으로 가려고 했다. 그러자 나인들이 필사적으로 왕의 길을 막아섰다.

"아니 되옵니다!"

"비켜라!"

왕이 그들을 밀치고 지나가려고 할 때였다. 내가 조용히 산 등성이를 내려왔다. 그때 왕의 뒤를 맨 마지막으로 뒤쫓던 상궁이 나를 발견하고는 놀란 눈을 크게 떴다. 그녀는 다름 아닌 중궁전 윤 상궁이었다.

"전하…."

나를 발견한 그녀가 조용히 눈물을 흘리며 왕을 불렀다. 왕은 자신의 등 뒤에서 들려오는 울먹이는 목소리에 고개를 돌렸다. 처음 왕의 시선은 윤 상궁을 향했다. 그러나 윤 상궁이 자신이 아닌 다른 곳을 응시하는 것을 보고는 내가 있는 방향으로 고개를 돌렸다.

왕의 시선이… 드디어 나를 찾아냈다.

"중전마마이시옵니다…."

윤 상궁이 울며 엎드리자 다른 나인들도 일제히 몸을 엎드리며 내게 예를 올렸다.

“중전마마!”

후원의 금군들이 나를 보고 고개를 숙였다. 모두가… 후원에 가득 찬 모두가 일순간에 조용해진 순간이었다.

유일하게 꼿꼿이 허리를 세우고 서 있는 사람은 우리뿐이었다. 우리 두 사람. 서로를 바라본 채 일정 거리 이상을 두고 서 있을 뿐이었다.

왕은 지금 무슨 생각을 하고 있을까?

몽남과 담을 넘고 산을 헤매며 더러워지고 엉망이 된 옷차림. 흐트러진 채 제멋대로 흘러내린 머리카락들. 조금 전 상처 입은 몽남을 지혈하다 옷의 곳곳에 피가 묻어 있는 나였다. 그리고… 정인이 있다고 고백했던 나.

왕은… 그는….

“…중전?”

난 그의 얼굴을 보자마자 터져 나오려는 눈물을 삼키며 간신히 고개를 한 번 끄덕였다. 그 순간 참았다고 생각한 눈물이 또르르 흘러내렸다.

바로 그때였다!

왕이 곧장 내게 걸어오더니 내 앞에 멈춰 섰다. 나는 눈물을 흘리면서도 흐느낌을 참으려 입술을 깨문 채 그를 올려다보았다.

"다쳤소?"

왕이 묻는다. 아마도 내 옷에 묻은 몽남의 핏자국을 보고 한 말이겠지. 하지만 그의 말이 너무나도 자상하게 들려서… 결국 와락 울음을 터트리고 말았다.

"아닙니다. 신첩의 피가… 아닙니다. 이 피는 다른 이의 것인데…."

"중전!"

내 말이 끝나기도 전에 그가 나를 끌어안았다. 그 누구보다도 소중하게, 그 누구보다도 부드럽게 나를 감싸 안았다.

"전하…. 여기서 이러시면…."

모든 이들이 고개를 숙이고 있었는데도 나는 이러면 안 된다는 생각에 그를 밀어내려 했다. 하지만 그럴수록 그는 힘을 주어 나를 끌어안았다. 나는 결국 그의 가슴에 고개를 파묻은 채 울음을 쏟았다.

"과인이 얼마나 놀랐는지 아시오? 과인이 그대에게 한 말로 인해서… 그대가 과인을 떠났을까 봐… 과인은…."

"전하…."

온전히 전해지는 그의 마음에 난 결국 울며 사실을 털어놓았다.

"신첩이 잘못해서… 아이를… 전하의 아이를 잃었습니다…. 흐흑…"

"…!"

나를 끌어안고 있던 왕에게서 일순간 숨소리가 느껴지지 않았다.

나는 뒤이어 들려올 그의 말을 듣는 게 너무나도 무서워졌다. 그저 두 팔로 그의 가슴을 끌어안은 채 숨을 죽였다.

그때 나를 끌어안은 그가 내 이마에 짧게 입 맞추며 속삭였다.

"아이는 또 가질 수 있지만… 과인에게 그대는 다시는 얻을 수 없는 여인이오. 그러니 죄책감은 가지지 마시오. 그대는 아무런 죄가 없소."

"신첩은… 흐흑. 신첩은…."

"아이는… 우리에게 오기에 단지 때가 되지 않을 뿐. 과인은 그대가 이리 무사히 돌아온 것만으로도 족하오."

"전하… 흐으윽…."

왕은 계속해서 눈물을 그치지 못하는 나를 가볍게 안아 들었다. 그렇게 모든 상황이 끝났다.

왕비의 귀환.

그리고 왕은… 내 걱정을 모두 말끔히 씻어낼 만큼의 답을 주었다.

왕은 내 말을 믿는다. 내 마음을 믿는다. 그에게는 진짜 소희의 과거 따위는 중요하지 않았다. 그에게 나는 '다시는 얻을 수 없는 여인'이다.

어쩌면 왕은… 황나래의 진짜 이야기에도 귀 기울여 들어 주지 않을까?

공자가 말하기를 예가 아닌 것은 보지도 말고 예가 아닌 것은 듣지도 말고 예가 아닌 것은 말하지도 말고 예가 아닌 것은 행동하지도 말라(子曰 非禮勿視 非禮勿聽 非禮勿言 非禮勿動)고 했다. 육체의 욕망을 예로 이겨낸다는 극기복례(克己復禮)라는 말도 바로 여기서 나왔다.

공자의 이러한 사상이 반영된 유교를 신봉하던 국가 조선. 조선에서의 혼례는 바로 이 극기복례의 결정판이라고 할 수 있었다.

오래전부터 조선 왕실에서 왕녀의 혼인은 왕이나 왕자의 혼인인 국혼이라는 말 대신에 왕녀하가의(王女下嫁儀)라는 말을 썼다.

일반적으로 반가에서는 의혼(議婚)이라 하여 중매를 통해 혼처를 알아보고 정하는데, 유교 사회에서는 연애결혼이 금기시된다. 이렇다 보니 양가 어른들이 중매인을 통해 혼인을 결정했다.

그러나 왕이나 왕자, 왕녀는 이렇게 할 수가 없었다. 결국 왕실 사람들은 혼인을 위해 '간택'이라는 과정을 거쳤다. 간택 절차가 끝난 후 치러지는 혼인 방식은 국혼이나 왕녀하가의나 별반 다르지 않다.

우선 납채(納采), 국혼의 경우에는 삼간택에 뽑힌 처자가 별궁에 입궐하면 왕실에서 정식으로 청혼하는 의식으로 대신한다. 왕녀의 경우에는 최종적으로 뽑힌 부마의 집안으로부터 왕실이 사주단자를 받는다.

납폐(納幣), 국혼에서는 서로의 집안이 예물을 나눠 갖는 의식이지만, 왕녀의 경우에는 왕실에서 부마의 집으로 예물을 보냈다.

친영(親迎), 친영은 혼례를 치르는 당일의 의식을 말하며 국혼에서는 왕이 왕비를 데리러 별궁으로 가는 의식이다. 왕녀의 경우에는 궁궐이 아닌, 미리 출궁해 있던 종친의 집에서 혼례를 올린다.

동뢰(同牢), 국혼에서나 왕녀하가의에서나 신랑, 신부가 첫날밤을 보내는 의식으로 동일하다. 하지만 왕녀하가의는 조금 다른 부분이 있다. 바로 부현구고(婦見舅姑), 부현사당(婦見祠堂)이다.

부현구고는 첫날밤을 보낸 후 다음 날 아침에 시부모를 뵙고 인사를 올리는 것이었고, 부현사당은 시집온 지 사흘이 지나 신부가 부마의 집안 사당에 인사를 올려 조상들에게 자신의 존재를 알리는 의식이었다. '여자가 시집가면 그 집안의 귀신이 된다.'라는 말은 바로 부현사당 절차에서 비롯한 말이었다.

이 모든 과정을 마쳐야 왕녀는 왕실을 떠나 완전히 부마 집안의 여인으로 인정받았다.

숙선옹주의 혼인 절차도 그러했다. 창덕궁 희정당에서 부마 초간택이 열렸고 십여 명의 소년이 올라왔다. 보름 뒤 열린 재간택에서 정랑 홍인모의 아들 홍현주가 부마로 뽑혔다.

바로 옹주의 혼인을 위한 가례청이 설치되었고 종친 이서구가 왕을 대신하는 혼주로 정해졌다. 홍인모는 이서구에게 혼인을 맺는 채서(采書)를 보냈고 이서구가 혼인을 받아들이겠다는 답서를 홍인모에게 보냈다. 이후 이서구의 사저로 옹주가 출궁했으며 본격적인 혼인 준비에 들어갔다.

마침내 5월 27일인 혼례 당일(친영례). 부마가 될 홍현주는 제일 먼저 창덕궁에 입궐해 왕과 왕실 여인들에게 인사를 올린 후 다시 궁궐을 나와 옹주가 기다리고 있는 이서구의 사저로 향했다. 그곳에서 전안례(奠雁禮)가 거행되었다.

숙선옹주의 전안례는 생각보다 화기애애했다. 눈물을 흘리며 이를 지켜보는 사람은 어머니 가순궁뿐이었다.

어린 신랑과 신부는 전안례 내내 서로를 쳐다보며 눈빛을 교환했다. 가장 난감했던 것은 옹주의 상궁이었다. 그녀는 계속해서 눈짓으로 옹주에게 주의를 주었지만 소용이 없었다.

전안례가 끝나고 초례상에서 물러나던 옹주의 눈에 가순궁 옆에 서 있는 사내가 보였다. 그는 왕의 지기인 조인영이었다.

조인영은 옹주와 눈이 마주치자 빙긋 웃더니 손가락으로 어딘가를 가리켰다. 그곳을 바라본 옹주의 두 눈이 크게 뜨였다.

일반 사대부의 옷을 입은 왕이 손님들 틈에 섞여 있었다. 옹주는 왕을 바라보며 그 누구보다도 활짝 웃었다.

그날 밤은 환한 보름달이 떴다. 시원한 바람이 창덕궁 후원 정자 안으로 밀려 들어왔다.

나는 일부러 정자 안에 불을 놓지 않은 채, 오로지 달빛만으로 정자 안을 밝혔다.

"옹주가 그리 밝게 웃으니…."

"마음이 놓이셨어요?"

왕은 내 치마폭을 베개 삼아 아이처럼 재잘거림을 멈추지 않는다. 오늘 미복 차림으로 가서 직접 보고 온 옹주의 혼인 이야기다.

나도 가서 보고 싶었지만… 내의원에서도 당분간 움직이지 않고 쉬는 것이 좋다고 했다. 결국 왕이 나를 대신해서 옹주의 혼례에 몰래 다녀온 것이다.

"아니오."

"아니라고요?"

"앞으로 영영 궁궐을 나가 살 텐데, 뭐가 좋다고 그리 부마와 서로 히죽거리는지."

나는 피식하고 웃으며 왕의 넓은 이마를 한 손으로 쓸었다.

"아아, 질투 나셨구나, 전하는."

"그 모습을 보고 어찌 질투가 나지 않을 수 있겠소? 하나뿐인 누이를 다른 놈에게 빼앗겼는데."

"그럼 옹주가 울고 불며 전하를 원망스레 쳐다보았으면요? 지금쯤 마음이 불편하셔서 잠을 이루지 못하셨을걸요. 게다가 전하는요? 친영례 날 신첩을 보고 그리 웃으셨으면서."

"과인이 그랬소?"

왕의 연기 실력도 상당한 경지에 이른 것 같다. 분명 뻔히 기억하는 얼굴로 모르는 척을 하고 있다니.

"정말 기억 안 나세요?"

"안 나오."

옛 기억이 부끄럽기라도 한지 끝까지 안 했다고 고집을 부린다. 나는 그런 왕이 귀여워서 또다시 피식 웃고 말았다.

왕은 내가 웃는 것이 좋은지 따라 웃는다. 그러더니 한 손을 들어 웃고 있는 내 입술에 가져다 대고 말한다.

"불러주시오."

그 '노래'를 말하는 거다. 왕의 요청에 나는 웃는 입술을 열었다.

"신첩은 전하를…."

갑자기 왕이 입을 열었다.

"공. 과인의 이름은 공이오."

웃는 얼굴로 나를 올려다보지만 조금 전과는 다른 진지함이 그의 눈빛에서 배어 나왔다.

"전하의 이름을… 부르라고요?"

그동안 왕의 이름을 몰랐던 것은 아니다. 순조 이공.

하지만 왕의 이름은 함부로 불러서도 언급해서도 심지어 종이에 적어서도 안 된다고 배웠다. 그래서 그의 이름을 듣는 것도 말하게 되는 것도… 어색할 것만 같은데.

"그렇소. 과인의 이름을 넣어 불러주시오."

아이 같은 그의 요청에 나는 또다시 피식 웃고 만다. 왕이 원하고 단둘만 있는데… 뭐가 어려울까.

"좋아요."

난 활짝 웃으며 다시 노래를 부르려 입을 열었다.

"신첩은…."

"나래."

"…!"

그의 입에서 나온 내 진짜 이름 '나래'에 심장이 덜컹, 내려앉았다. 그러나 그는 조금 전과 다름없는 눈으로 나를 물끄러미 올려다보며 미소 지을 뿐이다.

나는 혼란스러웠다. 그가 방금 내뱉은 말이 정말 내 이름일까? 하지만 그가 내 이름을 알 리가 없다. 그는 분명… 내가 김조순의 딸인 김소희라고 알고 있을 텐데…. 언제부터…? 원근일까? 아니면….

이렇듯 복잡한 내 마음이 우리 사이에 침묵을 불러왔다.

난 심각했다. 그리고 두려웠다.

난 이 침묵 속에서 웃음을 잃어버린 얼굴로 그를 가만히 쳐다보았다. 그러자 그가 손을 뻗어 내 뺨을 부드럽게 쓸었다.

"과인은 말이오. 대왕대비전에서 본 소녀에게 첫눈에 호감을 느꼈소. 그것은 사실이오. 그녀를 만나기 전부터 기대했거든. 그녀는… 선왕께서 정한 과인의 반려자였으니까. 헌데… 그녀는 과인을 보면서도 아무런 감정이 묻어 나오지 않는 눈으로 바라보았지. 그때는 몰랐으나 지금은 알고 있소. 그녀에게는… 정인이 있었으니까."

"전하…."

그를 부르는 내 눈가에 서서히 눈물이 맺혀갔다.

"그래서… 하늘이 과인에게 그 소녀 대신에 중전을 반려자로 보낸 것 같소. 과인이 바란 대로 과인만을 사랑해줄 여인.

바로 그대요, 황나래."

그의 마지막 말에 내 눈에서 눈물이 톡, 톡 떨어져 그의 뺨을 적신다. 그러자 그가 몸을 일으켜 세우더니 나를 소중히 끌어안으며 속삭인다.

"우린 부부요. 이제 그대의 비밀은 과인의 비밀이기도 하오. 그러니 죽는 날까지 과인의 왕비로 살아주시오. 그래주시겠소, 나래?"

난 눈물을 뚝뚝 흘리며 고개만 끄덕거렸다.

왕이 그런 나를 돌려세운다. 그리고 나와 눈을 마주치더니 빙긋 웃으며 묻는다.

"사랑하시오, 과인을?"

이번에도 난 대답하지 못한 채 고개만 계속 끄덕였다. 그러자 그가 내 얼굴을 끌어당겨 한쪽 뺨에 그리고 입술에 짧게 입 맞추며 속삭였다.

"과인도 그대를 사랑하오. 나래."

대왕대비가 수렴청정에서 물러나던 해. 왕의 친정이 시작되었다. 동시에 조정은 잠시 시끄러워졌다.

대왕대비의 지지 세력이었던 경주 김씨 벽파가 대규모로

숙청되고 이어 왕의 장인인 김조순을 중심으로 한 안동 김씨 시파가 조정에 대거 등용되었다.

이 시기 수렴청정에서 물러난 대왕대비는 이듬해를 겨우 넘기고 세상을 떠났다. 혜경궁은 완전히 창경궁으로 물러났고 대왕대비를 대신해 정조대왕의 정비였던 대비가 내명부를 맡게 된다.

외명부와 내명부의 주인들이 바뀌는 시기. 오히려 궁중 내부는 상당히 평화로웠다.

왕의 나이 스물. 그리고 내 나이 스물하나. 기다리던 첫아이가 태어났으니, 왕자였다. 그다음 해에는 공주까지 태어나 겹경사가 아닐 수 없었다.

하지만 경사는 경사. 그리고… 본격적인 육아는 이제부터 시작이다.

"중전마마?"

"쉿."

조용히 동온돌의 문을 열고 나오는 나를 보며 숙직 나인이 깜짝 놀란다. 아직 해가 뜨기에는 이른 시간. 나는 나인들의 도움도 없이 스스로 옷을 갈아입고 머리를 매만지고 단장까지 모두 마쳤다. 이유는 단 하나. 옆에서 자고 있는 왕을 깨울 수가 없었기 때문이다.

"전하께옵서는…."

"아직 조회 전이니 더 침수 드시게 해라."

"하오면 마마께옵서는…."

난 씩 웃으며 중궁전을 나왔다. 제일 먼저 간 곳은 올해 태어난 공주의 처소다. 어린 공주의 아침은 빠른지 벌써부터 안에서 어린 공주가 칭얼대는 소리가 들려왔다.

"중전마마!"

마침 공주의 처소로 들어가려던 나인 희순이가 고개를 숙이며 나를 맞았다.

"공주는?"

"조금 전에 깨셨사옵니다."

"유모가 있을 터인데, 너는 어찌 이리 일찍 일어난 게냐?"

"공주마마의 울음소리를 들었사옵니다. 하여…."

"공주가 여럿 괴롭히는구나. 네가 고생한다."

"아니옵니다…."

올해 공주가 태어나자 난 공주의 양육을 유모와 함께 박 나인에게 맡겼다. 왕의 동의도 얻었다. 희순은 진심으로 이 일을 마음에 들어 했다. 그녀는 최선을 다해서 공주를 책임지고 돌보고 있었다.

난 희순과 함께 공주의 처소 안으로 들어갔다. 유모의 품에 안겨 젖을 막 빨기 시작한 공주가 눈에 들어왔다.

"중전마마."

유모가 인사를 올리며 자리에서 일어서려 하자 나는 만류하며 그녀의 앞에 앉았다.

“안아보시겠사옵니까?”

“난….”

나도 모르게 두 손을 공주에게 뻗었다.

“아니다. 공주의 얼굴을 보았으니 되었다.”

감정보다는 순서가 더 중요하니까. 난 손을 거두며 다시 자리에서 일어섰다.

“다시 오겠네.”

유모와 희순이를 뒤로한 채 나는 공주의 처소를 나왔다.

이른 아침. 몸을 이리저리 뒤척이던 왕이 본능적으로 옆자리로 손을 뻗었다. 늘 중전이 누워 있던 자리였다. 아직 완전히 잠에서 깨지 않은 왕의 손이 중전을 찾아 더듬거렸다. 그러다 무언가 단단한 것이 잡히자 왕은 습관처럼 그것을 자신의 품 안으로 끌어안았다.

그런데 생각보다… 말랐다? 그리고 작다?

왕은 자신의 품 안으로 끌어안은 물체가 무엇인지 확인하기 위해 눈을 떴다. 그리고 그것은… 다름 아닌 중전의 베개였다.

"…중전?"

머리맡에 가지런히 놓여 있어야 할 베개가 왕의 옆에 있었다는 것은… 누군가 일부러 그랬다는 것.

"기침하셨사옵니까?"

때마침 밖에서 중궁전 지밀나인의 목소리가 들려왔다. 왕이 중얼거리듯 중전을 찾는 목소리를 들은 모양이었다.

"기침하였다."

왕의 대답이 떨어지자마자 문이 열리며 기다리고 있던 나인들이 차례차례 들어왔다. 그녀들은 왕이 씻을 소세물과 갈아입을 옷들을 줄지어 가지고 들어왔다. 그러나 그중에도 왕이 찾는 사람은 없었다.

왕은 자신의 앞에 놓인 소세물을 가만히 들여다보다가 씻을 생각은 않고 고개를 들었다. 그리고 가장 가까운 곳에 있는 나인을 바라보며 물었다.

"중전은 또 원자에게 갔느냐?"

왕의 목소리에 삭힌 노여움이 묻어나자 나인은 어쩔 줄 모르며 고개를 숙이며 답한다.

"그러신 듯하옵니다…."

왕이 입을 굳게 다문 채 긴 숨을 내쉬었다. 분명… 화났다.

동궁전에서 원자 영이는 아직 꿈나라였다. 고작 세 살. 어쩌면 이 나잇대 어린아이에게는 당연한 일이다. 해도 뜨지 않았으니….

하지만 일국의 세자가 될, 왕의 유일한 아들인 원자는 그리 해서는 안 된다.

특히 전교 1등을 어머니로 둔 왕자라면 더더욱!

"창문을 모두 열어라."

"중전마마. 아직 바람이 차옵니다."

"어서 열지 않고 무엇 하느냐?"

"예에…."

동궁전 상궁이 닫혀 있던 창문을 하나씩, 하나씩 모두 연다. 맑은 아침, 아니 새벽 공기가 동궁전 안으로 밀려 들어오자 잘 자던 왕자의 얼굴에 살짝 그늘이 진다.

아이의 곤한 잠을 깨우는 매정한 어머니가 되긴 싫지만 오늘도 어쩔 수 없다.

"뭐 하는가? 어서 깨우게."

동궁전 상궁에게 말했다. 그러자 동궁전 상궁이 내 눈치를 보며 자고 있는 왕자의 곁으로 다가가 속삭였다.

"마마…. 일어나시옵소서. 중전마마께서 오셨사옵니다."

"으응…. 시러…."

당연히 싫다고 칭얼대는 왕자. 그러자 동궁전 상궁이 나를 돌아보며 또 눈치를 본다. 난 이럴 때일수록 더욱 근엄하고 단호한 얼굴로 말했다.

"원자, 일어나세요. 이 많은 나인들 앞에서 기침하지 않으니 부끄럽지도 않습니까?"

"으응…. 시러, 시러…."

여전히 왕자는 일어날 생각이 없어 보였다.

"상궁, 원자를 일어나 앉히게."

"예에…. 중전마마."

내 명령에 동궁전 상궁이 억지로 왕자의 몸을 잡아 일으켜 앉혔다. 그러자 덮고 있던 이불이 걷히면서 왕자가 몸을 움찔거렸다. 자동으로 뜨인 눈이 일어서서 바라보고 있는 나를 향했다.

"어마마마…?"

그러나 나는 왕자에게 눈길을 줄 여유가 없었다. 바로바로 왕자가 씻을 소세물을 들이게 했다. 동궁전 나인들이 잠이 덜 깬 왕자를 앞에 두고 수건에 물을 적셔 얼굴을 닦아주려 했다.

"스스로 하도록 하게."

"예에…."

당, 연, 히. 왕자는 얼굴을 씻을 생각이 전혀 없어 보였다. 계속 눕고 싶은지 작은 허리가 포근한 이불 위로 넘어가려고만 한다. 상궁이 겨우 지탱하고 있지만 다들 내 눈치만 살피는 상황.

난 왕자에게 다가가 맞은편에 앉으며 말했다.

"원자. 잘 들으세요. 지금 조선 백성들은 모두 일어나 하루를 시작하는데 어찌 이 나라의 임금이 될 원자께서 꿈나라에 계시려 하십니까?"

"조금만… 조금만 더 잘래요…."

"안 됩니다."

나는 눈을 부릅뜨며 말했지만, 왕자는 눈이 반쯤 감긴 상태라 이런 무시무시한 내 얼굴을 보지 못한 것 같았다. 결국 난 한숨을 내쉰 채 팔을 걷어붙였다.

"소, 소인들이 하겠사옵니다!"

"되었다."

난 상궁들의 만류를 뿌리치고는 직접 손에 물을 적셔 왕자의 얼굴을 씻겼다. 눈곱도 떼어주고 얼굴도 씻기고 닦이고…. 그제야 정신이 드는지 왕자가 웃으며 나를 쳐다보았다.

"헤헤…."

어린 왕자의 해맑은 웃음에 결국 나도 피식 웃고 말았다. 하여간 좋은 것만 닮아서는….

하지만 웃는 건 여기까지다.

"원자의 누이도 일어났습니다. 어찌 오라버니인 원자가 이리 늦게 일어납니까?"

"누이는 아직 어리니까요…. 소자 유모가 그러는데 원래 아기들은 잠이 없다고 합니다."

어린 왕자의 변명도 가지가지다. 특히 대비가 뽑은 왕자의 유모 연씨는 모든 부분에서 관대했다. 내가 아니라고 한 것도 때에 따라서는 맞을 수 있다는 식으로 왕자에게 가르친다. 대비가 뽑은 사람만 아니라면 진작 바꿔버리고 싶었지만… 왕자도 마음에 들어 하니 또 참고 참는다.

"그러면 원자가 누이에게 모범을 보여야 하니, 앞으로 누이보다 일찍 일어날까요?"

그러자 어린 왕자의 표정이 심각하게 굳었다. 난 씩 웃으며 왕자의 대답을 기다렸다. 잠시 후 왕자가 고개를 가로저으며 말했다.

"소자… 공부할까요?"

벌써부터 어린 왕자는 내가 가장 좋아하는 말을 잘 안다. 난 웃으며 자리에서 일어섰다.

"김 찬선께서는 드셨느냐?"

"밖에서 기다리고 계시옵니다."

날이 밝기도 전에 스승이 왔다는 말에 어린 왕자의 얼굴이 울상이 되었다. 난 의기양양한 얼굴로 왕자를 내려다보며 말했다.

"보셨지요? 김 찬선께서는 오늘 아침 원자를 가르치러 오기 위해, 원자의 누이보다도 더 일찍 일어나서 입궐한 것입니다. 그러니 찬선이 가르쳐주는 것들을 열심히 배우세요."

"네에…. 어마마마."

울상이 된 왕자가 대답은 잘도 한다.

난 왕자를 놔둔 채 밖으로 나왔다. 문밖에서 기다리고 있던 찬선 김원근이 나를 보며 인사를 올렸다.

"오늘 아침도 부지런하시옵니다, 중전마마."

난 한숨부터 내쉬었다.

"안 그래도 전하께서 원자를 곧 세자로 삼으시겠다 하십니다. 적어도 세자가 되기 전에는 천자문을 떼야 하지 않겠습니까?"

"원자께서는 제 나잇대 아이들보다도 영특하십니다. 이리 새벽부터 공부를 가르치시는 것은 무리일 수도 있습니다."

"오라버니도… 원자를 감싸는 것입니까?"

원근이 멋쩍은 듯 웃었다.

"아닙니다."

"그럼… 부탁드릴게요."

"예, 중전마마."

원근이 다시 한번 인사를 올리고는 안으로 들어갔다.

문이 닫힌 뒤에도 나는 한동안 그 자리를 떠나지 않았다. 얼마의 시간이 지난 후 안에서 어린 원자가 글을 읽는 낭랑한 소리가 들려왔다.

"휴우…."

그제야 안도의 한숨을 내쉬며 동궁전에서 돌아섰다. 그제야 어렴풋이 날이 밝아오고 있었다.

"중궁전으로 가시옵니까?"

옆에 선 윤 상궁이 내게 물었다. 난 잠시 고민하다가 고개를 저었다.

"아니다. 대비전으로 가서 전하를 기다리겠다."

곧 아침 문후 시간이라서 한 말이었다. 그런데 바로 그때 익숙한 목소리가 뒤에서 들려왔다.

"너무하시오, 중전."

그러자 일제히 나인들이 고개를 숙였다.

"전하."

"주상전하…."

난 또다시 긴 한숨을 내쉬며 왕이 있는 곳으로 고개를 돌렸다.

"전하."

아주아주, 밝게 웃으면서.

그러나 나를 바라보는 왕은 웃지 않는다. 웃을 생각도 없어 보였다.

"원자와 공주는 아침에 눈을 뜨자마자 중전의 얼굴을 제일 먼저 본다는데… 어찌 과인은 그러지 못하는 게요?"

난 왕에게 가까이 다가섰고 윤 상궁을 비롯한 나인들은 오히려 우리에게서 더욱 멀리 떨어져 선다. 아마도 곧 터질 부부 싸움을 예상하고 있어서인지도 모른다.

"전하. 나인들이 이처럼 많은데 그런 말씀을 하시오면…."

나는 가식에 가까운 가짜 웃음을 지으며 그만 들을 수 있는 작은 목소리로 말했다. 그러나 이런 내 행동이 그의 화를 부채질한 모양. 오히려 그는 무섭게 인상을 쓴다.

"대답해보시오. 과인에게 불만이라도 있소?"

"어찌… 신첩이 전하께 불만이 있겠사옵니까."

사실 불만이 없는 건 아니다. 나도 늦게까지 포근한 이불에 파묻혀 잠들고 싶었다. 그런데 최근, 그가 어린 원자를 곧 세자로 삼겠다고 공공연히 떠벌리고 다닌 바람에! 난 결국 잠을 잃고 원자의 교육에 매달리고 말았다. 곧 세자가 될 원자가 천자문도 못 뗐다면 이건 집안 망신을 넘어선 국가 망신일 테니까!

이처럼 나를 치맛바람 흔들게 만들어놓은 당사자가 고작 아침에 눈뜰 때 옆에 없다고 삐친 소리를 하고 있으니…. 내가 이런 속 좁은 남자랑 살고 있었던 말이야?

"전하아…."

입술을 부르르 떨면서도 목소리는 애교 있게. 그런데도 왕은 오늘따라 화를 풀려고 하지 않는다.

왕이 저리 행동하면 주변 나인들이 긴장하잖아! 나도 더는 못 참아! 받아주는 것도 정도껏이지!

"전하. 대비전에 문후를 가셔야지요."

"중전이 그리 말할 줄 알고 이미 지난밤에 오늘 아침 문후는 가지 못할 것이라 대비전에 아뢰었소. 중전도 함께."

"그럼 아침 조회는… 대신들이 속속 입궐할 시간이 아니옵니까?"

"오늘은 비변사 주재 회의가 있는 날이니 조회가 없소."

이럴 줄 알았다. 왕은 미리 작정해놓고 아침 늦게까지 나랑 뒹굴뒹굴하려고 선수를 친 것이다. 하지만 난 원자 생각에 왕의 이러한 달콤한 아침 계획(?)도 모른 채 서두르기만 했으니….

"그럼 내일 아침에는…."

"내일 아침에도 문후를 가지 않을 생각인 거요? 게다가 내일 아침에는 조회가 있소."

눈을 뜨자마자 자신의 계획이 어긋났음을 알게 되자 왕은 내게 단단히 화가 난 것이다. 나는 보는 눈이 많으니 한 번만 더 참기로 했다. 그리고 왕에게 바짝 다가가 서서 다른 나인들 모르게 그의 한 손을 슬쩍 잡아 쥐었다.

"전하아."

약간 풀린 왕의 표정을 보니 슬슬 넘어오려는 것 같긴 한데.

"여기까지 오셨으니 우리 원자가 글 읽는 소리를 한번 들어보시고 가시옵소서. 예?"

풀어라, 좀? 이제 됐지?

공개적인 자리에서 남몰래 손잡아주는 것이 왕의 기분이 풀리고 좋아지는 1순위 행동이라는 걸 난 안다. 어차피 내가 잘 안 해주다 보니 왕은 이런 걸 은근 좋아한다.

그런데… 풀어질 듯 보였던 왕이 더 험악한 인상을 쓰더니 내가 잡은 손을 놓으며 내게서 떨어졌다.

응? 이건 내가 예상했던 시나리오가 아닌데…?

"또 원자군."

"예?"

"그리 원자가 좋으면 앞으로 동궁전을 중전의 처소로 삼지 그러시오?"

그대로 내 손을 뿌리친 왕은 그대로 돌아서서 가버렸다.

뭐야…?

남겨진 나는 멍한 얼굴로 멀어지는 왕의 뒷모습만 쳐다보았다.

왕이 그렇게 가버린 후 하루 종일 한 가지 일에 집중할 수가 없었다. 신경 쓰였다. 무진장.

이상해. 정말 이상해. 다른 집 자식도 아니고 원자는 제 자식이잖아! 첫아이로 원자를 낳았을 때 그 누구보다도 기뻐했던 게 왕이면서!

게다가 얼마나 원자가 좋은지 곧 세자로 삼겠다고 헤프게 떠벌리고 다니는 것도 왕이고! 그런데 왜 어린 원자한테 질투하는 것 같은 모습을 보이는데? 왕을… 아니, 남자를 이해할 수가 없다.

물론 굳이 따지자면 내 잘못도 어느 정도 있다고 생각한다. 원자가 태어나고 연달아 공주가 태어나면서 경사는 경사였다. 하지만 공주를 낳을 때 여러 차례 난산의 위험이 있었고 피를 정말 많이 흘리면서 말 그대로 죽다 살아났다. 내의원에서조차 당분간 아이를 갖는 것은 목숨을 담보로 해야 한다면서 아주 많이 겁을 줬다. 그 때문에 한동안 왕이 밤에 중궁전을 예고도 없이 찾아오는 것을 싫어했지….

그렇다고 합궁이 없었던 것도 아니다. 다만… 합궁 날이 잡히면 이런저런 핑계로 빠져나가긴 했다. 이럴 때 요긴한 핑계들이 대부분 원자와 공주에 관한 것이었다. 다른 것도 아니고 원자와 공주에 대한 핑계만큼은 왕도 어찌하지 못했으니까.

원자와 공주가 아픈 낌새가 있다, 몸이 좋지 않다더라… 하면서 일부러 동궁전이나 공주의 처소에 가버렸지. 그때마다 아무것도 모른 채 중궁전에 왔던 왕은 침전으로 돌아가서 혼자 자야 했고.

미안하긴 했다. 하지만 이건 미안한 거 이상이라고!

다 이유가 있다. 남자인 왕은 이해하기 힘든… 그런….

"중전마마."

유모의 품에서 곤히 잠든 공주를 바라보며 생각에 잠긴 나를 희순이 불렀다.

"응?"

"무슨 생각을 그리 골똘히 하시옵니까?"

"난… 공주가 예뻐서."

세상만사 다 모른 채 평안하게 잠든 공주의 얼굴을 보면 내 마음도 덩달아 편안해진다. 하지만 이어서 나오는 것은 한숨. 아침에 내 손을 뿌리치고 가버린 왕 때문이다.

"중전마마를 닮으셨사옵니다."

"전하도 그러셨지."

전하 이야기에 다시 입가에 퍼지는 웃음. 여전히 난… 그를 생각하면 웃음만 나오는데… 그가 웃지 않으면 불안해진다. 내 웃음도 그리 오래가지 않는다.

"휴우…."

나도 모르게 터져 나온 한숨에 희순이 유모와 함께 내 눈치를 본다. 늘 그렇다. 상전이자 웃전인 왕과 왕비의 행동 하나하나에 나인들은 긴장한다. 그것을 알기에 감정도 함부로 표현해서는 안 된다.

"안아보시겠습니까?"

유모가 공주를 또다시 내게 내밀려고 했다. 그러나 난 힘없이 웃으며 고개를 저었다.

왕비는 아무리 제 자식이라도 젖을 물려서 직접 키울 수 없다. 육아를 담당하는 이들은 따로 있다. 왕비는 왕비의 일이 따로 있고. 엄연한 궁중의 법도였다.

원자 때는 이런 것들을 잘 몰라서 그대로 따랐는데… 공주 때는 당연하게 받아들이게 되었다. 그 때문에 나는 우는 아이를 달래는 법도 재우는 법도 모른다.

보고 싶다고 그때마다 찾아가서 아이들을 볼 수도 없었다. 내게는 나만의 스케줄이, 왕실의 아이들에게는 그 아이들만의 스케줄이 정해져 있었다.

그래서 내가 할 수 있는 건… 이른 아침에 잠깐 시간이 있을 때, 아이들을 찾아가 깨우며 얼굴을 보는 것뿐. 그것이 왕비이기 전에 아이들의 어머니로서 할 수 있는 유일한 애정표현이었다. 이곳 조선의 왕실에서는 너무나도 당연한….

"제조상궁마마께서 오셨사옵니다."

그때 제조상궁이 왔다는 소리가 들렸다.

"그럼 소인은 이만 물러가겠사옵니다."

제조상궁이 왔다는 말에 유모가 공주를 안아 든 채 일어섰다. 희순도 따라 일어섰다. 난 유모의 품에 안겨 점점 멀어지는 공주의 얼굴을 아쉬운 듯이 쳐다보았다. 오늘… 단 한 번도 공주를 안아보지 못했다.

"중전마마. 인사 올리옵니다."

공주가 물러간 자리에 제조상궁이 들어와 인사를 올렸다.

"무슨 일인가?"

"다름이 아니라 다음 달 합방 일을 정하였사온데… 보시옵소서."

제조상궁이 건넨 종이를 들여다본 나는 헛기침을 했다. 거의 모든 날에 붉은 동그라미가 표시되어 있었다.

사실… 중전의 아버지인 김조순이 조정을 장악하면서 제조상궁도 우리 집안의 눈치를 보게 되었다. 그러다 보니 형식을 따진다며 합궁일을 제 마음대로 정할 수가 없게 되었다. 이게 왕에게는 정말 좋은 점이었다.

왕은 먼저 이 종이를 받아 들고는 모든 날에 붉은 동그라미를 쳤다. 다만 딱 한 달에 며칠만 동그라미가 아닌 세모 표시를 할 때가 있었다. 이때는 달거리가 있는 날. 합궁은 안 되지만 합방은 가능하다는 뜻.

"전하께서도… 보였는가?"

"예."

"전하께서 뭐라 하시던가?"

"중전마마께서 다른 말씀이 없으시면… 이대로 하라고 하셨사옵니다. 어찌하올까요?"

나는 얼굴이 화끈거려 일부러 종이만 뚫어져라 쳐다보며 제조상궁에게 물었다.

"여염집 부부들도 이리 거의 매일 합방하며 지내던가?"

"이렇듯 매일은 그러지 못할 것이옵니다."

정직한 제조상궁의 말에 내 얼굴은 더욱 뜨거워졌다.

설마 이러려고 안동 김씨에게 권력을 허락한 건 아니겠지?

순간이지만 내가 알던 역사에 비화가 있나 의심을 품었다. 왕이 왕비를 향한 뜨거운 욕망(?)에 안동 김씨 세도정치가 시작되었다는 뭐 그런… 말도 안 되는.

"이리 정하게. 이러다가도 전하께서 사정이 생기시면 중궁전에는 발걸음을 못 하실 터이니."

와도 나를 못 보고 돌아갈 때도 많았으니 뭐.

내가 싫으면 왕에게 알리지도 않고 동궁전이나 공주의 처소에 가서 자고 오면 된다. 그렇다고 왕이 내게 화를 내지 않으리라고 확신했으니까.

하지만 오늘은….

“예. 그럼 소인은 그리 알고 물러가겠사옵니다.”

제조상궁이 나가자 난 서랍 속에 감춰두었던 종이를 꺼내 들었다. 아직 끝나지 않은 이번 달 합방일을 정한 종이였다. 역시나 모든 날에 동그라미가 쳐 있었다. 오늘도 어제와 마찬가지로 붉은색 동그라미였다. 이 동그라미를 친 것은 모두 왕이다.

도대체 왕은 무슨 생각으로 당당하게 동그라미들을 그려놓은 것일까? 이제 공식적으로 합방일을 정하기 위해 쓰는 이 종이의 필요성이 의심스러워지는 시기가 왔다. 거의 매일 밤 왕이 중궁전에 온다는 것은 궁궐의 모든 나인들이 아는 사실이었으니까.

해가 뉘엿뉘엿 지는 오후였다.

“공자께서 제자들에게 말씀하시기를….”

왕자를 중궁전으로 부른 나는 서온돌에 마주 앉아 오늘 배운 글을 읽게 시켰다. 겨우 천자문만 떼고 있는 왕자에게 무리해서 아직 내용도 이해 못 하는 춘추(春秋)를 읽게 시키는 것이다. 원근이 추천한 방법이었지만, 아직 왕자처럼 세 살 어린아이에게는 아직 무리라고 했던 교육 방법이기도 했다.

하지만 난 마음에 들었다. 무슨 뜻인지 알기도 전에 읽고 또 읽다 보면 자연히 정식으로 배울 때는 머릿속에서 맴돌 정도로 익숙해질 테니까. 이름하여 황나래식 조기교육이라 할 수 있겠다.

"하여…."

그런데 점점 왕자의 목소리가 작아진다. 난 책을 넘기던 손을 멈추고 고개를 들었다. 왕자는 지친 표정으로 어깨를 축 늘어뜨리고 있었다.

"원자, 어찌 읽지 않습니까?"

"벌써 네 번째 읽었는데…."

"세 번째입니다."

"…그럼… 세 번 읽었는데…."

"그래서요?"

"언제까지 해야 합니까?"

난 문 닫힌 창문을 쳐다보았다. 붉은 석양이 한지에 비쳤다. 적어도 한 번은 더 읽을 시간이 있었다.

"한 번 더 읽도록 하세요."

"네?"

어린 왕자의 얼굴에 실망스러운 기색이 떠올랐을 때였다.

"그만하면 되었다."

"아바마마!"

문이 열리며 왕이 예고도 없이 들어서자 왕자가 뛸 듯이 기뻐했다.

"춘추를 읽고 있었느냐?"

"네에!"

"이것은 이 아비도 네 나이 때는 들여다보지도 않던 어려운 책이거늘."

왕이 왕자에게 말하면서도 시선은 내게 주었다. 한마디로 나보고 들으라는 말이다.

"우리 원자가 대단하구나."

이어지는 왕의 칭찬에 고무된 왕자는 다시 책을 집어 든다. 내 앞에서는 언제든지 그만 읽고 도망칠 기세였는데 왕의 앞에서는 한 번 더 읽을 힘이 남아 있는 것 같다. 그래도 이처럼 사이좋은 부자의 모습을 보는 것이 싫진 않아서, 내가 왕자를 바라보며 입가에 미소를 지었을 때였다.

왕의 묘한 시선이 왕자를 보며 웃는 내 얼굴을 향해 있었다. 눈을 맞추자 그의 입가에 슬그머니 미소가 떠올랐다.

풀린 건가? 그럼 다행이고.

"조금만 읽어보겠느냐?"

"네!"

왕자가 신나서 책을 잡고 자리에 앉았다. 난 왕이 앉을 것이라 여기고 내 자리인 보료 자리를 내어주기 위해 자리에서 일어서려 했다. 그러자 왕이 일어서려는 내 어깨를 지그시 눌러 말리더니, 그대로 내 옆에 앉는다.

"전하?"

나도 왕자도 그가 하려는 행동을 이해하지 못해 쳐다보았을 때였다. 그가 아무렇지도 않은 듯 익숙하게 내 무릎을 베고 보료 위에 누웠다.

"…아바마마? 어마마마?"

왕자도 이런 모습을 처음 보는지 놀란 표정. 나도 마찬가지였다. 나는 깜짝 놀라 내 무릎을 베고 누운 왕의 어깨를 힘주어 밀며 말했다.

"지금 뭐 하세요? 어린 원자가 보고 있잖아요."

"무엇이 잘못되었소?"

"체통요, 법도요."

왕은 무심한 표정으로 코웃음만 치더니 왕자에게 말했다.

"원자는 뭐 하느냐? 어서 읽어보거라."

"예…. 아바마마."

왕자는 우리 두 사람의 눈치를 슬그머니 보며 책을 읽기 시작했다.

그런데 왕자가 책을 읽기 시작하자 왕은 애초에 관심조차 없었다는 듯 왕자가 아닌 천장을 보며 눕는다. 그리고 내 얼굴을 뚫어져라 쳐다보았다.

"전하?"

그가 대체 무슨 생각인지 몰라 난 눈만 깜빡였다. 그러자 그는 빙그레 웃으며 내 손을 잡고 만지작거리고 다른 손으로는 내 얼굴에 가져다 대었다.

아무도 없는 두 사람만 있는 곳이라면 그가 어떤 스킨십을 하든 다 참아줄 수 있지만…! 어린 왕자가 앞에 있다! 앞에 앉아서 열심히 아바마마가 시키는 대로 책만 읽고 있다고…!

"전하… 뭐 하시는 거냐니까요?"

난 왕자가 책을 읽는 소리보다도 작은 목소리로 왕을 채근했다. 그런데도 왕은 한술 더 떠서 한 팔로 내 허리를 꽉 끌어안고는 배 부분에 얼굴을 부비면서 편안하게 눈을 감았다. 난 원자가 절대 듣지 못하도록 고개를 숙여 그의 귓가에 대고 숨소리 섞인 화를 조곤조곤 냈다.

"미쳤어요?"

"흠…."

돌아오는 대답이 없었다.

난 깨달았다. 복수다. 이건 치졸하고 치졸한 왕의 복수다! 내가 왕자 앞에서는 꼼짝도 못 한다는 사실을 알고는 내게 이런 복수를 하는 것이다!

다행히 아직까지 순진한 우리 어린 왕자는 아바마마의 이런 일탈을 전혀 눈치채지 못한 채 열심히 책만 읽고 있다. 하지만 언제 이런 우리를 볼지 모르는 상황.

"어서 똑바로 앉으세요. 아바마마시잖아요? 전하시잖아요? 왕자에게 모범이 되셔야죠!"

"흥."

삐친 소리를 내며 왕이 내 말에 대꾸조차 하지 않으려 했다. 오히려 내 옷 속에 얼굴을 더욱 파묻고 내 허리를 끌어안은 팔에 더욱 힘을 주었다.

"전하… 계속 이러시면…."

나도 더는 못 참는다. 난 그의 귓가에 대고 낮은 목소리로 경고하듯 말했다.

"앞으로 신첩은 동궁전에 가서 원자랑 살 거예요."

그러자 거짓말처럼 왕이 눈을 번쩍 떴다. 그리고 나를 물끄러미 올려다보는 눈. 웃진 않지만… 분명 무언가 불만이 가득 찬 눈빛이 틀림없었다.

"공자께서 말씀하시기를 익자삼요는 손자삼요이며…."

이런 냉기가 흐르는 부부의 모습을 못 본 어린 왕자는 열심히 책을 읽느라 여념이 없었다. 내가 어디 한번 해보자는 기세로 왕의 눈을 매섭게 노려보았을 때였다. 왕이 내 무릎을 베던 고개를 들어 올려 자세를 고쳐 잡고 앉았다.

이제야 모든 사태가 진정되었다는 생각에 내가 웃으려는

그때였다. 내 옆에 앉은 왕이 나를 쳐다보며 한마디를 툭, 던졌다.

"너무하오."

"네?"

"너무하시오, 중전은."

"무슨…."

그때까지도 글을 읽던 왕자의 목소리가 조금씩 끊기며 작아졌다.

"공자께서 말씀하신… 요절예악이라 함은…."

드디어 왕자도 왕과 나의 기 싸움을 알아챈 것이다.

나는 어린 왕자 눈치를 보느라, 왕과 기 싸움을 하느라 머리가 복잡해지는데 왕은 오로지 나만 쳐다보고 있었다. 방 안에 함께 있는 어린 왕자의 존재는 먼 안드로메다로 보내버린 것 같았다.

"그대가 원자의 어머니라는 것은 알겠소. 허나 원자의 어머니이기 전에 왕비이며, 왕비이기 전에 과인의 아내인데, 어찌 원자에게 주는 관심만큼도 과인에게 신경 쓰지 않는 것이오? 그대는 정녕 자식만 있고 지아비는 없소?"

왕의 질투다. 왕이 화가 났다.

좋다, 다 좋다. 하지만 왕자가 들었다고…!

난 전전긍긍하며 어린 왕자의 눈치만 살피는데 왕은 그런 내가 더 불만인 듯 집요하게 노려보았다. 왕자를 보지 말고 자신을 보라는 것이다.

난 일단 왕자를 내보내야겠다고 생각했다.

"원자는 책을 그만 읽고 물러가세요."

싸한 부부의 분위기를 느꼈는지 왕자가 갑자기 울먹거리며 말했다.

"소자도… 어마마마가 너무하옵니다. 으흐흑!"

이, 이건 또 뭐야?

우는 왕자. 그리고 나를 노려보는 왕자의 아버지인 왕!

도대체 다들… 오늘 나한테 왜 이러냐고!

왕이 화가 난 것보다도 왕자가 우는 것이 나를 더 당혹시켰다. 이제 중궁전 안에는 어린 왕자가 엉엉 우는 소리만 가득한 상황.

밖에서 분명 이를 들었을 나인들이 꼼짝도 않고 숨을 죽이고 있는 것을 보면, 다들 왕이 화났다는 것을 알고 왕의 눈치만 살피는 거다. 배신자들! 어린 왕자라도 당장 데리고 나가야지!

"원자는 뭐가 너무하느냐?"

"원래 어마마마… 소자 책 많이 안 봐도 괜찮다고 했는데… 오늘도… 어제도… 그제도…"

"그건…."

다 네 아버지 때문이라고! 하나뿐인 아들인 너를 세자로 만들겠다고 하니까…! 난… 네가 적어도 기본 소양은 갖춘 상태로 세자가 되길 바라서….

"원자는 그만 물러가라."

난처해하는 내 얼굴을 보며 왕이 말했다. 그러자 밖에서 문이 열리더니 동궁전 상궁이 들어와 왕자의 손을 잡았다.

"이만 가시지요, 마마."

여전히 울먹이며 일어서는 왕자를 보니 마음이 편치 않았다. 그렇다고 왕자 때문에 화가 난 왕을 앞에 두고 왕자의 편을 들 수도 없었다.

그때 왕이 나가려는 왕자에게 말했다.

"예를 올리지 않느냐?"

목소리가 무서웠다. 잔뜩 움츠린 왕자가 서둘러 우리를 향해 돌아보더니 울먹이며 고개를 숙였다.

"소자 이만 물러가옵니다…. 아바마마. 어마마마… 흐읍."

"잠깐."

왕이 왕자를 불러 세웠다. 그리고 손짓을 보내자 상궁이 왕자의 손을 잡고 왕의 앞으로 이끌었다. 왕은 그런 원자를 두 팔로 안아주더니 얼굴의 눈물을 자상하게 닦아주며 웃었다.

"일국의 세자가 될 원자가 이리 울면 쓰겠느냐?"

"아바마마…. 엉엉…."

왕의 목소리가 자상하자 왕자는 더 크게 울었다. 하지만 정작 왕자를 울린 주범이 되어버린 나는 왕자에게 손을 내밀 수가 없었다. 달랠 수도 없었다. 우는 아이를 달랠 줄 모르니까. 입술만 깨문 채 왕이 왕자를 달래는 광경을 가만히 바라만 보았다. 그런 내 시선을 눈치챈 왕이 왕자에게 말했다.

"자, 어마마마에게 가거라."

왕의 말이 떨어지자마자 왕자가 나를 돌아보았다.

하지만 난 한 번도 우는 왕자를 달래본 적이 없었다. 우는 왕자를 본 일도 없었다. 왕자가 울면 유모와 동궁전 나인들이 바로 달래는 것만 보았으니까. 당황한 내 표정을 물끄러미 쳐다보던 왕자는 계속 망설이기만 했다.

난 조금 전 왕이 했던 행동을 떠올렸다. 왕은 자연스레 왕자를 부르고 두 팔로 왕자를 먼저 끌어당겨 안았다. 그렇다면 나도 그렇게 해야 하는 걸까?

난 왕자를 향해 조심스레 두 팔을 뻗었다. 그러자 왕자가 기다렸다는 듯이 내 품에 달려들어 안기고는 엉엉 울음을 쏟아냈다.

생각보다 왕자가 더 크게 울자 난 당황한 얼굴로 왕을 쳐다보았다. 그러나 왕이 그런 나를 보며 가만히 웃었다. 그리고 다독여주라는 듯 손짓을 했다.

왕의 지시에 따라 난 우는 왕자의 등을 천천히 쓸어주었다.

그러자 거짓말처럼 왕자의 울음소리가 잦아들었다. 아주 빠르게… 정말 신기한 일이었다.

"보시오. 공부보다도 이것이 더 중요하오."

난 왕자를 끌어안은 채 왕에게 물었다.

"전하는 이걸 어찌 아십니까?"

"과인이 그런 품을 그리워했거든."

"그리워…하셨다고요?"

"그렇소. 태어나자마자 원자로, 조금 뒤에는 세자로… 과인은 일찍이 어머니와 떨어져 유모와 상궁들 틈에서 자랐소. 그들도 과인이 울며 어리광을 피우면 다독여주고 달래주었지만… 정작 안아주지는 않았지. 그래서 늘… 어머니의 품을 그리워했다오."

"유모도 원자를 안아줄 수 있어요."

"하지만 어머니와는 다르지. 그대는 어머니의 품에 안겨 자란 기억이 없소?"

"신첩은…."

있었다. 아니, 있었을 것이다.

하지만 난 어릴 적부터 상당히 자립심이 강한 아이였다. 부모님도 일찍이 내가 독립심을 기를 수 있게 했다. 그런 의미에서 내게 부모님은 가까운 분들이 아니었다. 어릴 적부터 존칭을 쓰고 거리감을 두었던 존재였다.

"이제부터 배우면 되니까. 그러니… 원자의 바람대로 공부는 적당히 시키시오. 해가 뜨기 전부터 공부를 가르치는 건 너무하지 않소? 그 때문에 일찍 입궐해야 하는 그대의 오라버니는 무슨 죄고?"

칭얼대던 왕자는 서서히 잠에 빠져들고 있었다. 난 왕자가 잠에서 깰까 왕을 흘겨보며 작은 목소리로 말했다.

"이게 다 전하 탓이에요."

"과인의 탓이라니?"

"전하가 조정에서 곧 원자를 세자로 삼겠다고 말씀하셨다면서요? 아직 원자는 어려서 천자문도 못 뗐는데… 세자라뇨?"

왕이 웃으며 말했다.

"원래 이 나이에는 천자문을 못 떼야 정상이오. 안 그래도 조정에서는 천자문도 다 못 뗀 원자가 춘추를 읽으니 놀라워하고 있소. 조정에 칭찬이 자자하단 말이오. 다 중전의 교육열 때문이긴 해도, 세자 책봉은 워낙 과인이 기분 좋아 해본 말인데… 아직 때는 아니라고 생각하고 있소. 다만 세자 책봉을 조금 일찍 당길 수는 있겠지."

"때가 아니라 하시면서… 책봉을 당기신다는 말은 무슨 뜻이죠?"

내가 의구심 어린 눈으로 쳐다보자 왕이 짧은 한숨을 내쉬었다.

"근래에 대비께서 대전까지 찾아오셔서 간택 후궁 이야기를 하셨소. 아마… 희순이를 후궁으로 들이는 일이 물 건너갔기에 그러시는 것이겠지."

왕이 희순이를 공주의 나인으로 삼았다는 사실을 안 다음부터 대비는 더 이상 희순이가 후궁이 될 수 있을 것이라는 확신을 버린 듯했다.

그러자 본격적으로 간택 후궁 이야기를 꺼냈다. 후사는 많을수록 좋다는 것이 그 이유였다. 다만 조정을 안동 김씨가 휘어잡고 있으니, 조정에 공론화를 시키는 대신에 내명부에서 왕을 압박하고 있는 것이었다.

"원자를 세자로 삼으면 후사에 대해서도, 이로 인한 간택 후궁에 대해서도 더는 이야기하지 않으실 거요."

"결국… 신첩 때문인 거죠."

"중전."

난 힘 빠진 표정으로 말했다.

"이리 혈기 왕성하신 전하께서 후궁을 하나도 두지 않으시는 것이 더 이상한 거죠. 원자도 있으니… 원하시면 후궁을 들이세요."

빈말이었지만 왕에게는 꽤나 진지하게 들린 모양이었다.

"정녕 그러기요?"

왕의 눈빛이 나를 집요하게 훑겼다.

"풋."

내가 피식 웃자 왕이 다시 웃으며 나를 한 팔로 끌어안았다. 그렇게 잠든 원자와 나는 그대로 왕의 품 안에 쏙 들어갔다.

"아시잖소. 과인의 삶은… 그대를 중심으로 돌아간다는 것을. 그런 의미에서 원자도 공주도 그 삶의 밖에 있을 때가 많소. 그런데 그 안에 다른 여인을 들이라고? 과인을 놀리는 말로 들리는군."

"정말이에요. 전하께서 여색에 빠지셔서 혼군이 되시는 걸 보고 싶어서 그래요."

연타로 이어지는 내 짓궂은 말에 왕이 나를 째려보았다. 나는 그런 왕을 바라보면서도 싱글벙글이었다.

난 안다. 절대 그는 후궁을 들일 수 없다. 다른 여인을 들일 수 없다. 난 믿는다.

그래서 이런 말장난도 가능한 것이다. 하지만 그는 이런 내 말장난이 싫은 모양이다.

"중전."

내가 내뱉은 말을 거둬들이라는 듯이 그는 나를 끝까지 노려보았지만 난 말을 거두지 않았다. 결국 그가 먼저 포기하고는 내 이마에 짧게 입 맞추었다.

"으응…."

가까워진 거리에 불편했는지 왕자가 꿈틀대며 칭얼거렸다. 왕이 내게서 몸을 떨어뜨리더니 상궁을 불러 왕자를 데려가라고 지시했다.

상궁이 잠든 원자를 소중히 안아 들고 밖으로 나가자, 왕은 마음 놓고 나를 자신의 품 안으로 꼭 끌어안았다.

"과인이 이처럼 치졸한 군왕일 줄은 정말 몰랐소."

"치졸하다뇨? 전하가요?"

"그대를 두고 아들과 경쟁할 줄은 몰랐으니."

난 오늘 아침 일이 떠올랐다.

"혹시 아침에…."

"마음에 두고 있긴 했소?"

그가 내 얼굴을 쳐다보며 퉁명스럽게 되물었다.

"그건… 죄송해요. 하지만 원자를 가르치려 오라버니가 입궐하실 텐데, 계속 원자를 자도록 놔둘 수가 없었어요. 그건 스승에 대한 예의도 아니고요."

"중전의 말이 틀렸다고 생각하진 않지만… 과인이 그대를 두고 아들과 투쟁하는 일은 일어나지 않게 해주시오."

"네?"

"과인에게도 신경을 써 달란 말이오."

"신경 쓰고 있어요. 있다고요."

"그렇다면 그보다 더. 좀 더 써주시오."

"얼마만큼요?"

"과인과 합방하는 밤에는 그리고 그다음 날 아침까지는… 머릿속에 과인만 담으시오. 그 외의 것들은 모두 잊고."

"두 아이의 어머니에게 너무 무리한 것을 바라시는군요."

"과인에게는 그 반대가 너무 무리한 것이오. 그대가 과인에게 할애할 시간을 두 아이와 보내는 것."

"…신첩이 할 말을 잃게 만드시는군요."

"자자, 그래서."

왕이 내 무릎을 베고 다시 누웠다.

"이 무릎은 절대 원자와 공주에게 내어주지 않을 것이오. 그 정도도 무리라는 건 아니겠지?"

"이미 전하께서 차지하셨잖아요."

"그런가."

왕이 웃으며 내 어깨를 잡아 자신에게로 숙이게 만들었다. 그리고 부드럽게 닿는 입술. 부드럽게 훑기만 할 줄 알았는데 순식간에 파고들며 혀가 얽혀 들어갔다. 그러더니 그가 몸을 돌려 재빨리 나를 눕히고는 그 위에 올라섰다.

"하아…."

말로 표현하기 어려운 긴장감이 내 몸을 빠르게 훑고 지나갔다. 그가 나를 보료 위에 눕히고 단정히 매듭 당의 옷고름을 풀어냈다. 봉긋 솟아오른 두 개의 둔덕 위로 단단히 동여맨 치마끈이 드러났다.

그사이 상당히 숨이 거칠어진 그가 한 손으로는 치마끈을 풀고 다른 손으로는 가슴 사이에 손을 끼워 넣어 아래로 잡아당겼다. 치마끈이 미처 다 풀리지도 않은 상태로 치마가 허리까지 흘러내렸다.

"이제… 어릴 적 과인이 그토록 어머니에게 바라던 것을 그대에게 받아 가리다."

"에…? 무엇을…?"

당연하게 쟁취하겠다는 듯 일방적으로 선언한 그의 얼굴이 둔덕을 파고들었다. 나는 나도 모르게 터져 나오려는 신음을 참아내려 아랫입술을 살짝 깨물었다. 이제는 익숙해졌지만 분명 이부자리도 깔기 전에 일을 치르려는 왕과 왕비의 행동에 문밖의 나인들은 난리 아닌 난리가 났을 것이다.

"중전…."

긴 안도의 한숨이… 왕의 입술을 뚫고 나직이 흘러나왔다. 그러는 동안 숨이 크게 차오르는 내 가슴이 빠르게 들썩였다. 그런데도 그는 꼼짝 않고 내 가슴에 얼굴을 파묻고 귀를 댄 채 내 심장박동에 귀를 기울였다. 그의 두 팔이 맨살이 드러난 내 등을 감싸듯 깊게 끌어안았다.

단지 이것뿐인데…. 아무것도 하지 않았을 뿐인데…. 점점 안정을 되찾아가는 그의 숨소리와 다르게 내 숨은 물 밖으로 튕겨 나온 펄떡거리는 잉어 같았다.

"휴우…."

그의 입에서 또 한 번 나직한 한숨이 흘러나왔다.

"전하…?"

이런 가운데 초조해하는 사람은 나뿐. 조심스러운 부름에 그가 내 품에서 입을 열었다.

"그대를 이리 안고 있으면… 그대에게 이렇듯 안겨 있으면… 세상 모든 근심이 다 사라지는 듯하오."

그의 말이 왠지 모르게 가슴 시리게 다가와서 나는 두 팔로 그의 넓은 어깨를 가만히 끌어안았다. 잠시 후 그가 내 가슴 위에서 고개를 들며 물었다.

"불은 꺼야겠지? 그림자가 비칠 터이니."

"하지만 금침을 깔지 않았는데요. 이불이 없잖아요?"

이것이 7년 차 부부의 대화 내공이다.

"그대가 과인의 이불이 되어줄 것이오."

하지만 그의 말은 여전히 내 가슴을 두근거리게 만든다.

"치…. 그럼 신첩의 이불은요?"

"여기에 있잖소."

그가 자신만만한 표정으로 자신의 턱을 들어 올렸다. 나는 킥킥 웃었고 그사이에 그가 잠시 내 몸 위에서 일어나 중궁전 서온돌의 불을 껐다. 단지 불만 껐을 뿐인데, 왜 문밖에서 나인들이 움찔하는 것이 느껴지는지…. 오늘도 결국 왕과 왕비의 합궁은 동온돌이 아니라 서온돌에서 치러지게 생겼다.

"노래를 불러주시오."

그가 내 몸 곳곳에 낙인을 찍으며 주문했다.

"나래는… 공이를…! 사랑…!"

설명하기 난해한 이유로 노래는 계속 끊기고 자꾸 높낮이를 잃어버렸다. 결국 난 노래를 끝까지 부르는 것을 포기했다. 그 대신 왕의 목을 끌어안고 그의 귓가에 대고 속삭이고 또 속삭였다.

"사랑해…. 사랑해…!"

거친 숨소리에 섞인 끝없는 노랫가락은 분명 문밖에서도 들리겠지. 오늘 밤도 중궁전 나인들은 7년째 신혼을 이어 나가는 왕과 왕비 때문에 잠은 다 잤다.

합방이 잦으니 꼭 잊지 말고 아침마다 챙겨야 하는 일이 있다.

"대왕대비마마께서도 말씀하기를… 주상과 중전이 화목한 것은 부모가 화목하게 지내는 것과 다름이 없으니 백성들에게 좋은 일이라 하시었소. 하여 주상과 중전의 합방에 대해서는 일절 관여하지 말라는 당부를 유지로까지 남기셨지. 허나….”

창경궁 자경전. 대비의 전각이다. 오늘 아침 문후는 잔소리로 시작한다.

“주상께서 하루가 멀다 하고 중궁전에 드시는 것은 분명 후사를 기대하기 때문일 것인데, 내의원에서 아뢰기로는 지난번 중전이 공주를 낳을 때 하혈이 심해 생사를 오간 일이 있었고, 그로 인해 당분간은 회임을 피해야 한다고 하였소. 헌데도 후사를 기대한다면 중전과의 합방이 아닌 다른 여인을 취해 합방을 해야 하는 것이 옳지 않겠소?”

또다. 또야…. 어째 만날 때마다 하는 이야기가 후궁 들이라는 이야기뿐이냐고!

세자가 될 왕자도 낳았고! 공주도 낳았으면! 그걸로 끝인 거지! 속으로 이를 부득부득 갈아보지만 겉으로는 태연하게 웃을 뿐이었다. 어찌 보면 나도 궁궐 생활 7년 만에 인간 승리를 한 것 같다.

그러고 보니 왕은 대답이 없었다. 왕도 늘 그렇듯 나처럼 웃으며 대비만 바라보다가 물러나려는 생각일까? 옆을 슬그머니 돌아보니 역시나… 왕은 웃고 있었다.

그런데 대비는 오늘 쉽게 우리를 풀어줄 생각이 없는 모양이었다.

"주상. 대답해보시오. 혹시 중전이 더는 회임이 불가능한 것은 아니오? 중전의 몸이 나아졌다면 지금이라도 내의원에서 다시 진찰을 받게 하여, 회임이 가능한지부터 살피는 것이 좋겠소."

뭐? 내가 임신이 가능한지 검사까지 하겠다고?

웃던 내 얼굴이 조금씩 굳어져가던 그때였다. 왕이 입을 열었다.

"중전에게는 아무런 문제가 없습니다. 그러니 진찰을 받을 이유도 없지요."

"그것을 주상이 어찌 아시오? 중전의 몸이 나아진 이후로 매일같이 합방을 하는데도 소식이 없잖소."

으으…. 애가 무슨 기계 찍어내듯이 나오는 줄 아나? 아니면 후궁을 들일 핑계를 찾아내려는 거야?

왕이 여전히 웃는 얼굴로 대비의 주변을 에워싼 나인들을 한번 훑어보며 말했다.

"그것은… 과인이 중전을 위해 잘 '조절'하고 있기 때문입니다."

왕의 '조절'이라는 한마디에 대비는 물론이고 주변에 있던 나인들의 얼굴이 붉어진다. 그것은 나도 마찬가지였다. 왕의 거침없는 말에 모든 사람이 할 말을 잃어버린 것이다.

난 왕을 돌아보며 눈치를 주었다. 대비의 앞만 아니라면 손등이라도 꼬집었을지 모른다. 그런데 왕은 내가 주는 눈치에 오히려 나를 당당히 돌아본다. 그리고 빙그레 웃는 얼굴. 딱 '나 잘했지? 잘했어?'라고 묻는 얼굴이라 더욱 기가 찼다.

그런데 숨을 고른 대비가 왕에게 지지 않고 반격한다.

"중전을 위해 당분간 후사를 기대하지 않겠다면 오히려 지금이 후궁을 들일 때가 아니오, 주상. 물론 원자가 있기는 하지만 예로부터 왕실은 손이 귀해 후손은 많을수록 좋다 하였소. 오래전 주상이 점찍었던 희순이가 싫다면… 지금이라도 간택을 열어 후궁을 여럿 뽑도록 하지요."

이렇듯 대비가 강하게 나오자 왕도 잠시 할 말을 잃었다. 이런 식으로 대비의 페이스에 말려든다면 영락없이 후궁들이 줄줄이 들어올 분위기다. 그렇다면 왕비인 내가 가만히 있을 순 없는 일이다.

"아, 아닙니다!"

당의 속에 손을 넣어두지 않았다면, 손을 번쩍 들고 나설 뻔했다.

"중전?"

나는 눈을 부릅뜨며 강한 의지를 피력했다.

"후사를 낳겠습니다! 많이 낳을 것이옵니다! 앞으로도 신첩은 대군과 공주 생산에 주력할 것이옵니다! 그러니… 전하의 후궁은 당분간 없어도 되옵니다!"

내가 이런 말까지 해야 하다니…. 흐흑.

막상 뱉어놓고 후회하긴 했다. 그런데 왕을 돌아보니 고개를 반대쪽으로 돌리고는 큭큭 웃고 있다. 나는 그의 손등을 꼬집어주려고 손을 뻗으려다가 참았다.

그래, 이 심각한 상황에서 혼자 웃었다 이거지? 이따… 밤에 보자구요, 전하.

예상치 못한 나의 강한 기세에 당황한 대비가 헛기침을 했다.

"흠! 흐음…! 중전의 열의를 보아… 흐음… 당분간은 이 문제를 거론하지 않으리다."

자, 중궁전에 밤이 밝았… 아니, 찾아왔다.

"후사를 낳겠다고? 대군과 공주 생산에 주력하겠다고? 그것이… 정녕 중전 혼자서도 가능한 일이오?"

슬금슬금 내 몸 위로 올라온 왕이 말했다. 난 일부러 그와 눈을 마주치지 않으려 고개를 옆으로 돌리며 퉁명스럽게 말했다.

"대비마마께서 그토록 후궁 타령을 하시니 신첩이 뭘 할 수 있겠사옵니까? 아이라도 많이 낳아야지요."

그가 내게 입 맞출 듯 몸을 숙여오더니 뺨에 자신의 얼굴을 갖다 대었다. 뺨에 입술이라도 갖다 대나 싶었더니 바로 귓가로 다가가 숨을 길게 내쉬며 말했다.

"그간 과인의 노력을 어찌 보고 그런 말을 하시었소?"

"그건…."

그가 입술을 가져다 댄 곳은 귓가인데 괜히 턱선 주변이 화끈거렸다.

"과인이 매일같이 중궁전에 들면서 눈치를 본 이들이 한둘이 아닌데…. 그간 과인의 노력을 중전이 헛되게 만드는구려."

노력? 나도 할 말은 있다.

"결국 전하는 전하의 욕심은 다 채우시면서… 그 욕심을 어찌 노력이라 말씀하시는 거죠?"

귓가에 가 있던 왕의 얼굴이 내 얼굴 앞에 쑥 나타났다. 이제 나와 얼굴을 마주한 그가 미간을 살짝 찌푸리며 물었다.

"그대가 공주를 낳다 사경을 헤맸을 때 과인이 얼마나 큰 충격을 받았는지 알고 물으시오? 우리에겐 원자에 공주까지 있으니 더는 아이가 필요치 않소."

"대비마마의 말씀을 잊으셨나요? 왕실은 손이 귀하니 자녀는 많을수록 좋다고…. 신첩에게서 더는 아이를 보지 않으시겠다면 정녕 후궁을 들이겠다는 말씀이 아니고 무엇인가요?”

왕이 한숨을 내쉬었다.

“원자가 장성하여 혼인할 무렵이 되면 대비께서도 더는 후궁 이야기를 하지 않으실 것이오. 그러니 이 문제에 대해서는 마음을 편히 가지시오.”

저 혼자 속 편한 소리 하고 있네.

나는 씩씩거리며 왕을 흘겨보았다

“전하는 모르십니다.”

“모른다고?”

대비는 늘 그랬다. 틈만 나면 후궁을 들이려고 했고 내가 공주를 어렵게 낳고 몸조리가 길어지자 그 틈을 빌려 희순이를 후궁으로 들이려고 했다. 다행히 내가 눈치 빠르게 희순이를 공주의 나인으로 삼았고 왕도 이를 허락해서 무마되었다.

왕실에서는 부모의 나인이나 자녀의 나인을 후궁으로 삼는 것이 은연중에 금기시되고 있다. 과거 사도세자가 법통상 할머니가 되는 숙종의 계비 인원왕후의 나인 박씨를 후궁으로 삼았을 때 영조가 두고두고 욕한 이유도 그것이었다. 할머니의 나인을 후궁으로 두는 것은 할머니의 물건을 훔치거나 더 나쁘게는 할머니에게 손을 댄 것이나 마찬가지로 취급하는 풍조가 있어서였다.

다시 말해 희순이를 공주의 나인으로 삼은 것은 왕이 절대로 희순이를 후궁으로 들일 생각이 없음을 내비친 것이나 마찬가지였다. 희순이의 일은 이렇게 마무리가 되었지만… 그래도 대비가 후궁을 포기하지 못하고 있다는 게 문제지.

"어쨌든…! 원자에게는 아우가 필요할 듯합니다."

울며 겨자 먹기로라도 대군을 낳아야겠다는 생각을 많이 하게 되었다. 도대체 대군을 몇 명이나 낳아야 할지는 모르겠지만… 적어도 대비가 더는 왕에게 후궁의 '후' 자 이야기도 안 하게 만들려면… 둘? 셋? 넷은… 좀 무리일 것 같은데….

아이를 낳기도 전에 숫자부터 머릿속으로 세어야 하는 신세가 서러웠지만… 왕에게 절대 다른 여인은 안 된다! 내가 이렇게 눈을 시퍼렇게 뜨고 있는 이상은 절대 안 돼!

마치 가상의 후궁을 앞에 놓고 힘겨루기를 하듯이 왕을 바라보는 내 눈에 전투 의지가 샘솟았다. 왕도 이것을 보았는지 갑자기 씁쓸한 웃음을 지어 보였다.

"과인은 이미 원자와 공주만으로도 충분하오."

나도 안다. 그가 공주를 낳은 이후로 나를 많이 배려해주고 있다는 사실을.

나도 공주를 낳다가 정말 저승사자를 만나는 줄 알았다. 다들 처음이 힘들지 두 번째는 쉽게 낳는다면서 공주의 출산이 순산일 거라고 입을 모아 말한 걸 그대로 믿었다. 게다가 원자를 너무 쉽게 낳아서 공주도 그렇게 쉽게 낳을 줄 알았다.

조선 시대에 아이는 태어나봐야 성별을 알 수 있듯이 쉽게 낳든 어렵게 낳든 일단 낳아볼 때가 되어야 아는 것 같다.

"그럼 한 명만 더요…."

난 그를 애처롭게 쳐다보았다. 그러자 그는 눈동자를 이리저리 굴리며 고민하는 듯하더니 고개를 가로저었다.

"그리는 못 하겠소."

"전하아…."

필살기 애교에도.

"…안 되오."

의외로 이 문제에서는 단호했다.

그렇다면 이제 남은 방법은 단 하나뿐. 나는 왕의 다부진 허리를 휘감았다. 그리고 허리를 들어 올려 두 팔로 왕의 목을 끌어안았다.

"오늘 밤은 전하의 뜻대로 '조절'하긴 힘드실 것이옵니다."

왕은 나를 사랑스럽다는 듯이 쳐다보더니 이마에 짧게 입을 맞추었다.

"오늘도 중전 때문에 과인의 밤이 쉬이 가진 않겠군."

가을이 끝나가고 있었다. 왕은 날이 더 추워지기 전에 온양

별궁으로 떠날 채비를 했다. 이번 여정에는 어린 공주를 놔둔 채 원자만 동행하기로 했다.

예로부터 온양 행궁은 왕실 전용 온천이 유명했다. 왕에게는 어린 시절 선왕과의 추억이 깃든 장소였다. 그러나 내게는 조선에 온 후 처음으로 온천욕을 즐길 수 있는 기회였다. 난 온양으로 떠나는 하루 전날까지도 기대감에 잔뜩 부풀어 있었다.

"중전마마."

아침. 원자의 처소에서 나오던 원근이 나를 보며 반갑게 인사를 올렸다. 나도 활짝 웃는 얼굴로 원근을 맞았다.

"오라버니."

"어인 일이십니까?"

"원자의 공부가 끝났습니까?"

"예. 아침 공부는 모두 마치셨습니다. 곧 아침상이 들어갈 것이옵니다."

"오라버니께서는 아침을 드셨는지요?"

"입궐 전에 간단히 요기는 하였습니다."

"그럼 잠시 걸을까요?"

그가 고개를 끄덕이며 대답했다.

"예. 그리하지요."

우리는 창덕궁 후원으로 향했다. 가을이 끝나가는 후원에는 낙엽들이 잔뜩 깔려 길의 경계를 허물어버린 뒤였다. 우리는 낙엽들을 밟으며 한적한 정자에 다다랐다.

가까운 곳에 윤 상궁을 비롯한 중궁전 나인들이 서 있었지만, 정자 안까지는 들어오지 않았다. 사방이 탁 트인 정자 안에서 원근과 나란히 선 나는 조심스럽게 입을 열었다.

"오래전에 말씀드렸어야 하는 일이 있습니다."

"무슨…?"

"홍몽남을 만났습니다."

원근이 놀란 눈으로 나를 쳐다보았다. 나는 긴 한숨을 내쉬며 정자 아래로 보이는 연못을 가만히 내려다보았다. 이런 나를 응시하던 원근이 놀란 표정을 가라앉히며 조심스럽게 물었다.

"어디서 만나셨습니까?"

"옹주의 혼인이 있던 하루 전날. 소희의 무덤 인근 동굴에서였습니다."

"그 동굴을 아셨습니까?"

"여러 이유로요."

난 동굴을 통해 이곳으로 오게 되었다는 말은 하지 않았다.

하지만 동굴에 얽힌 이야기는 원근이 먼저 설명했다.

"몽남이 평소에 자주 가던 곳입니다. 소희는… 그곳에서 죽었습니다."

이번에는 내가 놀랐다. 그렇다면 내가 과거 동굴에서 보았던 시신은 소희였을까? 하지만 그것은 더는 내게 중요한 문제가 아니었다.

"홍몽남이… 중전마마를 알아보았습니까?"

"네. 소희로요."

"그럼…."

"하지만 그는 중전이 된 나를 두고 떠났어요. 평안도로 간다고 했고요. 다만 며칠전부터 꿈에 자꾸 그가 나옵니다."

"혹 몽남과 관련하여 신경 쓰이시는 것이 있습니까?"

난 고민하던 것을 털어놓았다.

"내일이면 온양 별궁으로 떠납니다. 아마… 그 때문인 듯싶어요."

온양 별궁에 가는 것은 내가 입궐 후 처음으로 한양을 떠나는 것이기도 했다.

"평안도와 온양은 정반대입니다. 그러니 걱정 마시지요."

"알아요. 다만 확실히 하고 싶은 점이 있어요."

난 원근에게로 돌아서며 말했다.

"홍몽남의 소재를 파악해주세요. 평안도에 사람을 보내서 알아봐주시고요."

"그를 다시 만날 생각이십니까?"

난 고개를 저었다.

"아뇨. 그를 다시 만날 생각은 없어요. 그저 죽은 소희 때문이라도 그가 여생을 행복하게 살면 좋겠어요."

진짜 소희를 대신한 나는 행복해졌다. 이제 살아남은 그가 어디선가 행복하게 살고 있다는 소식만 듣는다면 안심할 수 있을 것 같았다.

"중전마마의 말씀은 잘 알겠습니다. 평안도로 사람을 보내 그의 소재를 알아보지요. 하지만 궁금한 것이 한 가지 있습니다. 여쭈어도 되겠습니까?"

"말씀하세요."

"그가 중전마마를 소희로 착각하였을 때… 소희가 죽었다는 말씀을 하지 않으셨습니까?"

"네."

"어찌하여 그러셨습니까?"

난 망설이다가 대답했다.

"그가 정말로 소희를 깊게 사랑하는 걸 느꼈어요. 그래서 소희가 죽었다고 하면 그 뒤를 따를까 봐 겁이 났어요. 하지만 진짜 소희라면 그가 자신의 뒤를 따라 목숨을 끊는 것을 바라지 않을 거라고 생각했어요."

왕을 진심으로 사랑하게 되자 알게 된 마음. 한때는 보이지 않는 암흑 같은 미래에 함께 목숨을 끊으려던 연인이었다. 그러나 한 사람은 죽고 한 사람은 살아남았다. 내가 소희라면 운 좋게 살아난 왕이 나를 따라 목숨을 끊는 것을 바라지 않을 것 같았다. 왕이 살기를 바랐다.

"몽남이… 여생을 행복하게 살길 바라신다고 하셨지요. 하오면 중전마마께옵서는 행복하십니까?"

갑작스러운 원근의 질문이었다. 그 누구에게도 들어보지 못했던 물음이기도 했다.

그런데 원근이 내 행복을 묻는 순간 입술에 누군가를 닮은 미소가 잔잔히 그려졌다. 멀지 않은 곳에서 유모의 손을 잡은 원자가 우리가 있는 곳으로 걸어오는 것이 보였다. 난 원자를 바라보며 원근에게 되물었다.

"이것이 행복이 아니라면 무엇이 행복인가요?"

뒤늦게 돌아본 원근의 얼굴에도 미소가 그려졌다.

"오늘 중전마마를 뵈오니 소신도 이제 혼인을 해야겠다는 생각이 듭니다."

"그러고 보니 어찌 아직도 혼인을 하지 않으셨나요?"

"오래전 혼인을 했었습니다. 그런데 혼인한 부인이 죽고 집안에서도 계속 재혼할 혼처를 권했었지요."

"그런데요?"

나의 가벼운 되물음에 그의 대답이 조금 늦게 나왔다.

"첫눈에 반한 소녀가 있었습니다. 그런데 그녀가 다른 사내와 혼인하자… 다른 그 누구와도 혼인할 마음이 사라졌습니다. 그저… 그녀의 주변에서 그녀의 행복을 지켜주며 사는 것으로도 삶이 만족스럽더군요."

불현듯 창덕궁 후원 숲속에서 헤어진 홍몽남의 마지막 모습이 떠올랐다.

"왜 홍몽남과 친구였는지 알 것 같네요."

"예?"

원근이 영문을 모르겠다는 표정으로 나를 쳐다보았다. 나는 어느새 내가 있는 곳에 부쩍 가까워진 원자를 돌아보며 대답했다.

"그런 게 있어요."

"어마마마!"

원자가 유모의 손을 놓고 내게 달려왔다. 나는 그런 원자를 끌어안은 채 활짝 웃었다.

왕비마마 납치 사건

충청도 온양.

북쪽에서 매서운 겨울바람이 불어오고 있었다. 엊그제 내린 눈으로 설화산 기슭은 온통 눈밭이었다. 이 주변에는 마땅한 민가가 한 채도 없어 새벽부터 을씨년스럽기만 했다.

새벽의 찬 공기와 묘한 안개가 뒤섞인 길을 여러 명의 사내가 줄지어 가고 있었다. 평범한 농민의 옷차림을 하고 있었지만 그들은 모두 품속에 칼 한 자루씩을 지니고 있었다.

이윽고 그들이 도착한 곳은 설화산 자락 인근의 밭이었다. 그곳에 눈(雪)에 가려 아는 사람만 찾아올 수 있는 작은 초가 한 채가 서 있었다.

"나요."

초가 앞에 도착한 사내들 중 한 명이 안쪽을 향해 입을 열었다. 그러나 안에서 바로 답이 돌아오지 않는다. 더군다나 문에는 한지를 겹겹이 발라 안에 사람이 있는지 없는지, 불은 켰는지 꺼두었는지도 알아보기가 힘들었다.

"정승보. 나요."

끼이익…. 안에 있을 사람의 이름까지 부르고 나서야 닫혀있던 문이 열렸다. 제일 먼저 모습을 드러낸 것은 이 초가의 주인인 정승보의 하나뿐인 가족이자 여동생인 은진이었다.

"아재비?"

찾아온 사내를 알아본 은진이 활짝 웃었다. 하지만 그녀의 시선은 곧 사내를 떠나 무리들 중 누군가를 향했다.

"…도련님!"

은진이 버선발로 뛰어나오더니 무리들 중 한 사내에게 달려가 그의 목을 와락 끌어안았다. 일순간 무거웠던 분위기가 바뀌었다. 사내들이 껄껄거리며 웃기 시작했고 곧 안에서 은진의 오라버니 정승보가 걸어 나왔다. 얼굴의 절반을 뒤덮은 수염 때문에 그는 이름보다는 '털보'라는 별명으로 더 잘 불렸다. 털보 정승보는 은진에게 붙잡혀 어쩔 줄 몰라 하는 사내에게 다가갔다.

"오랜만이군, 몽남."

정승보의 인사에 은진이 아쉬운 듯 끌어안고 있던 홍몽남에게서 물러섰다. 몽남은 옆에서 반짝거리는 눈으로 자신을 바라보는 은진을 쳐다보며 말했다.

"몇 해 전 보았을 때는 내 허리춤에 머리가 겨우 닿던 소녀가 아니었던가. 언제 이리도 컸지?"

"혼인하지 않은 계집아이들은 쑥쑥 크기만 하지. 그래 봤자 아직 철없는 것은 그때나 지금이나 마찬가지일세. 어서 들어오게."

승보가 몽남을 안으로 이끌자 은진도 자연히 따라 들어오려 했다. 그러자 승보가 팔을 뻗어 은진의 길을 막아서며 말했다.

"넌 가서 아재비들에게 올릴 아침상이나 봐 오거라."

"홍 도련님 꺼 먼저 올릴 테야."

은진의 말에 승보가 그녀의 볼을 살짝 꼬집었다.

"어서 못 가. 오라버니에게 크게 혼날 셈이냐?"

"흥."

승보를 노려보면서도 몽남의 시선이 자신에게 오자 은진은 다시 방긋 웃었다.

잠시 후 은진이 부엌 쪽으로 가버리자 승보가 문을 닫으며 방 안으로 들어왔다. 방 안 곳곳에는 궁궐처럼 보이는 곳의 지도가 걸려 있었다. 몽남이 이를 살펴보기 시작하자 승보가 말했다.

"몽남… 아니지, 이제 홍경래인가?"

그 말에 몽남이 돌아서서 승보를 바라보았다.

"자네 귀에까지 들어갔는가?"

"모르는 것이 이상하지. 하지만… 자네는 일평생 고향에서 글이나 가르치며 살 줄 알았네만, 들려온 자네의 소식은 참으로 의외더군."

승보가 먼저 자리에 앉았다. 몽남이 오기 전부터 술상이 준비되어 있었다. 승보는 그릇에 술병의 술을 따라 한 번에 비워내고는 수염에 묻은 술을 거칠게 닦았다.

"의외라?"

"오래전 내가 거사에 대해 이야기했을 때는 들은 척도 하지 않았던 자네일세. 무엇이 바뀌어 농민들을 규합하고 있는 건가?"

몽남이 그의 곁에 앉았다.

"내 고향인 평안도는 오래전부터 조정에서 버려진 곳이었네. 농사짓기에 척박하고 매년 춘궁기가 찾아오지. 보릿고개를 넘지 못해 길에서 죽어가는 사람들이 비일비재하네. 이뿐만이 아닐세. 조정의 모든 탐관오리들이 평안도를 거쳐갔네. 게다가 청국과 가깝다는 이유로 세작이 있을 수 있다며 대과에서 차별을 주어 관직에 등용하는 길을 막고 있지. 하여…."

"세상을 바꿔보겠다?"

정승보의 물음에 몽남의 입이 할 말을 잃었다.

생각을 하지 않았던 것은 아니었다. 다만… 본격적인 거사를 준비할수록 단 한 여인이 매일같이 그의 머릿속에 떠올랐다. 사내로서 큰일을 앞두었다는 마음보다도 먼저… 그의 마음을 아프도록 휘젓고 있는 유일한 여인.

김소희.

"자네는 출신 자체가 천한 우리 평민들과 달라. 가난하지만 양반일세. 능력도 뛰어나지. 오랜 지기로서 자네가 계획하는 거사를 적극 지지하네. 이 썩은 세상은 언젠간 바뀌어야 하니. 그래서… 세상이 더 혼란스러울수록 자네의 거사에도 큰 도움이 되지 않겠는가?"

몽남이 눈썹을 찌푸렸다.

"무슨 말인가?"

승보가 자리에서 일어서더니 걸려 있던 지도 중 한 장을 몽남에게 건네주었다. 몽남이 이를 살펴보자 승보가 말했다.

"온양 행궁의 지도일세."

"온양 행궁?"

"그렇네. 곧 왕이 온양 행궁에 올 예정이지. 그리고 난 적지 않은 수가 비밀리에 온양 행궁 안으로 잠입할 방법도 찾아냈네."

"자네… 설마?"

몽남이 고개를 들자 승보가 크게 웃으며 말했다.

"난 왕의 목을 딸 것이네. 왕의 유일한 적자인 원자는 아직 세자 책봉도 되지 않은 세 살배기 어린아이라지. 그럼 당분간 조정은 왕의 후계를 놓고 혼란스러워질 것이고 자네는 그 틈에 거사를 일으키게나."

"…!"

온양 행궁은 조선의 수없이 많은 행궁들 중에서 유일하게 '임금의 휴양'을 목적으로 세워진 곳이었다. 처음 온양에 건물을 세운 이는 태조였다. 그때는 아마도 사대부가 사는 기와집 정도의 크기였으리라 추측된다. 이를 '행궁'으로 불릴 만큼 그게 지은 사람이 세종이었다.

선조 때 온양 행궁이 정유재란으로 불타 없어진 후 다시 지은 것이 현종 때. 하지만 조선 후기에는 왕들의 온양 행차가 거의 없었다. 그런데 정조는 아버지인 사도세자가 과거 이곳을 찾았다는 사실을 기념하기 위해 일부러 온양 행궁을 찾기도 했다.

"곧 행궁에 도착할 것이라 하옵니다."

윤 상궁의 말에 난 무릎을 베고 잠든 왕자를 웃으며 내려다보았다. 어린 왕자는 도착하기도 전에 지쳐버렸다. 사실 거의 하루 종일 이동만 하는 일정이 어린 왕자에게 무리일 수도 있겠다.

보름 전. 창덕궁을 출발해 닷새 만에 화성 행궁에 도착했다. 그곳에서 하루를 쉬고 재정비한 여정은 다시 온양까지 열흘간 이어졌다.

이번 온양 행궁 행차에는 1500여 명이 뒤따랐다. 그나마 조정 일을 비변사에 맡겨두고 있던 터라 중신들 대부분이 한양에 남아서 1500명이 되었다고 한다. 만약 그들이 모두 함께 따라왔다면 3000명에 가까운 인원이 수행하는 더 큰 행차가 되었을 것이다.

아쉽게도 이번 행차에 공주는 궐에 남았다. 아직 어려 긴 여정에 무리가 갈까 봐 걱정했던 탓이다. 또 공주는 아직 온천욕을 하기에는 너무 어리기도 했다.

"분명 중전의 무릎은 과인의 차지라 말했을 텐데."

"전하?"

어느새 말을 탄 왕이 내가 타고 있던 연 가까이 다가와 말을 걸었다. 왕은 내 무릎을 베고 잠든 어린 왕자를 지그시 쳐다보며 말한다.

"유모는 어디에 있소? 당장 원자를 깨워야겠군."

"안 돼요."

난 단호히 말하며 옷자락으로 잠든 원자의 얼굴을 살짝 덮었다.

"간신히 잠들었단 말이에요."

이렇게 말하며 쏘아보는 나를 향해 왕이 미소를 보냈다. 나는 결국 피식 웃고 말았다. 그때였다.

"이제야 행궁이 보이는군."

왕이 앞쪽을 내다보며 말했다. 난 왕의 시선을 따라 고개를 돌렸다.

멀지 않은 곳에 온양 행궁의 대문으로 보이는 곳이 나타났다. 그 대문 양옆으로 창덕궁만큼이나 높은 담이 길게 드리워 있었다. 그 담의 안으로는 마치 궁궐을 에워싸듯이 온천수가 직사각형의 해자를 흐른다. 그 해자를 채운 온천수가 쉴 새 없이 만들어내는 수증기로 인해 온양 행궁은 바깥에서 그 내부를 전혀 볼 수 없게 되어 있었다.

"다른 세계 같아요…."

마치 천상의 구름들로 둘러싸인 듯한 신비한 분위기를 풍겨내는 곳이었다.

"그렇지?"

왕이 내 말에 응수하며 활짝 웃는다.

"네…. 신비로워요."

"그래서 과인도 어릴 적 이곳에 옥황상제가 살 것이라 믿었던 적도 있소."

그런데 행궁에 점점 가까워질수록 원인을 알 수 없는 두근거림이 시작되었다. 온양 행궁만의 독특한 신비감이 이런 두근거림을 만드는 것일까? 하지만 이 두근거림에는 원인을 알 수 없는 두려움이 조금씩 섞여 들어가고 있었다.

왕자와 함께 홑겹으로 된 얇은 비단옷으로 갈아입은 나는 탕실 안으로 들어섰다. 겨울이 찾아온 추운 바깥과 달리 온천이 마련된 탕실 안은 안락함이 느껴질 정도로 훈훈했다.

"와아아!"

"워, 원자마마! 뛰시면 아니 되시옵니다!"

탕실에 들어서자마자 가장 신난 것은 왕자였다. 바닥에 돌이 깔린 실내 바닥에서 맨발로 다녀야 하니, 아이들한테는 천생 놀이터.

"넘어집니다."

간신히 유모에게 붙잡혀 온 왕자에게 주의를 주었다. 그러나 왕자는 웃는 얼굴로 나를 올려다보며 물었다.

"어마마마. 여기서는 책을 읽지 않아도 되지요?"

난 왕자가 한 말의 의도를 모른 채 대답했다.

"이곳은 탕실이니 온천욕을 하는 곳입니다. 책을 읽는 곳이 아니지요."

"와아!"

왕자는 앞뒤 말과 상관없이 '책을 읽는 곳이 아니다.'라는 말 하나는 정확히 알아들은 것 같다. 다시 비명을 지르며 이리저리 뛰어다닌다.

난 결국 왕자를 잡는 것을 포기했다. 어찌했든 유모가 알아서 잡아오겠지….

"중전."

탕실의 북쪽 문이 열리더니 왕이 나를 부르며 들어온다. 상의를 모두 탈의한 채 가볍게 겉옷만 걸친 그를 보자 왠지 얼굴이 붉어진다. 이런 장면이 낯설어서이기도 하겠지만, 아직 주변에는 상궁들과 나인들이 아주 많았다. 난 왕에게 다가가서는 넓은 어깨선을 따라 벌어진 겉옷을 여며주며 속삭였다.

"나인들이 많아요."

그가 웃으며 내 얼굴 가까이로 고개를 숙였다.

"그래서?"

"전하의 옥체는… 신첩만 봐야 해요."

별말 아닌데도 얼굴이 붉어졌다. 왕은 이런 말을 듣는 것만으로도 좋은지 내 손을 잡아 탕 쪽으로 이끌었다. 탕실 안을 가득 채운 수증기 사이로 탕실을 빼곡히 채운 나인들이 사라졌다 보였다를 반복했다.

나를 탕으로 이끌어가던 왕이 먼저 탕 안에 발을 담갔다. 물의 깊이가 어디까지인지 그가 탕 한가운데까지 들어가자 허리까지 물이 차오르는 것이 보였다.

"많이 깊나요?"

내 물음에 그가 갑자기 나를 잡은 손에 힘을 주어 확 끌어당긴다.

"어머나!"

놀랄 새도 없이 왕이 서 있는 뜨거운 탕의 한가운데까지 끌려 들어갔다. 발끝에서 솟아오르는 뜨거운 물의 온도와 내 허리를 휘감은 왕의 팔에 정신을 차릴 수가 없었다.

"괜찮소?"

부력 때문인지 내 두 발은 탕의 바닥에 닿지 않았다. 오로지 왕의 팔 힘으로 지탱해 서 있었다. 발이 닿지 않는 불안감 따위는 크게 개의치 않았다. 나는 두 팔로 왕의 목을 끌어안았다.

"버틸 만해요."

끌어안고 마주 본 왕의 얼굴이 살짝 붉어져 있다.

이처럼 그의 얼굴이 붉어지는 경우는 보기 드문데…. 물의 온도 때문일까? 아니면 내 얼굴도 뜨거워졌을까?

몸이 뜨거워지자 자연히 심장도 제멋대로 뛰기 시작한다.

난 오로지 내 의지와 상관없이 뛰는 심장 소리에 의지해 입을 열었다.

"전하."

"응?"

"입 맞추고 싶어요."

왕이 조금은 당황한 눈으로 나를 쳐다보았다. 수증기라는 요상한 놈이 나타났다 사라졌다를 반복하는 통에 나인들의 모습이 함께 나타났다 사라졌다를 반복하고 있지만… 지금 이 큰 탕실 안에는 적어도 스무 명에 가까운 나인이 우릴 에워싸고 있을 터.

무리한 요구라는 건 알았지만… 키스하고 싶은 걸 어째?

"응? 해요."

대답 않는 왕의 속마음이 왠지 눈빛에 다 드러난다. 속마음이야 내 말처럼 당장 입 맞추고 싶겠지만, 그래도 왕의 체통이라는 게 있는데… 따뜻한 온천물에 몸이 사르르 녹아버린 왕비님의 두서없는 요구를 따르기에는….

"싫구나…. 치."

어차피 안 된다는 걸 잘 알고 있다. 여기서 입 맞췄다가 이를 본 나인들이 괜히 궐에 가서 입을 함부로 놀리고 그래서 소문이 나고… 대비전에 또다시 불려가서 요상한 소문에 대한 진실을 털어놓는 일은 경험하고 싶지 않으니까.

"중전."

왕이 나를 불렀다.

"네?"

"과인의 옷 안에 뭔가 묻은 것 같은데… 살펴주겠소?"

"어디요?"

"오른쪽."

그가 위에 걸치고 있는 겉옷에 시선을 준다. 난 그의 말에 따라 순순히 겉옷 오른쪽을 들어 올렸다. 하지만 겉옷 안을 이리저리 살펴보아도 왕이 말한 무언가 묻은 흔적 따위는 보이지 않는다. 유심히 들여다보며 물었을 때였다.

"어디… 읍."

왕이 옆으로 고개를 살짝 내려 돌리는 듯하더니, 밑에서 내 입술에 입을 맞춰왔다. 놀란 내 눈이 크게 뜨였다. 바로 앞에…! 수증기 사이로 나인들이 보였기 때문이다.

난 서둘러 잡았던 왕의 겉옷을 들어 우리가 입맞춤하는 장면을 최대한 가려 보이지 않도록 했다. 그래도 볼 사람은 어떻게든 보고 말겠지만… 겉옷이 어느 정도는 가려주겠지. 하여튼 이런 쪽으로는 머리가 비상하게 좋단 말이야, 우리 전하, 흠흠.

시간이 흘러도 끝날 기미가 전혀 보이지 않는 그의 짙고 농후한 입맞춤에 얼굴이 온천수보다도 더 뜨거워졌다.

그런데… 이 뜨겁고 달달한 입맞춤을 방해하는 무서운 적군이 따로 있었으니….

"아바마마! 어마마마!"

풍덩! 갑자기 탕 안으로 뛰어든 왕자 때문에 입맞춤은 그대로 종료.

이럴 때는 왕자가 나인들보다도 더 무섭게 느껴진다.

"아뜨뜨뜨."

물에 들어오자마자 뜨겁다고 난리치는 아들을 구하기 위해서 우리의 전하가 나섰다. 왕은 급히 왕자에게 달려갔다. 그리고 왕자를 번쩍 안아 들며 탕의 가장자리 쪽에 앉혔다.

"천천히 들어와야지."

왕의 훈계에도 왕자는 마냥 밝게 웃을 뿐이다. 나는 슬그머니 그들 부자 곁으로 다가갔다. 곧 왕과 나는 왕자를 사이에 두고 나란히 앉았다.

온천수에 적응한 왕자가 물에 손을 집어넣으며 첨벙첨벙 장난을 치는 중, 잠시 침묵이 찾아왔다. 수증기가 짙어지고 탕 주변에 선 나인들이 하나도 보이지 않았다. 왕이 나를 돌아보며 물었다.

"과인이 신기한 것을 보여줄까?"

"뭔데요?"

왕이 수증기 속으로 가려진 나인에게 명을 내렸다.

"하늘을 열어라."

하늘을 열다니?

난 영문을 모르겠다는 얼굴로 왕의 얼굴만 쳐다보았다. 그러자 왕이 웃으며 고개를 천장으로 들었다. 왕을 따라 천장을 바라보았을 때. 벽인 줄만 알았던 천장이 조금씩, 조금씩 열리더니 하늘이 드러났다.

"와아!"

뒤늦게 이를 발견한 왕자도 신기한지 환호성을 내질렀다.

"이런 게 있었어요?"

"증기를 빼기 위해 만들어놓은 것이지. 허나 겨울에는 진기한 광경을 보기도 한다오."

"진기한 광경?"

그때 왕자가 무언가를 발견했는지 하늘을 보며 소리쳤다.

"어마마마! 눈이에요!"

"…눈?"

정말로 눈이었다. 하늘에서 내리는 눈이 열린 천장을 통해 빠져나가는 수증기 사이로 흩날리고 있었다. 어떻게 보면 별것 아닌 장면인데도 코끝이 시큰해지며 눈물이 날 것 같은 기분이 들었다.

"마음에 드시오?"

알면서도 묻는 왕의 말에 난 헛기침을 하며 모른 척하고 대답했다.

"겨우 이걸 보여주시려고 일부러 겨울에 온양에 데려오신 건 아니죠?"

왕이 왕자의 머리 위를 지나 내 앞에 얼굴을 쑥 내민다.

"맞는데?"

가깝게 다가와 방긋 미소 짓는 그의 얼굴이 너무나 사랑스러워 벅차오르는 마음을 주체할 수가 없었다.

"전하."

"응, 말해보시오. 뭐든."

"오늘을 절대 잊으시면 안 돼요, 전하."

"그게 무슨 말이오?"

그가 묻고 있었지만 난 내가 하고 싶은 말만 늘어놓았다.

"나중에 대비마마가 뭐라 하셔도 전하께서 책임지셔야 해요. 평생에 단 한 번, 오늘만 해 드릴 거니까."

"중전?"

바로 그때였다.

난 두 손으로 그의 얼굴을 감싸 쥔 채 빠르게 눈을 감았다. 그리고 오로지 감각만으로 그의 입술을 찾아내 입을 맞췄다.

하늘이 열리며 탕실의 수증기가 반쯤 사라져버려 볼 사람은 다 봤을 것이다. 그래도 난 상관없었다. 내 마음을 그에게 전할 수만 있다면… 지금 지닌 행복도 배가 될 테니까.

사랑해요, 전하. 죽을 때까지가 아닌… 영원히요.

해가 지기 시작했다.

“목표는 행궁의 내궁 안에 위치한 우물이다. 이 우물에는 주변의 냉천(冷泉)을 끌어오는 통로가 여럿 연결되어 있다. 그중 하나를 통해서 행궁으로 잠입할 것이다.”

오늘의 거사를 함께할 동지들을 놓고 정승보가 말했다. 가까운 곳에서 팔짱을 낀 채 이를 지켜보던 몽남의 표정은 점점 심각해졌다.

“우물은 침전과 담 하나만을 사이에 두고 있지. 병사들은 대부분 외궁에서 머물고 있으니, 침전에는 나인들만 있을 것이다. 이들을 해치우고 들어간다면….”

잠들어 있던 왕은 꼼짝없이 살해당하고 말 것이다.

“출발하자!”

정승보가 일어서자 동지들이 먼저 방을 빠져나갔다. 마지막으로 나가려던 정승보의 앞길을 몽남이 막아섰다. 굳은 몽남의 표정을 본 정승보가 물었다.

“어찌 내 길을 막는 겐가?”

“묻고 싶은 게 있네.”

"무엇인가?"

"침전에는 필시 왕비와 원자도 있을 걸세. 이들도 모두 해할 것인가?"

정승보가 코웃음을 치며 말했다.

"지금 왕비가 병판이었던 김조순의 여식이라지. 자네, 아직도 잊지 못한 겐가?"

정승보의 물음에 몽남은 할 말을 잃은 채 고개를 돌렸다. 그때 방문이 열리며 은진이 안으로 들어왔다.

"오라버니, 뭐 해?"

그러나 막 적막감이 흐르기 시작한 방 안에는 먼저 입을 여는 이가 없었다. 결국 승보가 긴 한숨을 내쉬며 몽남에게 말했다.

"우리의 목적은 임금일 뿐이야. 왕비와 원자에게는 관심이 없네."

그대로 나가려던 승보의 어깨를 몽남의 손이 붙잡았다.

"지금이라도 계획을 재고해보지 않겠나? 위험한 일이네."

"모든 거사는 위험하지."

"승보!"

재차 말리려는 몽남의 의사를 느낀 승보의 얼굴이 일그러졌다.

"내 길을 반대하는 것은 막지 않겠네, 허나 애초부터 도울 생각이 아니라면 길을 막지는 말게. 이 일을 위해서 동지들과 나는 오랫동안 준비를 해왔지. 자네가 막는다면 아무리 오랜 지기라도 살려두지 않겠네!"

"오라버니!"

이 대화를 듣고 있던 은진이 끼어들었다. 그녀는 두 팔을 벌려 몽남을 보호하듯 가로막고 서더니 승보에게 소리쳤다.

"홍 도련님을 어쩌기만 해봐! 나도 이를 꽉 깨물고 죽어버릴 테니까!"

은진의 행동에 승보가 일그러진 얼굴을 펴더니 코웃음을 쳤다.

"죽으려면 혀를 깨물어야지 이를 깨물다니. 네가 죽는 법이나 아느냐?"

"뭐 이를 깨물든 혀를 깨물든! 죽기만 하면 되는 거 아냐?"

승보가 은진의 머리를 쓰다듬으며 몽남을 쳐다보았다.

"죽는 방법은 홍 도령에게 물어보거라. 그는 과거에 죽으려다 살아난 적이 있는 기적의 사내이니."

말을 마친 승보가 방을 나섰다. 은진은 멀어지는 승보의 뒷모습을 보며 씩씩거렸다.

"아무리 달린 입이라고 해도 그렇지, 명색이 사내면서 그따구루!"

그러더니 뒤에 선 몽남을 의식한 듯 실실 웃음을 쪼개며 고개를 돌렸다.

"오라버니의 말에 마음 쓰지 마시어요. 저는 언제나 도련님 편이니…."

방구석을 뚫어져라 바라보던 몽남이 중얼거리듯 은진의 이름을 불렀다.

"은진아."

"예?"

"사람들을 모아 다오."

"사람요?"

은진이 눈을 동그랗게 떴다. 그때 몽남이 고개를 돌려 은진의 얼굴을 바라보았다. 그러자 은진의 얼굴이 막 불을 켠 심지처럼 붉게 타올랐다.

"서른 명이면 충분할 듯하구나. 그래줄 수 있겠느냐?"

"그라믄요! 저는 도련님이 원하시는 건 모든 할 수 있다믄요!"

은진이 몽남을 보며 붉어진 얼굴로 활짝 웃었다.

온양 행궁의 내정전. 왕의 침전이다.

이곳에는 별도로 왕비를 위한 침전이 있지 않다. 왕의 침전이 창덕궁의 대전 만하기 때문에 온돌방을 나누어 왕과 왕비가 따로 잔다.

원래는… 그랬다고 한다. 하지만 지금은 왕자를 끼고 왕자의 머리 위로 서로를 바라보며 나란히 누웠다.

"자나?"

왕이 내 얼굴을 뚫어져라 쳐다보며 묻는다. 난 킥킥 새어 나오는 웃음을 참으며 소곤대듯 말했다.

"몰라요. 전하가 보세요."

"그랬다가 깨면 어쩌지?"

"유모를 불러야죠."

"중전이 오늘은 왕자도 함께 잠들면 좋을 것 같다고 하지 않았소?"

"그래서… 정말 왕자를 데리고 주무실 거예요?"

"흠…."

왕은 그러기 싫다는 듯 용기 내어 고개를 내렸다. 왕자가 자고 있는지 안 자고 있는지 확인하려는 것이다. 곧 왕의 얼굴에 묘한 웃음꽃이 피었다. 아까부터 조용하던 왕자가 확실히 잠이 든 것 같았다.

"흠흠."

왕자의 자는 얼굴을 확인한 왕이 상체를 일으켜 세우며 헛기침을 한다. 그러자 문이 열리더니 윤 상궁이 유모와 함께 나타났다. 왕은 손짓으로 왕자를 데려가라고 지시하고는 조심스럽게 팔로 잠든 왕자를 안아 들었다. 그리고 그 왕자를 유모에게 건네주면서 '절대, 절대 깨우지 말라.'라는 수신호를 보냈다.

"예에…."

"쉿."

유모가 대답하는 소리도 내지 말라는 듯 '쉿' 소리를 내는 왕.

그것도 그럴 것이 왕자가 깨면 절대 안 된다. 오늘 왕자에게 아바마마와 어마마마랑 다 같이 함께 자기로 약속했기 때문이다.

어쨌든… 왕자가 먼저 자버렸으니 약속은 이뤄진 건가? 아니면 없었던 일이 되는 건가?

왕자를 받아 든 유모가 윤 상궁과 나가자 이제 우리 두 사람만 남았다. 왕은 이미 누워 있는 내 옆에 다시 눕는다. 그리고 빙긋 웃으며 나를 쳐다본다.

"방해꾼은 사라졌군."

난 왕을 흘겨보며 대꾸했다.

"원자가 방해꾼이라뇨?"

"방해꾼이지."

자랑스럽게 방해꾼을 재차 강조한 왕이 팔을 벌렸다. 나는 그를 끌어안으며 그의 가슴에 얼굴을 기대고 안겼다. 왕자라는 작은 산으로 인해 갈라졌던 우리 두 사람이 하나의 큰 산이 되었다.

"전하."

"응."

난 나란해진 몸을 배배 꼬며 말했다.

"온천수에 몸을 담가서 그런지 나른하고 좋아요."

"자주 와야겠군."

"하지만 자주 오기에는 너무 멀어요."

"그럼 수도를 온양으로 옮겨버릴까?"

너무 진지하게 말해서 난 믿기 힘들다는 듯 그의 가슴에서 고개를 들었다. 그가 나와 눈을 맞추더니 입꼬리를 당겨 웃는다. 농담인지 진담인지 알아채기 어려운 상황.

"진짜예요?"

"중전이 원한다면."

"신첩을 나쁜 왕비로 만들려고 하시는군요."

"과인에게만 좋은 사람이면 되잖소."

"흠…."

난 그건 싫다는 듯 일부러 그의 품을 빠져나와 슬그머니 몸을 뒤로 뺐다. 그러자 왕이 손을 뻗어 내 양손에 깍지를 끼더니 다시 나를 그의 품으로 불러들인다.

"전하?"

나와 손을 맞잡은 그가 눈을 감으며 말한다.

"이리 손만 잡고 잡시다."

이번에도 진담인지 농담인지 구분이 어려운 상황. 난 큭큭 웃으며 왕에게 속삭였다.

"사랑해요."

"온천수의 효과가 정말로 좋군. 참으로 수도를 온양으로 옮겨야 하겠소."

"사랑해요."

두 번째 사랑한다는 말에 그가 눈을 떠서 나를 바라본다. 나는 눈을 반짝이며 그를 바라보았다.

"오늘 밤은 정말 손만 잡고 잘 것이오."

"알아요."

하지만 내 묘한 미소에 그가 의심을 품은 듯하다.

"헌데 그 웃음은… 뭐요?"

"전하도 사랑한다고 해주세요."

왕이 키득 웃는다.

"아이같이."

"어서요."

그러자 왕이 날 잡았던 손으로 내 허리를 끌어당겨 안으며 말한다.

"사랑하오."

자, 이제 본격적으로 내 목적을 달성할 차례다.

"그럼… 노래 불러주세요."

"노래?"

왕이 믿기지 않는다는 눈으로 나를 쳐다본다.

"사랑하신다면서요. 그러니 신첩이 늘 불러주던 노래를 불러주세요."

"그건…."

속삭이는 건 둘째치고 노래를 부른다면 아무리 작게 불러도 밖에는 들릴 터. 왕이 중전과 노래를 부르고 놀았다는 소문이 돌면….

"왜요? 못 하세요?"

잠시 고민하던 왕이 마침내 큰 결심을 한 듯 말한다.

"좋소. 불러주리다."

"꺄아."

너무 좋아 싱글벙글하는 내 표정을 따라 왕도 웃는다.

"이 역시 일생에 한 번이오. 그러니 잘 들으시오."

"네. 신첩은 벌써 두 귀를 활짝 열었어요."

난 준비를 끝났다는 듯 두 손을 양쪽 귀에 가져다 댔다. 왕이 짧은 헛기침과 함께 나를 사랑스럽게 바라보며 입을 열었다.

"공이는 나래를…."

그때 밖에서 다급한 내관의 목소리가 들려왔다.

"전하! 내금위장이 급히 알현을 청하옵니다!"

나를 위한 '사랑해' 노래를 불러주려던 왕이 멈칫하며 닫힌 문 쪽으로 고개를 돌린다. 나는 직감적으로 그가 노래를 끝내지 못하리란 걸 알았다. 난 그가 몸을 일으키기도 전에 손을 뻗었다.

'안 돼, 안 돼.'

그의 팔을 잡고 애절한 눈빛으로 부탁하고 또 부탁했다.

이 작은 온양에서 일이 일어나보았자 얼마나 급한 일이 있을라구….

왕도 난처한 듯 나를 쳐다본다. 나는 그와 시선을 맞댄 채 계속 고개를 저었다.

'가지 마요. 노래는 시작도 못 했단 말이야.'

일생일대의 기회를 이렇게 놓치는가 싶어 난 간절함 섞인 눈짓을 계속 왕에게 보냈다. 결국 왕도 마음을 바꾸려는지 밖을 향해 입을 열었다.

"…크흠. 무슨 일이기에 이 늦은 시간에 호들갑이냐?"

그러자 이번에는 내관이 아닌 내금위장의 목소리가 들려왔다.

"전하! 지금 온양 백성 수십 명이 행궁 앞으로 몰려와 전하를 뵙겠다고 소란을 피우고 있사옵니다!"

"온양 백성들이?"

"예. 온양 군수의 폭정에 관해 고발할 것이 있다고 하옵니다."

"별장들 선에서 처리할 수 없는 일이더냐?"

"그러하옵니다…."

왕의 훈계 섞인 목소리 때문인지 마지막으로 돌아오는 내금위장의 목소리가 작았다. 어쨌든 왕이 결국 직접 나서야 한다는 소리.

"금방 다녀오리다."

어쩔 수 없다는 듯 나를 돌아보는 왕의 말에 난 잡았던 그의 팔을 힘없이 놓았다. 왕은 미안한지 고개를 숙여 내 이마에 짧게 입 맞추며 속삭인다.

"노래는 돌아와서 반드시 불러줄 터이니."

"그때쯤이면 신첩은 잠들었을지도 모르옵니다."

"허면 잠든 그대의 귓가에 대고 불러주리다."

이 말을 하면서 왕은 내 귓가에 대고 숨소리를 불어넣었다. 간질간질한 느낌에 나는 키득거리며 웃었다. 왕은 이런 내 웃음이 좋은지 뺨에 아쉬움이 담긴 입맞춤을 남긴 후에야 몸을 일으켜 세웠다.

난 이불을 끌어올려 가슴께까지 덮은 채 내정전을 나서는 왕의 뒷모습을 바라보았다. 이상하게도 시선이 떼어지지 않는다. 늘 보았던… 뒷모습인데도… 그저 아쉽고 아쉬워서… 잡고만 싶다. 하지만 난 왕비이고 그는 왕이니… 백성과 관련된 문제에서만큼은 두말없이 양보해야지.

왕이 침전을 나서자 문 앞에 있던 상궁이 재빨리 겉옷을 걸쳐준다. 왕이 겉옷을 받아들더니 침전의 문이 닫히기 전, 안에 있는 나를 돌아보며 빙긋 웃는다.

그의 웃음을 마지막으로 문이 닫혔다.

"에휴."

난 짧은 한숨을 내쉬며 천장을 바라보고 누웠다.

날이 밝기 전에는 돌아오겠지? 약속대로 노래 안 불러주기만 해봐. 노래 불러줄 때까지 밤새 괴롭혀줄 테니.

드르륵! 그때 닫혔던 문이 도로 열리는 소리가 났다. 내가 문 쪽으로 고개를 돌리기도 전에 무언가 나를 향해 재빠르게 뛰어오며 소리쳤다.

"어마마마!"

왕자였다.

갑작스러운 왕자의 등장에 놀란 내가 몸을 일으켜 세우자, 왕자는 바로 엉엉 울며 두 팔 벌려 나를 끌어안으며 매달린다. 그 뒤로 유모와 왕자의 나인들이 줄줄이 따라 들어와 내 앞에 몸을 엎드린다.

"소, 송구하옵니다. 중전마마!"

"원자마마께서 깨시어…."

난 엉엉 우는 원자를 소중히 끌어안아주며 물었다.

"어찌 우세요?"

"어마마마… 어마마마…."

"응? 어마마마 여기에 있어요, 원자."

"어마마마가… 어마마마가…."

"응응. 자, 말해보세요."

난 우는 왕자의 눈물을 닦아주며 활짝 웃었다. 하지만 왕자는 한동안 눈물을 그치지 못했다. 나는 왕자가 눈물을 그칠 때까지 꼭 끌어안아주었다. 이러면서 왠지 뿌듯한 감정이 일었다.

왕이 곁에 있다면 이런 나를 분명 칭찬해줄 텐데…. 다음에 이런 모습을 보여주고 싶어도, 왕자가 워낙 의젓해서 평소에도 잘 울지 않으니 말이지…

"어마마마가 소자를 버리고 갔어요…. 흐흑."

"내가요?"

나는 보란 듯이 코웃음을 치며 왕자의 작은 뺨을 힘주어 잡았다.

"보세요, 원자. 내가 지금 어디에 있지요?"

"소자… 소자… 앞에요…. 흑."

"그럼 조금 전에 본 것은 꿈이겠네요. 그렇지요?"

잠시 고민하던 왕자가 고개를 끄덕인다. 난 일부러 더 크게 웃으며 왕자가 진정될 때까지 안아주었다. 눈물을 그친 왕자는 피곤한지 그대로 내 품에 안긴 채로 꾸벅꾸벅 졸기 시작한다.

유모는 이런 왕자를 바로 데려가려고 했다. 하지만 난 고개를 저었다.

"유모도 오늘은 가서 편히 쉬게."

"하오나…."

"원자는 오늘 내가 데리고 잘 것이니."

"전하께서 돌아오시면…."

"내가 잘 말씀드리겠네. 또 원자가 악몽을 꾸다 깨면 어찌하겠는가?"

"예에…."

유모가 물러가자 난 잠든 원자와 함께 금침 위에 누웠다. 아직 눈물 자국이 다 마르지 않은 원자의 포동포동한 뺨을 만지작거리며 난 계속 키득거리며 웃었다. 조금 뒤에 돌아올 왕의 놀란 표정이 상상되어서였다.

"우리 원자는 정말 방해꾼이네, 귀여운 방해꾼."

난 잠든 원자의 코를 슬쩍 집었다 놓으며 중얼거렸다.

왕이 외정전 마루 위에 섰다.

"주동자를 데려오라."

"예! 전하!"

왕의 명을 받은 내금위 병사들이 발 빠르게 움직였다. 그사이 내관이 의자를 가져와 왕의 등 뒤에 내려놓았다. 왕이 그 의자에 앉자 이번에는 왕의 앞으로 긴 발이 내려와 드리웠다. 백성과 왕이 직접 대면하지 못하도록 하기 위한 조치였다. 또한 왕의 얼굴을 함부로 백성에게 내보여서는 안 되기 때문이기도 했다.

"이쪽이다!"

잠시 후 내금위 병사의 안내를 따라 남녀가 들어왔다. 홍몽남과 정은진이었다. 원래 내금위 병사는 몽남만 데려오려고 하였으나 은진이 함께 가겠다고 더 큰 소란을 피웠다. 결국 어쩔 수 없이 두 사람을 함께 왕의 앞에 데려왔던 것이다.

"꿇어라!"

병사가 외정전 단 아래에 몽남과 은진을 세우며 강압적으로 소리쳤다. 은진이 무릎을 꿇었지만, 몽남은 꿇으려 하지 않았다. 그러자 병사가 재차 몽남에게 소리쳤다.

"전하의 앞이다! 어서 꿇지 못하겠느냐!"

하지만 몽남의 눈에는 임금이 보이지 않았다. 정말 저 앞 발 너머에 임금이 있는지조차 의심스러웠다. 낮이라면 발 너머에 있을 누군가의 존재를 흐릿하게나마 확인할 수 있었을지도 모른다. 그러나 오늘은 달도 뜨지 않은 밤이었다.

외정전을 둘러싼 횃불의 불빛만 아른거리는 곳에서는 발 뒤에 사람이 있는지 없는지를 알아차리기가 쉽지 않았다. 더욱이 몽남이 선 자리에서 발 너머 왕의 자리까지는 거리가 너무 멀었다.

"보이지도 않는 임금께는 무릎을 꿇지 않겠소."

"뭐라?!"

몽남의 태도에 화가 난 병사가 그의 무릎을 발로 쳤다. 억지로 무릎을 꿇게 하려고 한 것이다. 그러나 병사의 발길질에도 몽남의 다리는 살짝 흔들렸을 뿐 굳건하게 제자리를 지키고 있었다.

"이 자식이, 감히 주상전하 앞에서…!"

화가 치밀어 오른 병사가 이번에는 손에 쥔 창끝으로 몽남의 두 다리를 내려치려고 했다. 그때였다. 이 모든 상황을 발 뒤에서 지켜보던 왕이 입을 열었다.

"멈춰라."

왕의 목소리에 일순간 주변의 소란이 모두 가라앉았다. 곧이어 왕이 곁에 선 내관에게 명을 내렸다.

"발을 치워라."

"예이-."

내관이 내렸던 발을 위로 천천히 올리기 시작했다. 이에 맞추어 왕은 자리에서 일어나 섰다.

왕의 체구는 마른 듯 보였으나 그것은 작지 않은 키로 인해 그렇게 보이는 것일 수도 있었다. 오히려 높은 외정전 단 위, 마루 위에 선 왕에게서는 형용하기 어려운 위엄이 느껴졌다. 그것은 왕이 살아오며 스스로 만든 것이기 전에 선왕의 유일한 왕자로서 타고난 것이기도 했다.

이공과 홍몽남. 태어난 후로 서로의 존재를 이름으로만 들어보았던 이들이다. 그랬던 이들이 처음으로 서로의 모습을 마주 보며 선 날.

왕은 평범한 백성에게서는 보기 어려운 기품을 지닌 몽남의 비범함을 엿보았다. 그리고 몽남은 왕이 타고난 위엄을 두 눈으로 확인하며 새삼스레 놀라지 않을 수 없었다.

왕의 위엄을 확인한 몽남이 천천히 무릎을 꿇었다. 그제야 왕이 다시 의자에 앉으며 몽남을 향해 물었다.

"일개 백성이라고 하기에는 기개가 넘치는구나. 그래, 온양 군수의 폭정에 대해 고발할 것이 있다지. 말해보거라, 과인이 친히 들어줄 터이니."

"온양 군수… 이대원에 대해 고발하려 합니다."

왕이 흥미롭다는 듯 홍몽남을 내려다보았다.

"과인도 그를 알고 있다. 그는 과인이 직접 천거받은 인사 중에 뽑아 온양 군수로 삼은 자이다. 그가 어떠한 폭정을 하였느냐?"

"그는… 김유근에게 뇌물을 주어 천거받은 인물입니다."

김유근이라면 중전의 첫째 오라버니다. 둘째 오라버니인 김원근과 달리 김유근은 아직 관직에도 나가지 않은 상태였다. 게다가 김유근을 끌어들였다는 것은 왕비의 집안인 안동 김씨를 걸고넘어지겠다는 뜻이기도 했다.

그렇다면 그 말은 국구도 연관되어 있다는 뜻이다. 양인이 아닌 평범한 백성이 양인을 모함하여도 그 죄로 죽음을 면치 못한다. 하물며 중전의 집안이자 현재 조정에서 세도를 누리고 있는 안동 김씨 집안 장자의 이름을 거론했다.

왕이 물었다.

"증좌는? 증좌는 있느냐?"

몽남이 고개를 들어 왕을 똑바로 바라보며 대답했다.

"증좌는 없으나 증인은 있습니다."

"증인은 어디에 있느냐?"

"밖에 있는 무리들 중에 있습니다."

왕이 잠시 눈을 들어 하늘을 쳐다보았다. 달도 뜨지 않은 밤은 새벽을 빠르게 불러올 것만 같았다. 그러나 오늘 밤의 소란은 왕에게는 새벽이 오기 전까지 쉽게 끝나지 않을 것처럼 길게만 느껴졌다.

"증인을 들여라."

왕은 한숨을 뒤로한 채 병사에게 명을 내렸다.

온양 행궁의 내궁에 위치한 유일한 우물인 신정(神井). 이곳에는 빛이 전혀 존재하지 않고 오로지 어둠만 있었다.

늦은 밤. 정승보와 그를 따르는 여러 명의 복면인이 우물 속에서 기어 나왔다. 이들은 한 치 앞도 보이지 않는 캄캄한 어둠 속에서 익숙한 듯 발 빠르게 움직였다. 이들은 서로 정해진 역할 분담에 따라 능수능란하게 움직였다. 오늘 밤 그들의 목표는 내궁에 위치한 왕의 침전, 내정전에 잠입하는 것이었다.

"휙, 휘익."

앞장서던 정승보가 짧게 휘파람을 불었다. 곧이어 이들은 기다렸다는 듯이 가뿐하게 내정전으로 통하는 담을 뛰어넘었다. 담 아래는 칠흑 같은 그림자뿐. 그 그림자에 몸을 숨긴 이들이 불 꺼진 내정전을 가만히 응시했다. 내정전 주위에는 별감과 나인을 합해 열댓 명 정도만 모여 있었다.

정승보는 무언가 이상하다는 생각이 들었다. 명색이 왕의 침전인데 호위하는 별감의 수가 너무 적었던 것이다.

잠시 망설이던 정승보가 그림자 속에 가린 동지들에게 손짓을 보냈다. 그러자 그들이 담이 만들어준 그림자를 따라 조심스럽게 내정전을 호위하는 별감들에게 접근했다.

"응…?"

무언가 이상한 낌새를 알아차린 별감이 그림자 쪽으로 다가온 순간, 정승보가 제일 먼저 그를 그림자 속으로 잡아당겨 소리 없이 목을 베고 몸을 찔렀다. 그사이 다른 동지들도 그림자를 밟고 별감들에게 접근해 그들의 목을 베었다.

"꺄아!"

우연히 어둠 속 별감의 시신을 발견한 나인이 소리를 질렀을 때였다. 이를 들은 정승보가 그림자 속에서 뛰어나오며 소리쳤다.

"가자!"

정승보의 지시에 그의 동지들은 내정전 주위에 있던 나인들을 모두 베었다. 이어 안에서 소란을 듣고 나온 내관도 상궁도 가차 없이 베었다.

"생각보다 나인이 적습니다."

동지 중 한 명이 정승보에게 말했다.

불길했다. 내정전이 비어 있을 것만 같았다. 그래도 여기서 돌아갈 수는 없는 일이었다.

정승보는 외궁 쪽에 잠시 눈길을 주었다. 아직 내궁에서 일어난 소동을 외궁에 있는 병사들은 모르는 것 같았다.

"들어가자!"

"예!"

피 묻은 칼을 든 정승보가 내정전 마루 위로 뛰어올랐다. 그 안에는 바깥에서의 소동을 알아차린 여러 명의 나인이 웅크린 채 몸을 떨고 있었다.

"죽여라."

정승보의 차가운 말 한마디에 그 나인들도 차례로 모두 목이 베였다. 이윽고 내정전의 모든 나인들이 죽은 것을 확인한 정승보가 닫혀 있던 침전의 문을 활짝 열고 들어섰다.

"자장… 자장… 자장…."

곤히 잠든 왕자의 몸을 쓸어주며 자장가를 불렀다. 왕자는 깊게 잠들었는지 잠깐잠깐 코를 골기도 했다. 그때마다 웃음이 났다. 동영상을 촬영할 수 있다면 이런 모습을 찍어서 두고두고 보면 좋으련만.

정말 아기들은 순식간에 커버리는 것 같다. 그리고 왕자도 어느 날 제 아버지를 꼭 닮은 늠름한 모습으로 자랄 것이다. 상상만으로 즐거워졌다.

"하암…."

하지만 나도 몰려오는 피곤을 떨칠 수가 없다. 적어도 전하가 돌아올 때까지는 기다리려고 했는데….

내정전 밖에 피워놓은 횃불이 한지를 바른 창에 비치며 아른거린다. 마치 최면술에 빠져드는 것처럼 눈꺼풀이 무겁게 계속 감기고 있었다.

왕이 왔을 때 왕자와 함께 잠들어 있으면… 실망할지도 모른다. 일생에 단 한 번, '사랑해' 노래를 불러주겠노라고 약속했으니까.

에라, 모르겠다. 자자.

난 좋은 냄새가 나는 왕자를 끌어안고는 눈을 감았다.

그리고 얼마간 시간이 흘렀을까…?

탁! 닫힌 문이 거칠게 열리는 소리가 났다.

왕이 돌아온 것일까?

난 딱 들러붙은 것 같은 눈꺼풀을 억지로 떴다. 그리고 내게 점점 가까워지는 그림자를 보기 위해 눈에 힘을 주었을 때, 복면을 하고 검을 든 남자들이 우르르 몰려들어왔다. 꿈인가?

"왕이 없습니다!"

"왕비와 대군만 있습니다!"

머릿속으로는 꿈이라는 생각이 먼저 들었다. 하지만 내 손은 본능적으로 왕자를 보호하려 끌어안았다.

"어찌할까요?"

핏물이 뚝뚝 떨어지는 검을 쥔 사내들이 소리친다.

난 두려움에 떨며 그들이 들어온 문밖을 쳐다보았다. 아무도 없었다. 소리도… 당연히 뛰어 들어와서 나를 보호해야 할 이들이 아무도 나타나지 않았다!

"대군을 데려간다."

그들이 누구인지는 더는 중요하지 않다. 그들은 지금 왕자를….

"안 돼!"

그들은 나를 밀쳐내 왕자와 떼어놓았다. 그러더니 잠든 왕자를 어깨 위에 둘러멘다. 난 세상이 눈앞에서 무너지는 장면을 보고 있다.

"왕비의 입을 다물게 해!"

누군가가 소리쳤고 나를 왕자와 떼어놓는 남자가 내 목에 핏물이 묻은 칼을 가져다 대었다.

"죽기 싫으면 입 닥치고 계시오."

그는 내 팔을 억세게 쥐며 위협했지만 난 소리치는 것을 멈추지 않았다.

"놓아라! 왕자를 놓으란 말이다!"

"죽고 싶소?"

"어린 왕자가 무슨 죄가 있단 말이냐! 그러니 왕자를 놓아 다오! 너희가 내어 달라는 것은 모두 내어주마! 그러니 왕자를… 왕자를…!"

그러자 그들 중 리더인 듯 보이는 남자가 내 앞으로 나섰다.

"왕의 목숨. 우린 그것을 가지러 왔소."

조선 후기는 혼란스러웠다. 왜란, 호란 이후 망가진 나라를 제대로 복구할 틈도 없이 각종 자연재해와 이에 따른 기근과 흉년이 반복되었다. 또 조선 밖 세상도 빠르게 바뀌고 있었다.

어쩌면 이에 지친 백성들이 동학을 창시하고 외래 종교인 천주교에 의지하고 갈수록 미신에 빠진 것도 이러한 이유 때문인지도 모른다. 그리고 일부 백성들은… 세상을 바꾸려고 했을지도 모른다.

조선 시대의 세상은 바로 임금이었다. 임금이 하늘이고 임금이 아버지였다.

"왕의 목숨. 우리는 그것을 가지러 왔소."

"전하는…."

"이곳에 없지. 그래서 대군을 데려가려 하오."

너무나도 담담하게 설명하는 이들의 말에 난 되레 할 말을 잃었다. 하지만 눈앞에서 어린 자식을 빼앗아가는 것을 두고 볼 수는 없다.

"가자."

"자, 잠깐!"

난 그의 앞에 무릎을 꿇으며 눈물을 흘렸다.

"날 데려가라."

"무슨 말이오?"

"원자는… 또 태어날 수 있지. 전하가 살아 계시는 이상… 원자의 목숨 따위로 전하의 목숨을 대신할 순 없을 것이다. 하지만 난… 다르다. 나는… 이 나라의 왕비이자, 영돈녕 김조순의 여식이다. 나중에 어떤 협상을 하려 하든… 원자보다는 내가… 내가 나을 것이다."

내가 무슨 말을 하고 있는 걸까?

"설사 전하께서 나를 버리신다 하셔도…."

그럴 일이 없다는 건 누구보다도 잘 알잖아.

"조정을 장악하고 비변사를 장악한 가문이 어느 가문인지는 너희들이 더 잘 알겠지. 안동 김씨다. 내 아버지다. 내 아버지가… 왕비이자 딸인 나를 버리려 하시겠느냐?"

내 설득이 어느 정도 먹혔는지 그들이 주저한다.

"그리고… 난 왕비이기 전에 한 아이의 어미다. 너희들도… 어미는 있겠지. 어미에게 제 자식을 떼어내는 것은 살점을 떼어놓는 것과 같다지 않느냐? 그러니… 아무것도 모르는 원자를 풀어다오…. 내가… 내가 너희의 볼모가 될 것이다."

왕자를 살려야 해…! 차라리 내가 저들에게 끌려가는 것이 낫다.

왕자가 끌려가 나를 찾으며 운다고 생각만 해도 살고 싶지 않을 것 같았다. 난 왕자를 눈앞에서 잃어버리는 것이 너무나도 두렵고 무서워서… 차라리 누군지도 모르는 저들에게 내가 끌려가는 것이 훨씬 낫다고 생각했다.

적어도 지금은… 왕자밖에… 눈에 보이지 않으니까.

"대군을 놓아주어라."

"하지만…!"

"놓아라. 왕비를 데려간다."

그의 명령에 왕자를 들쳐 업은 남자가 다시 왕자를 바닥에 내려놓았다. 아직 잠에서 깨지 않은 왕자가 몸을 들썩이자 나도 모르게 왕자에게 손을 뻗었다. 그러나 남자들이 칼날로 왕자와 나의 사이를 가로막았다.

"가시지요. 중전마마."

그가 내게 명령했다.

난 눈물을 흘리며 자리에서 일어섰다. 그 순간 등 뒤에서 어깨를 무언가로 세게 내려치는 느낌이 들더니 그대로 정신을 잃어버렸다.

증인의 말은 이러했다.

군포는 군역을 면제해주는 대신에 나라에 바치는 포였다. 그런데 온양 군수가 이 군포를 징수하면서 당사자가 없으면 그의 이웃 또는 가족에게 징수하고 어린아이와 노인에게도 징수하며 심지어 죽은 사람에게까지 군포를 거둬들였다는 것이다. 그런데 이에 대해 온양 군수 자신이 김유근에게 뇌물을 주고 관직을 얻었으니, 어서 이를 채우고 더해서 더 높은 관직에 오르기 위해 돈을 더 벌어야 한다고 말했다는 것이다.

여기까지만 하더라도 뇌물로 관직을 사고 나라에 바치는 세금을 몰래 빼돌린 큰 죄였다. 그런데 이 사실을 엿듣고 소문을 낸 여종을 패대기쳐 죽음에 이르게 했으니 살인죄까지 더해진 중한 사건이었다.

하지만 오로지 증인만 있을 뿐이다. 증좌를 찾기 위해서는 시간이 필요했고 당장 해결할 수 있는 문제가 아니었다.

“오늘 과인이 직접 들었으니 한성으로 돌아가 온양 군수에 대해 조사토록 하겠다. 너희 말이 사실이라면 응당 그 죄를 온양 군수에게 물을 것이다.”

왕이 답을 내리자 병사들이 몽남과 은진을 끌고 나가려고 했다. 그러자 은진이 왕을 향해 소리쳤다.

“전하께서 그리 말씀하시면 다 끝입니까? 군수 나리가 우릴 가만두지 않을 테구만요!”

“무엄한 것! 어서 썩 물러가지 못하겠느냐!”

“우이씨! 놓으라구요! 놔요!”

씩씩거리며 끌려 나가는 은진과 마지막까지 왕에게서 눈길을 거두지 않은 채 끌려 나가는 몽남. 돌아선 왕의 곁으로 내관이 다가와 조심스럽게 아뢰었다.

“국구께서는 한양에 계시옵니다만, 이곳에서도 전하께옵서 직접 나서서 처리하실 수도 있는 일이옵니다.”

“안다.”

“하온데 어찌….”

왕이 한숨을 내쉬며 말했다.

“온양 군수의 폭정은 과인이 한양으로 돌아간 후 암행어사를 파견하여 살피고 파직하면 끝날 일이다. 허나 뇌물죄는 다르다. 과인은 김조순을 안다. 분명 온양 군수의 천거 건은 김유근 혼자 했을 가능성이 크다. 유근은 아직 관직에 등용되기 전인데도 말썽이니…."

김유근을 벌주는 것은 문제가 아니었다. 이유는 충분했다. 하지만 그는 중전의 오라버니였다. 괜히 그에게 큰 벌을 주어 중전의 마음에 고민거리를 안겨주고 싶지 않았다.

"아비만 한 인물은 없는 것일까?"

"김 찬선(김원근)은 다르시지 않사옵니까."

"그는 관직에 욕심이 없다. 찬선의 자리도 억지로 준 것이니 받아들였지. 그러한 인물이 조정에 많으면 좋을 텐데…. 늘 조정에는 권력에 욕심 있는 자들만 모여드니."

왕이 씁쓸히 웃으며 하늘을 바라보았다.

"새벽이 올까 두렵구나. 중전에게 한 약속을 오늘 밤 안으로 지켜야 할 텐데."

"내정전으로 납시옵니까?"

"그럴 것이다."

왕의 발길이 내정전으로 향했다. 외궁과 내궁을 잇는 길을 열기 위해 내관들이 등을 들고 앞서 걸었다. 또 왕의 행차를 알리기 위해 나인이 미리 내정전으로 달려갔다.

그런데….

"꺄아아아아아!"

왕의 행차를 알리기 위해 앞서갔던 나인의 비명이 행궁 안에 울려 퍼졌다.

"이게 무슨 소리냐?"

직감적으로 불안함을 느낀 왕이 내관에게 물었다. 그러자 내관이 왕에게 대답했다.

"소인이 알아보도록 하겠사옵니다."

비명이 터진 방향이 내정전 쪽이었다. 내정전에는 중전이 있었다. 원자는 유모와 함께 내정전 서온돌에서 잠들었을 터다.

"아니다. 과인이 직접 갈 것이다. 물러서라!"

"예에…!"

당황한 나인들을 밀치고 왕이 서둘러 내정전에 이르렀다. 그곳에는 앞서 보낸 나인이 충격을 받아 혼절해 있었다. 나인의 주변으로 핏빛으로 얼룩진 시신들이 보였다. 왕의 얼굴이 싸늘하게 굳었다.

"이게… 어찌된 일이냐?"

그때였다!

"으아아앙!"

어린아이의 울음소리가 내정전 안에서 울려 퍼졌다. 그것이 어린 왕자의 울음소리라는 것을 알아챈 왕이 급하게 내정전 안으로 뛰어 들어갔다.

"전하! 위험하옵니다!"

나인들이 말렸지만 소용이 없었다. 그 대신 별감들이 급히 뒤따르며 왕을 호위했다. 내정전 안에도 시신이 즐비했다. 대부분 윤 상궁을 비롯한 중궁전 나인들이었다.

왕의 심장이 불안하게 요동쳤다.

"중전!"

왕이 중전을 부르며 침전 안으로 뛰어 들어갔다. 활짝 열려 있는 침전 안에서 막 잠에서 깨어난 어린 왕자가 홀로 남아 불안함에 엉엉 소리 내어 울고 있었다. 왕자는 왕을 발견하자 그를 부르며 뛰어와 안겼다.

"아바마마…!"

"중전은…? 중전은 어디에 있느냐?"

어린 왕자를 끌어안은 왕이 물었다. 하지만 왕자는 고개를 가로저으며 눈물만 흘렸다.

"아바마마…. 어마마마… 어마마마는요…?"

왕자를 끌어안은 왕의 뒤로 내관이 뛰어오며 아뢰었다.

"전하! 내정전에 있던 별감들과 나인들이 모두 죽었사옵니다!"

왕은 믿을 수 없는 현실에 고개를 제대로 가누기조차 어려웠다.

"중전… 중전은… 어디에 있느냐…?"

"그것이… 그 어디에도… 보이지 않으시옵니다…."

별감이 고개를 떨구며 아뢰었다.

그때 왕의 시선이 금침으로 향했다.

'사랑해요. 사랑해요, 전하.'

금침의 일부를 적신 핏물을 본 왕의 얼굴이 하얗게 질렸다.

"중전을…. 중전을 찾아라…. 어서!"

덜컹덜컹. 어디서부터인가 강하게 휘몰아치는 바람이 문을 흔드는 소리.

휘이이이이. 높은 산 절벽에만 산다는 매가 바람을 가르며 날아가는 소리.

톡, 톡. 작은 물방울이 천장에서 떨어져 내 머리를 툭툭 치는 느낌. 물방울이 머리에 닿고 이어 이마를 거쳐 얼굴선을 따라 길게 흘러내린다. 작은 물방울로 시작된 한기가 온몸을 쓸어내리자 난 감았던 눈을 번쩍 떴다.

손이 등 뒤로 단단히 묶여 있는 데다가 반쯤 몸이 꿇어 앉혀진 채 정신을 차렸다. 옷은 내정전에 있을 때 입은 잠옷 차림 그대로, 겉옷만 하나 걸친 채였다. 그다음부터는 기억이 없었다. 두리번거리자 아침인지 한낮인지 모를 햇살이 구멍이 숭숭 뚫린 문으로 새어 들어왔다. 분명 밤은 아니었다. 아침이면… 벌써 하루가 지난 건가?

여긴 어디일까? 음침하고 긴 좁은 방 안에는 창문도 없었다. 문뿐이다. 뒤를 돌아보니 나는 자연석에 등을 기대고 있었다. 내가 있는 건물은 큰 바위를 벽 삼아서 지은 작은 불당 같았다. 하지만 오래도록 아무도 찾아오지 않았는지 불당 곳곳은 낡았고 기도를 드린 흔적 같은 것도 전혀 없었다. 난 내 앞에 타다 남은 양초 하나를 가만히 응시하다가 일어서려고 몸을 비틀었다.

"아아…."

그러나 곧 단단히 묶인 손에서 오는 통증에 그대로 앞으로 고꾸라졌다.

"일어났나 보군?"

끼익, 하고 곧이어 문이 열리는 소리가 나더니 키가 작은 사내가 들어왔다.

그는 희한하게도 얼굴에 흉측하고 징그러운 두드러기가 난 모양의 탈을 쓰고 있었다. 허리가 내려앉았는지 얼핏 꼽추로 보일 정도로 몸을 숙이고 있어서 대충 보면 어린아이 정도의 키로 보였다. 그나마 체구가 건장하고 살이 많아 얼굴을 가려도 어른이라는 것을 겨우 알아차릴 수 있었다.

"흐흐흐…."

탈에 얼굴을 감춘 사내가 묘한 웃음을 흘렸다. 나는 어제 왕자를 두고 협상한 복면인을 떠올렸다. 적어도 그 복면인과

이 탈을 쓴 남자는 동일인이 아닌 것 같았다.

"누구세요? 여긴 어디죠?"

"여긴 버려진 곳이지."

"버려진 곳?"

무슨 말인지 이해하기가 어려웠다. 난 다시 물었다.

"절 여기로 데려온 사람들은 어디에 갔죠?"

"아아, 그가 어젯밤 이곳에 찾아와 내게 널 맡겼지. 다시 돌아온다고도 했어. 하지만 언제 돌아올지는 몰라."

그는 내가 왕비라는 사실을 모르는 것 같았다.

"저…."

조심스럽게 말을 걸어보려는데 그는 내게서 시선을 돌리더니 한구석에 놓아두었던 바가지를 들어 올렸다. 그 안에는 현미처럼 보이는 오래된 곡식이 반쯤 차 있었다.

"배고픈가?"

난 고개를 저었다.

"곧 배가 고파질지도 모르지."

상대에 대해 알 수 있는 정보는 많지 않았지만 일단 지금은 그 혼자뿐이었다. 잘 협상한다면 그 복면인들이 돌아오기 전에 도망갈 수 있을지 모른다는 생각이 들었다.

"저… 이 묶인 줄을 풀어주시면 안 될까요?"

조심스러운 간청에 그가 실실 웃음을 쪼개더니 자신이 쓴

탈을 벗는다.

"이래도 나보고 줄을 풀어달라고 말할 셈인가?"

탈을 벗은 얼굴은 사람의 얼굴이라고 말하기 힘들 정도로 형체가 망가져 있었다. 태어나 한 번도 이런 얼굴을 본 적이 없었지만, 무엇 때문에 그가 이런 얼굴이 되었는지는 알 것 같았다.

문둥병. 현대에서는 나병이라고 불리는 병이었다. 현대에서는 불치병도 아니고 치료제도 개발되어 있지만, 19세기 조선에서는 아직 아니었다. 그 병은 하늘의 저주를 받은 사람들이 걸리는 병이었다.

"놀랐나?"

그가 다시 웃음소리를 냈다. 하지만 얼굴만 보면 웃는 표정을 짓는지 안 짓는지조차 알아챌 수가 없었다.

"네…."

놀라지 않았다면 거짓말이다.

"무섭지?"

하지만 무섭다는 말은 쉽사리 인정할 수가 없었다. 망설이는 나를 보며 그가 되물었다.

"내가 묶인 끈을 풀어주다가 네게 이 병을 옮길 수도 있을텐데… 그래도 내게 줄을 풀어달라고 부탁할 건가?"

진정해. 진정하자, 황나래.

나병은 전염성이 낮은 병이야. 고작 한 번의 접촉만으로는 걸리지 않는 병이란 말이야. 그러니 이 병은… 무서워할 병이 아니야. 적어도 내가 온 곳에서는 완치가 된 병이라고…!

"푸, 풀어주세요…. 전 괜찮으니까."

"뭐?"

그가 의외라는 듯 반문했다.

"전… 그러니까 풀어주세요. 부탁할게요. 아니, 부탁드릴게요."

이러한 대답에 그도 잠시 놀랐는지 망설이다가 대답했다.

"좋아. 풀어주지."

"이 호로자식!"

퍽!

"오라버니!"

승보가 칼집으로 몽남을 내려치자 몽남이 뒤로 넘어졌다. 곧바로 은진이 넘어진 몽남에게 달려들며 승보를 때릴 듯 노려보았다.

"네 짓이지? 은진이를 시켜서 사람들을 모아 행궁으로 달려간 게! 오랫동안 준비해온 우리의 거사를 네가 망쳤다!"

"…미안하네."

몽남의 대답은 승보의 화를 더욱 부채질했다.

"미안하다고? 자네를 오늘 죽이고야 말겠어!"

결국 승보가 검을 뽑아들었다.

"안 돼! 안 된다구, 오라버니!"

이번에도 은진이 나섰다.

은진은 두 팔을 벌린 채 몽남의 앞을 가로막고 나서더니 울며 말했다.

"내가 한 거야! 내가! 왕을 죽여서 자칫 오라버니가 위험해질까 봐 그랬다구! 내가 홍 도련님에게 부탁했어! 그래서 왕을 꾀어내러 사람들과 간 거야! 내가 다 한 거라고!"

"비키지 못해, 이 계집애야!"

"아악!"

발로 은진을 옆으로 밀친 승보가 검을 들어 올렸다. 그러자 몽남과 함께 평안도에서 온 이들이 검을 뽑아들며 그를 감싸고 섰다. 승보의 동지들도 마찬가지였다. 그들도 무기를 챙겨 들더니 몽남의 사람들과 함께 마주 섰다. 일촉즉발의 상황이었다.

그때 승보에 의해 밀쳐져 넘어졌던 은진이 자리를 박차고 일어섰다.

그러고는 검을 들고 있는 승보에게 다가가더니 작정한 듯

한 손으로 그의 검을 잡고 손을 틀었다.

"악!"

날카로운 검날에 손바닥이 두 동강 나듯 베이며 붉은 피가 뚝뚝 흘러내렸다. 은진의 손에서 피가 흘러내리는 것을 본 승보가 놀라 자신의 손에 든 검을 바닥에 떨어뜨렸다.

"정은진!"

은진도 상당히 아픈지 피를 흘리는 손의 손목을 다른 손으로 붙잡으며 이를 악물었다.

"봤지…. 오라버니도 봤지? 난 죽는 방법은 몰라도 홍 도련님을 위해서 피 흘리는 방법쯤은 알아."

"이 계집애가!"

"홍 도련님 죽이려면… 나 먼저 죽여. 죽는 방법도 모르는 나 같은 계집애! 오라버니가 직접 죽이면 되잖아!"

은진이 펑펑 울기 시작했다. 승보도 하나뿐인 여동생의 행동에 더는 할 말이 없는 듯 씩씩거리며 몽남에게 침을 뱉었다.

"잘 들어라, 우리 우정도 여기서 끝이다. 오늘 안으로 온양 땅을 떠나지 않는다면 너도 죽고 나도 죽는다."

말을 마친 승보는 땅에 떨어뜨린 칼을 줍더니 동지들과 함께 자리를 떠났다.

그는 내 등 뒤로 가더니 묶인 줄을 풀어주었다. 그러나 마지막에 일부러 한 손으로 내 어깨를 힘주어 잡았다.

내가 기겁하며 크게 놀라는 모습을 보며 그는 낄낄거리며 웃었다. 그럼에도 여전히 얼굴에서는 웃는 표정이 전혀 드러나지 않았다.

"놀랐지?"

그러더니 문 쪽으로 난 방향에 일부러 자리를 잡고 앉았다.

"난 네가 누군지는 몰라. 하지만 네 서방도 네가 내 손이 탄 걸 알면 평생 너를 가까이하려 하지 않을걸? 어쩌면 네가 여기까지 오게 된 것은 내 각시가 되기 위해서인지도 모르지."

"무슨… 말이에요! 내가 누군지 알고, 난…!"

"네가 누군지 따위는 상관없어. 나 역시도 문둥이가 되기 전에는 온양 땅 절반을 가진 부호의 외아들이었지. 내 부모님은 아들의 병을 고쳐보겠다고 전 재산을 팔아 약부터 굿까지 안 해본 것이 없었지만… 결국 모든 걸 잃고 죽고 말았어. 그 이후 난 아주 오랜 시간을 외롭게 이 암자에서 살아왔지. 그러나 널 보는 순간 내 잃어버린 욕정이 이는구나."

난 마른침을 삼켰다.

그때 그가 내 치마 끝을 잡았다. 난 순간적으로 발버둥 치며 그를 밀치고 일어섰다.

"뭐야!"

그가 성을 냈다. 하지만 난 돌아보지도 않은 채 문을 박차고 밖으로 뛰어나갔다.

휘이이이잉!

암자의 문을 열고 나가자 오래된 나무 한 그루가 바위를 뚫고 낭떠러지 끝에 솟아 있었다. 그리고 그 아래는 말 그대로 천 길 낭떠러지였다. 행궁은 보이지도 않았고 그나마 가까이 있는 마을은 까마득히 멀리 있었다.

"여기서 도망갈 수 있을 것 같아?"

어느새 나를 뒤따라 나온 그가 말했다. 난 벌벌 떨며 그를 돌아보았다.

"이리 오라고. 오라니까."

"전…!"

"왜? 나 같은 문둥이가 싫다고 죽음을 택하는가?"

"전… 가족이 있어요. 아이도 있고… 돌아가야 해요."

그가 코웃음을 쳤다.

"이 병에 걸리면 가족은 없다. 있어도 없는 게 되지. 곧 그렇게 될 거야. 내 계집으로 남은 생을 산다면 말이지. 흐흐흐흐…."

전하…!

난 이를 악문 채 절벽 위에 섰다. 이곳에서는 그 어디로도 도망갈 곳이 없었다. 이대로 떨어진다면 절대 살아남을 수 없는 높이였다.

두렵고 무서웠다. 하지만… 난 죽을 수 없었다!

난 눈물을 삼킨 채 내 허리만 한, 가지를 길게 뻗은 나무 위로 올라갔다. 이를 본 그가 재미있다는 듯이 웃으며 말했다.

"지푸라기라도 잡는 심정인가?"

난 나뭇가지 위에 아슬아슬하게 매달려 절벽 위에 붕 떠 있는 상태가 되었다. 절벽 아래에서는 계속 매서운 겨울바람이 휘몰아쳤다. 자칫 바람에 떠밀려 떨어져 죽거나 아니면 내 무게를 이겨내지 못한 얇은 가지가 부러져 추락사할 수도 있었다.

"난… 돌아가야 해요!"

"이곳에 한번 발을 들인 이상, 내 허락 없이는 절대 못 떠나!"

그가 나를 잡으려는 듯 나무에 올라왔다.

"제발 보내주세요!"

"흐흐흐."

나무가 그리 높지 않은 데다가 가지가 짧은 편이라 그는 금세 내 위치를 따라잡았다.

"제발…!"

그가 내가 매달린 가지의 옆 가지로 옮겨 타더니, 바로 내 발목을 잡아 끌어당기기 위해 손을 뻗었다.

"잡았다!"

옆 가지에서 내 발목을 잡은 그가 소리쳤다.

바로 그때였다.

우지직! 큰 소리와 함께 그가 매달려 있던 나뭇가지가 부러지더니 순식간에 절벽 아래로 떨어져버렸다. 그는 비명 한 번 제대로 내지르지 못한 채 그렇게 절벽 아래로 떨어져 목숨을 잃고 말았다.

"흐윽…."

순식간에 일어난 일이었지만 한 사람의 목숨이 사라졌다. 난 가지에 매달려 흐느꼈다. 도로 나무에서 내려가려고 해도 발을 딛고 올라왔던 가지가 이미 그와 함께 부러져 사라진 뒤였다. 누가 오기 전까지는 그대로 꼼짝없이 가지 위에 남을 수밖에 없는 상황이었다.

"아직 살아 있었군…."

갑자기 들려온 목소리에 고개를 돌리자 그곳에는 어젯밤에 보았던 그 복면인이 서 있었다. 그는 한 손에 칼을 들고 있었다. 그가 차가운 목소리로 나를 불렀다.

"김조순의 여식. 아니… 중전마마."

왕은 밤새 잠을 이루지 못한 채 뜬눈으로 밤을 지새웠다.

내정전의 모든 나인들이 죽었다. 그런데 왕자는 멀쩡했고 왕비는 사라졌다. 남은 것은 누구의 것인지 모를 금침 위의 핏자국뿐.

왕은 직접 왕비를 찾아 나서려고 했지만 내금위에서 극렬하게 반대했다. 내정전에 침입해 나인들을 모두 죽이고 왕비를 사라지게 한 이들이 어떤 존재인지 밝혀지지 않은 상황이었다. 이런 가운데 왕의 안전이 가장 염려되었기 때문이다.

왕은 온양으로 나가는 모든 길목을 차단하도록 명을 내린 채 병사들에게 온양을 샅샅이 뒤지도록 명을 내렸다. 왕비와 연관된 작은 단서라도 나온다면 바로 나가볼 생각으로 미복 차림을 한 채 외정전에 머무르고 있었다.

"아바마마…."

밤에 중전을 찾으며 겨우 잠들었던 왕자가 깨어나 왕을 찾아왔다.

그러나 왕은 희미하게 눈을 들어 왕자를 한번 바라보았을 뿐, 어제처럼 왕자를 끌어안고 달래줄 생각은 하지 못했다.

왕자를 달래줄 이들은 많이 있어도 정작 왕을 달래줄 사람은 아무도 없었다. 지금 왕은 누군가, 바로 왕비인 나래의 손길과 품이 그리웠다.

"원자마마. 나가시지요. 이곳에 계시면 아니 되옵니다."

유모가 왕자를 안아 들었다. 왕자는 울며 나가면서도 아침부터 보이지 않는 중전을 찾았다.

"어마마마는? 어마마마는?"

"곧 오실 것이옵니다. 조금만 기다리시면 곧 오실 것이옵니다."

"싫다. 싫어. 어마마마한테 갈 것이다. 어마마마… 어마마마…. 엉엉…."

왕자의 울음소리가 멀어져 가자 왕이 긴 한숨을 내쉬었다. 하지만 끝없이 한숨을 내쉬어도 불안한 마음은 좀처럼 가라앉지 않았다.

그때 왕자가 나가며 닫혔던 문이 열리더니 수라간 나인들이 들어왔다. 화려하지는 않지만 소박하게나마 준비한 수라상이었다. 왕은 오늘 아침 아무것도 먹지 않은 채 약속한 해를 맞이했다. 수라간에서는 이러저러 눈치를 보면서도 왕을 위한 수라를 마련해 온 것이다.

"드시옵소서."

왕의 눈치를 살피며 나인들이 수라상을 내려놓았다. 그대로 물리려던 왕은 잠시 멈칫했다. 수라상에 오른 음식들을 보자 중전의 생각이 간절했기 때문이다.

만약 어젯밤 변고만 없었더라면 오늘 수라상은 중전과 함께하는 겸상이었다. 왕과 왕비의 겸상은 한성에서는 불가능한 일이었지만 행궁에서는 가능했다.

마음 착한 왕비는 왕과 함께하는 아침 수라상을 기대하며 잔뜩 들떠 있었다. 왕에게는 겸상하는 것이 크게 의미 있는 일이 아니었다. 하지만 왕비는 왕과 함께할 수 있는 모든 사소한 순간들이 소중하다고 했다. 이번 온양 행궁에서 왕비는 왕과 함께 할 것들이 아주아주 많다고 했다. 왕비의 웃는 얼굴이 왕의 머릿속을 가득 채웠다.

왕은 결국 감정을 주체하지 못하고 수라상을 손으로 밀어 넘어뜨렸다.

쨍그랑! 그릇들이 엎어지며 순식간에 침묵이 찾아왔다.

왕은 태어나 처음으로 솔직한 감정을 왕비가 아닌 다른 사람들 앞에서 드러냈다. 그리고 그 감정은 좋은 감정이 아니었다.

절망과 좌절 그리고 끝을 알 수 없는 고통. 이 감정들에 짓눌린 왕은 금방이라도 숨이 막힐 듯 괴롭기만 했다. 입을 열어 한마디만 꺼내도 숨이 옥죄어올 것만 같았다. 그런데도 자신은 왕이었으며, 어떠한 상황에서도 왕은 왕이어야만 했다. 자신만을 바라보며 손발을 놓은 채 어찌할 줄 모르는 이들을 향해 입을 열어야 했다.

"치워라…. 그리고 물러가라. 과인은… 혼자 있고 싶으니."

"예에…."

나인들이 빠르게 엎어진 수라상을 치우고 모두 물러 나갔다. 혼자 남은 왕이 타는 듯한 숨을 집어삼키며 혼잣말처럼 중얼거렸다.

"중전…. 어디에 있는 거요?"

온양과 천안의 경계에 서원이 있었다.

"오라버니를 용서해주세요."

은진의 사과에 몽남의 시선이 그녀의 다친 손으로 향했다. 지혈을 위해 대충 천으로 동여맨 것을 보니 미안한 마음이 일었다. 몽남의 시선을 느낀 은진이 부끄러운지 다친 손을 등 뒤로 감춘다.

"이젠 안 아파요."

"미안하구나."

"제, 제게 사과라뇨! 도련님…."

몽남의 사과에 은진이 수줍게 얼굴을 붉힌다. 몽남의 미안한 마음이 더욱 깊어졌다.

"이리 떠나면 언제 다시 볼지 모르겠구나…."

"곧 다시 볼 수 있을 거예요."

자신만만한 은진의 태도에 몽남의 얼굴에 미소가 떠올랐다.

"내가 언제 이 온양 땅에 다시 올 것이라고 그리 말하는 것이냐?"

"도련님이 못 오시면 제가 평안도로 가면 되니까요."

"하하…."

몽남이 실없는 웃음을 흘렸을 때였다. 그의 주변에 서 있던 동지들이 말했다.

"조심하십시오."

그들의 말에 몽남이 고개를 들었다. 멀지 않은 곳에서 병사 여럿이 그들이 있는 곳으로 몰려오고 있었다. 몽남이 옷 속에 감춘 검 손잡이 위에 손을 올렸을 때였다. 병사들이 몽남과 함께 있던 은진을 에워싸더니, 족자를 꺼내 들었다. 그것을 활짝 펼친 그들은 족자에 그려진 여인과 은진을 비교했다.

그 순간 몽남의 눈에도 그 족자에 그려진 여인의 얼굴이 들어왔다. 그 여인의 얼굴은 몽남도 아는 얼굴이었다.

"아니군."

"그러네…."

은진과 그림 속 여인을 비교한 병사들이 도로 족자를 접어 들었다.

"뭐예요!"

은진이 신경질을 냈지만 병사들은 아랑곳하지 않고 급히 길을 서두르려고 했다. 몽남이 그런 병사들을 향해 물었다.

"그 족자의 여인은 누구요?"

"알 것 없다."

그대로 자리를 떠나려는 병사들을 보며 몽남이 거짓말을 흘렸다.

"어디서 본 듯하여 그러오. 잠시… 보게 해주시오."

몽남의 말 때문인지 병사들이 족자를 꺼내 펼쳐 보여주었다. 몽남은 병사들이 펼친 족자 속 여인의 얼굴을 재차 보고는 확신했다.

김소희. 족자에 그려진 여인은 이 나라의 왕비가 된 자신의 옛 정인 소희였다.

"보았느냐? 어디서 보았느냐?"

"다시 보니… 잘못 본 듯하오. 모르는 여인이오."

병사는 말을 바꾼 몽남에게 화를 내며 그에게 주먹을 휘두르려고 했다.

"이 자식이…."

"가자!"

그러나 다른 병사가 말리자 그들은 빠르게 사라졌다. 그러자 은진이 몽남의 옆에 바짝 서며 멀어지는 병사들을 향해 말했다.

"백날 찾아보라지! 찾을 수나 있을 것 같아? 아마 송장이 된 다음에도 못 찾을걸! 그곳은 우리 오라버니와 나만 알거든."

가볍게 흘려들을 수 있는 은진의 말이었는데도 몽남은 허투루 듣지 않았다.

"너도 아까 그 족자 속 여인을 아느냐?"

"알지요. 어젯밤에 보았는데."

"보았다고?"

몽남의 예리한 질문에 은진이 당황한 듯 말끝을 흐렸다.

"그게…."

"무엇을 알고 있느냐?"

은진이 난처한 표정을 지었다.

"은진아."

"그게… 그러니까요…."

"어서!"

몽남이 은진의 양팔을 세게 붙잡으며 흔들었다. 몽남의 표정이 매우 심각해서인지 은진도 결국 입을 열었다.

"어젯밤 늦게… 오라버니가 돌아왔는데… 정신을 잃은 여인을 데려왔거든요…. 난 또 오라버니가 보쌈이라도 해서 새 출발이라도 하려는 줄 알고…."

"지난밤에? 행궁에서 돌아온 다음이냐?"

"네에…."

무언가 짚이는 것이 있었는지 몽남은 은진을 강하게 추궁했다.

"그래서? 그녀는 지금 어디에 있지?"

"설화산 서편이 낭떠러지인데… 거기 문둥이들이 살던 암자가 있어요. 그런데 그 암자는 산 밑에서 들어가는 게 아니라, 산꼭대기까지 올라서 도로 아래로 내려가야만 들어가는 길이 있어서… 포졸들은 못 찾을 거예요. 오라버니가 그곳으로 데려간다 했으니…."

"정말 그 여인이 그 설화산 암자에 있다고?"

"그리… 데려간다고 오라버니가 말했으니…."

몽남은 초조해졌다. 은진이 보았다는 여인이 정말 소희인지도 알 수 없어서였다. 만약 지난밤 소희가 행궁에서 승보에게 납치라도 당했다면… 지금쯤 온양 전체가 뒤집어지고도 남을 일이었다. 이를 확인해보려면 평안도로 돌아갈 수 없었다. 도로 온양으로 돌아가 상황을 살펴보아야 했다. 하지만 지난밤 일로 경계가 심해졌다면 자칫 그도 승보와 연루되어 붙잡힐지도 몰랐다.

몽남이 망설이던 그때였다.

"은진아!"

누군가가 몽남과 함께 있는 은진을 부르며 뛰어왔다. 승보는 물론이고 은진과도 오래 알고 지낸 이웃이었다. 그는 부모를 일찍이 잃은 이들 남매를 돌봐주기도 했다. 은진도 그를 알아보고는 놀란 표정을 지었다.

"아재비? 아재비는 여길 어찌 알고 왔대요?"

"승보는 어디에 있느냐?"

"그야… 모르죠, 전."

은진이 몽남의 눈치를 보며 고개를 가로저었을 때였다.

"큰일 났다! 승보가 일을 냈나 봐!"

"오라버니가 일을 내요? 조금 전까지 봤는데…."

"방금 소문을 들었는데 행궁에 온 중전마마가 지난밤에 감쪽같이 사라졌단다! 안 그래도 승보가 기사년에 부인을 잃은 후에 임금님을 두고 이를 갈지 않았더냐. 그래서 걱정이다. 만약 이 소문이 사실이라면…."

"우리 오라버니는 아니에요!"

은진이 강하게 고개를 저으며 부정했다. 이들의 대화를 가만히 지켜보던 몽남이 다시 온양 쪽으로 뛰어가기 시작했다.

"도련님? 도련님!"

이를 본 은진이 소리 높여 몽남을 불러보았지만 그는 돌아보지 않았다.

"김조순의 여식. 아니… 중전마마."

"너로구나…."

내 지적에 복면인이 얼굴을 가리고 있던 복면을 벗었다. 입 주변을 거의 뒤덮은 수염이 눈에 띄었다. 그러나 처음 보는 얼굴이었다.

"지난밤에 대군을 대신하여 따라나서신 것을 기억하시오?"

"나를 어찌 하려느냐? 나를 두고 몸값이라도 요구하려는 것이냐?"

"몸값? 이 나라의 중전께서 아무리 몸값이 높다 하셔도… 죽은 사람만 할까?"

"무슨 말이냐?"

그가 입술을 깨물었다. 눈은 붉게 충혈되었고 나를 향한 그의 눈에서는 살기가 느껴졌다.

"기사년에 중전께서는 대군을 낳으셨다 들었소. 어제 본 그 대군이 맞겠지. 내 부인도 기사년에 아이를 낳았지. 그 아이는 죽은 아이였소."

"무슨…."

"그해에 심각한 기근이 들어 제대로 먹지 못했던 아내는 그리 죽은 아이를 낳고 그날 세상을 떴소."

알고 있었다. 기사년 기근에 대해서… 하지만 왕은 구휼미를 각 고을에 내리고 백성들을 구제하도록 지시했다.

"그 일이라면 전하께서 구휼미를 내려…."

"구휼미? 고을 수령들이 악귀처럼 다 집어삼킨 것을 말하는 것이오? 아니지. 그 수령 역시 안동 김씨 일문에 뇌물을 바치고 수령이 되었다 하더이다."

해명 따위는 그에게 필요 없는 듯했다.

"내가 돌아가면… 전하께 잘 말씀드려서…."

"돌아가지 못하실 거요."

"무슨 말인가?"

그가 검을 뽑았다.

"오늘 중전마마의 목을 베어 주상전하께 보내드릴 생각이니. 주상전하는 이 조선 만백성의 아버지가 아니시오? 우리는 전하의 자식이고. 자식이 겪은 고통을 아버지도 똑같이 겪으셔야지."

그가 검을 든 채로 내가 매달린 나무로 다가왔다. 앞으로는 매서운 칼바람이 부는 낭떠러지이고 뒤로는 검을 들고 다가오는 남자가 있었다. 그 가운데에서 오도 가도 못한 나는 생에 마지막 순간이 왔음을 깨달아야 했다. 내가 있는 나무 앞까지 다가온 남자가 검을 들어 올렸다.

"저승으로 잘 가시오. 중전마마."

전하…!

차마 나를 향해 내려치는 검을 보지 못하고 눈을 감으려고 할 때였다. 검을 들어 올린 그가 멈칫하더니 그대로 손에서 검을 떨어뜨렸다.

“윽… 으윽….”

이어서 들려오는 신음에 나는 눈을 크게 떴다.

검을 떨어뜨린 그가 자신의 등 뒤로 고개를 돌린다. 그곳에는 내가 아는 얼굴의 사내가 서 있었다.

바로 홍몽남이었다. 몽남은 자신이 쥐고 있던 검으로 뒤에서 남자의 몸을 정확히 찔렀다. 검 끝은 나를 죽이려던 남자의 몸을 뚫고 빠져나와 있었다.

“너… 너…!”

검으로 몸이 관통당한 남자는 홍몽남을 향해 무언가를 말하려고 했다. 그의 시선을 마주한 몽남의 눈빛이 흔들렸다. 나는 이 두 사람이 서로 아는 사이라는 걸 확신할 수 있었다.

“어떻게 네가….”

“미안하네.”

“홍몽남!”

남자가 홍몽남의 이름을 크게 외쳐 불렀을 때였다. 몽남이 그의 몸에 꽂았던 칼을 그대로 뽑아들며 주저 없이 그의 몸을 베었다.

남자는 온몸으로 피를 뿌리며 앞으로 고꾸라졌다. 아마도 숨이 끊긴 듯 보였다. 나는 이 모든 장면을 지켜보며 놀라 입을 다물지 못했다.

몽남은 미동도 하지 않는 그를 보고는 몸을 굽혀 숨을 쉬는지 확인했다.

우득! 그사이 내가 매달려 있는 가지가 조금씩 부러지며 요란한 소리를 내기 시작했다.

"몽남!"

난 급하게 몽남의 이름을 불렀다. 그러자 몽남이 들고 있던 검을 내던지며 내게 달려왔다.

"소희!"

"도와줘요!"

"기다리시오, 내가…!"

그가 나를 향해 손을 뻗었을 때였다.

우지직! 그가 내민 손을 잡기도 전에 나뭇가지가 부러지며 그대로 절벽 아래로 떨어져 내렸다.

"소희!!"

몽남의 외침이 절벽 아래 낭떠러지에 메아리쳤다.

그것이 마지막이었다. 귓가에 매서운 바람이 스쳐 지나가는 소리와 함께 추락하던 나의 기억은 여기서 끊겨버리고 말았다.

"…아…."

다시 정신을 차렸을 때 나는 바위와 부서진 돌들 틈에 있었다. 붉은 피가 눈썹을 적시고 눈동자를 뒤덮으며 조금씩 흘러내리고 있었다. 그런데 온몸에서 아무런 감각이 느껴지지 않았다. 숨이 쉬어지는지 아니면 살아는 있는지 스스로에게 의문을 던지고 싶을 정도로….

"…전하…."

'과인은 이 나라의 국모이자 중전인 그대와 여느 평범한 여염집 부부처럼 서로 존중하며 사랑하며 살고 싶소.'

왕의 웃는 얼굴이 뇌리에서 조금씩 멀어져간다.

'원자! 원자라니…! 수고하셨소. 수고했소, 중전!'

갓 태어난 원자를 품에 안아 들고 진심으로 기뻐하던 왕의 모습도… 멀어져간다.

'사랑하오. 나래.'

저도… 사랑해요, 전하. 사랑해요. 영원히요. 영원히….

절벽 아래로 내려온 몽남은 정신없이 소희의 이름을 부르

짖었다.

"소희!"

하지만 바위와 풀이 뒤섞인 낭떠러지 아래에서는 사람의 자취라고는 전혀 찾아볼 수가 없었다.

"어디요? 소희!"

누구라도 한번 들으면 빠져들고 마는 그의 매력적인 목소리에 구슬픈 목메임이 섞여 들어갔다. 믿기 힘들고 받아들이기 힘들었지만, 그 누구라도 이 낭떠러지 아래로 추락해서는 목숨을 건질 수가 없을 것이다.

"나요! 몽남이오! 홍몽남이 여기 있소!"

터질 것 같은 울음을 애써 삼키며 몽남이 소희를 찾아 바위틈을 정신없이 뛰어다니기 시작했다.

"소희!"

부서진 돌들이 짚신을 신은 발로 파고들어 상처를 냈다. 바위틈을 걷고 걸을수록 발에 상처가 생기고 피가 터져 흐를 정도로 아팠지만 몽남은 소희를 찾는 것을 포기하지 않았다.

"소희! 대답해보시오! 제발…!"

절벽 아래로 메아리치는 그의 목소리에 답으로 돌아오는 소리는 없었다.

"아아!"

절망한 듯 울부짖는 몽남의 눈앞이 서서히 눈물로 차오르던 그때였다. 멀지 않은 곳에 썩은 나무들이 잔뜩 쌓여 있는 틈새에 소희가 걸치고 있던 흰 겉옷 자락이 걸려 있는 것이 보였다.

"소희?!"

몽남이 급히 그쪽으로 뛰어갔다. 나뭇가지 틈에 걸려 있던 겉옷을 거둬내자 피투성이가 되어 옆으로 쓰러져 있는 나래가 보였다.

몽남이 몸을 굽혀 나래가 숨을 쉬고 있는지 확인했다. 미세하지만 분명 숨소리가 느껴졌다.

"기다리시오! 조금만…!"

몽남이 쓰러진 나래를 번쩍 안아 들었다. 그러자 나래의 몸은 마치 죽은 사람처럼 축 늘어져 몽남의 품에 그대로 쓰러지듯 안겨왔다.

"조금만… 천지신명이시여…. 조금만… 조금만… 제발… 제발…!"

설화산 낭떠러지 아래에 죽어 있던 문둥병자의 시신에 대한 소식이 행궁에 전해진 것은 왕비가 사라진 후 둘째 날 저녁이었다.

내금위장은 문둥병자의 시신 인근에서 발견한 나래의 겉옷을 왕의 앞에 바쳤다.

왕은 나래의 겉옷을 보자마자 바로 그것을 손에 쥐려고 했다. 그러자 내금위장이 막았다.

"손대시면 아니 되옵니다!"

"안 된다니?"

"문둥병자의 시신 인근에서 발견되었사옵니다. 혹시라도 문둥병자의 해로운 병이 묻어 있을 수도 있고…! 전하!"

그러나 왕은 내금위장의 말이 끝나기도 전에 옥좌에서 내려와 나래의 겉옷을 집어 들었다. 그는 고통에 일그러진 표정을 감추지 못한 채 나래의 겉옷으로 자신의 얼굴을 덮었다. 희미하지만 익숙한 향기가 그의 얼굴을 덮었다. 왕은 좌절하듯 바닥에 무릎을 꿇었다.

"전하…!"

"그것뿐이었느냐…."

왕이 고통 속에 쥐어 짜내는 듯한 목소리로 내금위장에게 물었다. 그러자 내금위장이 어렵게 입을 열었다.

"다른 이의 흔적은 전혀… 아무도… 그 위에 버려진 암자가 있었사오나, 사람은 없고… 핏자국만…."

"핏자국?"

왕은 도무지 현실을 받아들이기가 어려웠다.

"전하. 왕비마마께서 발견되신 것이 아니옵니다. 계속 수색을 하면… 분명…."

"살아 있다면 돌아오겠지. 허나… 아직까지 돌아오지 못한다는 것은…"

상상하기도 싫은 생각들이 외로운 왕의 머릿속을 채워 나가고 있었다.

"그만 환궁하셔야 하옵니다. 이곳은 소신에게 맡기시고…."

혜경궁이 위독하다는 전갈이 오늘 아침 급작스럽게 한양에서 도착했다. 서둘러 도성으로 돌아가야 할 이러저러한 이유들이 충분했다.

만약 중전이 사라진 일을 핑계로 환궁을 하지 않겠다고 한다면 일은 더욱 커진다. 아마 중전이 사라진 것을 알게 된 대비와 조정 대신들은 왕을 강제로라도 환궁하도록 조치할 것이다.

"내금위장은 들으라."

"예, 전하!"

"중전이 사라진 사실을 비밀에 부쳐라."

"예?"

"조정에서 결코 알아선 안 된다. 그리고 계속 수색하라."

"허면 전하께서는… 환궁하시옵니까?"

"환궁할 수… 없다."

"이유 없이 환궁을 미루시다가는 분명 한양에서도 알게 될 것이옵니다."

"이제 겨우 하루다. 과인은… 환궁하지 않는다."

"전하!"

이틀째 잠을 한숨도 자지 못한 왕이 흔들리는 손을 힘껏 움켜잡더니 자리에서 일어섰다.

"중전의 겉옷이 발견된 곳이 어디냐? 그곳으로 가야겠다."

"아니 되옵니다. 신이 알아보니 그곳은 오래전부터 문둥병자들이 모여 살던 산이었다 하옵니다. 그곳에 전하께서 가시는 것은 위험하옵니다."

"비켜라!"

왕은 더는 대답하기 싫다는 듯 그를 지나쳐 외정전을 빠져나갔다.

몽남이 조용히 불러들인 의원이 나래를 진맥했다. 나래는 숨만 크게 붙어 있었지 성한 곳이 하나도 없었다. 그나마 다행인 것은 떨어진 곳이 썩은 나뭇가지들이 쌓여 있던 곳이라는 점이었다.

썩은 나뭇가지들이 몸을 할퀴고 일부 뚫고 들어가 생긴

찰과상이 겉으로 보이는 상처의 전부였다. 하지만 의원은 머리를 바위에 부딪히며 생긴 상처와 보이지 않는 내상을 염려했다.

"살 수 있겠소?"

"살아도 사는 것이 아닐 수도 있소."

"살려만 주시오!"

"흐음…."

의원이 깊은 한숨을 내쉬며 나래의 몸 곳곳에 침을 놓았다.

"홍 동지. 동지!"

그때 밖에서 누군가가 몽남을 급히 찾았다. 몽남이 나래를 두고 나가지 못하자 의원이 넌지시 말을 걸었다.

"시간이 약이오. 옆에 지키고 있는다고 살 사람이 죽거나 하진 않소."

그 말에 몽남은 긴 한숨을 내쉬며 밖으로 나왔다. 그러자 밖에서 기다리고 있던 몽남의 동지가 속삭이듯 작은 목소리로 말했다.

"정승보의 집으로 가보셔야겠소."

"무슨 일인가?"

"정승보의… 시신이 발견되었다고 하오."

정승보의 소식에 몽남의 눈이 크게 흔들렸다.

몽남이 승보의 집으로 달려가자 피투성이가 된 그의 시신이 마당에 놓여 있었다.

"오라버니!"

승보의 시신을 마주한 은진이 울부짖으며 승보의 시신을 끌어안았다.

"어찌 된… 일인가?"

몽남이 묻자 승보의 동지들이 말해주었다.

"암자에서 발견되었다고 하오. 누구 짓인지는… 밝혀지진 않았소."

"그럼 지금 암자에는…"

"지금 관군들이 그곳에 몰려갔소. 이유는 모르겠지만 암자 앞 낭떠러지 아래에서 문둥이의 시신이 한 구 발견되었다나? 이유는 모르겠지만 관군들 무리 중에는 임금도 있다 하오. 일이 커지겠소."

한때 승보와 함께 거사를 준비하고 행궁까지 잠입했던 동지들이었다. 그러나 승보가 죽자 그들도 크게 흔들리는 듯 보였다.

"승보가 죽은 건 안됐지만… 우린 일단 온양을 떠야겠소."

승보의 시신을 앞에 두고 그의 동지들이 하나둘씩 자리를 떠났다. 이제 마당 앞에는 승보의 시신을 끌어안고 우는 은진과 몽남, 몽남과 함께 평안도에서 온 동지들이 함께하고 있었다.

"저희도 빨리 평안도로 돌아가는 것이 좋겠습니다."

몽남의 동지들도 걱정스러운 듯 말했다. 그러자 몽남은 잠시 고민하다가 그들에게 말했다.

"다들 먼저 돌아가 있게. 나도 곧 뒤따를 것이니."

"홍 동지! 여긴 위험합니다. 왕비가 사라졌다는 소문도 있고…. 환궁해야 하는 왕이 행궁에 오래도록 머물 것이라는 말도 있습니다. 아마 정승보가 행궁에 침입했던 사건을 면밀하게 조사해서 추궁하려는 것이 아닐까요? 괜히 우리가 연루되었다가는…."

"내가 다 알아서 할 것이네. 그러니 다들 먼저 돌아가시게."

"홍 동지…."

망설이던 그들도 몽남이 결심을 굳힌 듯하자 차례차례 인사를 하고는 서둘러 승보의 집 마당을 떠났다. 이제 정말로 승보의 시신과 은진, 그리고 몽남만 남았다.

"흐흑… 흐흑…."

크게 소리 내어 흐느끼던 은진이 고개를 들어 몽남을 바라보았다.

하지만 몽남은 위로의 말을 건넬 수도, 그렇다고 다가가 승보의 죽음을 슬퍼할 수도 없었다. 정승보는… 바로 자신이 죽였기 때문이다.

"도련님…."

말없이 승보의 시신을 내려다보는 몽남을 부르던 은진이 자리에서 일어섰다. 그리고 은진은 그대로 몽남에게 달려가 안겼다.

"은진아…."

몽남은 두 팔 벌려 자신의 허리를 끌어안는 은진을 밀어내지 못했다.

"도련니임…. 흑!"

몽남의 품에 안긴 은진은 더 큰 울음을 쏟아냈다. 몽남은 한 손으로 어색하게나마 은진의 등을 쓸어주었다. 그때, 은진이 몽남의 품에서 고개를 들었다.

"저… 저…. 말씀드릴 게 있어요… .흑."

"무엇이냐?"

"그게… 저…."

몽남은 자신의 눈을 뚫어져라 응시하는 은진의 눈이 부담스러워졌다.

아직은 어린 이 소녀가 얼마나 알아챌지는 모른다.

그러나 암자의 위치는 오로지 승보와 자신만 알고 있다고 했다.

그리고 그 위치를 알려준 것 역시 은진이었다. 만약 은진이 이 점을 수상하게 여기고 캐묻는다면 몽남은 솔직히 자신이 한 짓임을 털어놓을지도 몰랐다. 비록… 용서는 구하지 못하더라도 말이다.

"저… 저는…."

은진이 할 말을 기다리며 몽남이 무거운 침을 삼켰을 때였다.

"…저는… 제게는 이제 아무도 없어요…. 흐흑… 아무도… 그래서…."

은진이 몽남의 시선을 피해 고개를 떨구며 말을 이었다.

"저를… 평안도에 데려가주세요. 네? 도련님!"

승보가 살아 있었다면 당연히 거절했을 청이다.

그러나 이 순간 몽남은 평안도로 데려가 달라는 은진의 청을 거절할 수가 없었다.

안개와 구름이 뒤섞여 한 치 앞도 보이지 않았다. 난 그 안을 헤매며 출구를 찾아 걷고 있었다.

꿈…? 꿈인 것 같다.

생생하지 않고 흐릿하게만 다가오는 풍경. 단지 안개 같고 구름 같은 풍경일 뿐이지만….

"하하하…."

하얀 뭉게구름 같은 풍경을 뚫고 어린 남자아이의 웃음소리가 제일 먼저 들려왔다.

"누구…?"

"하하!"

그러나 웃음소리만 연달아 울려 퍼질 뿐 내 앞에 나타나려 하지 않는다.

"누구니?"

"하하! 하하…!"

밝은 웃음소리다. 하지만 내 앞에 나타나서 웃는 것이 아니니 괜히 불안해진다.

"어디야? 어디니?"

"하하!"

계속 웃음소리만 들려오고 얼굴은 보이지 않는다.

답답했다. 답답함에 잡히지 않는 내 앞의 구름을 걷으려 손을 휘저었을 때였다. 누군가가 구름 속에서 손을 뻗어 내 손을 잡는다.

"…!"

놀라 눈을 뜨는 것도 잠시, 키가 큰 사내가 앞에 나타났다. 하지만 얼굴을 비롯한 몸의 대부분은 구름에 가려 전혀 보이지 않는다. 단지 손만… 나를 잡은 손만 보일 뿐이다.

"누구세요?"

나보다 키가 큰 그에게 정중히 물어본다. 그러자 그가 자상한 목소리로 대답해준다.

"나요. 나."

"누구신데요?"

"나요."

"그러니까… 이름요."

같은 말만 반복하게 된다.

그러자 구름에 가린 그가 묻는다.

"그대는 누구요?"

"저요?"

나는 잠시 고민했다.

내가… 누구지?

나를 떠올리려면 일단 이름을 떠올려야 할까?

아니면 그 누구보다도 가까운 가족을 떠올려야 할까?

무엇부터 떠올려야… '나'가 되는 거지?

갑자기 머리가 깨질 듯이 아파왔다. '나'라는 물음에 정답

을 찾으려고 생각하면 생각할수록 머리가 두 쪽이 나는 것처럼 아팠다. 그러자 구름으로 뒤덮인 세상의 풍경이 한순간에 무너져 내리며 붉은빛이 눈앞을 가득 채웠다.

"아아!"

"이제야 정신이 드는 모양이군."

아픈 머리를 감싸 쥐려고 올린 손의 피부가 따끔거리고 아프다.

"아파요, 아파요…!"

"움직이지 마시오. 지금은 무조건 쉬어야 하오."

"여기는…? 누구세요?"

밤이다. 자그마한 초가집 방 안에 작은 불 하나가 희미하게 흔들리며 깜빡인다. 그리고 눈앞에 보이는 것은 낯선 노인. 처음 보는 노인이다.

"난 이 고을 의원이오."

"의원…?"

의원이면 의사인가? 그런데… 의사가 뭐지?

"낭떠러지에서 떨어졌다 들었소. 그러고도 큰 내상 없이 열흘 만에 깨어난 것이오."

"열흘이오? 제가 열흘 만에 깨어났다고요?"

"그렇소."

"갈래요…."

갑자기 두려워졌다. 난 힘겹게 몸을 일으켜 세워 앉았다. 하지만 온몸에 통증이 느껴져 두 다리로 바로 일어설 수 없을 것 같았다.

"간다니?"

"가족에게 갈래요."

"가족? 가족은 어디 사시오? 이곳 온양이오?"

"온양? 온양이 어디죠?"

"이곳이 온양이오."

다시 혼란스러워진다.

내가 왜 '온양'이라는 곳에 있는 거지?

"저를… 가족에게 데려다주세요."

나도 모르게 목소리에 울음이 섞인다. 당장 '가족'에게 가서 안기고 싶다. 쉬고 싶다. 편안함을 느끼고 싶다. 여기는 모든 것이 낯설고 두렵기만 해서….

"그 가족이 어디에 사는지 말해줘야 연락을 하든지 할 것이 아니오."

"제 가족은…."

내 가족은…. 갑자기 가족 생각에 눈물이 뚝뚝 떨어졌다.

하지만 가족 하면 떠오르는 이미지가 하나도 없었다. 아버지의 얼굴이라든가 어머니의 얼굴이라든가…. 형제라든가…. 내게 형제가 있었나?

"집에 갈래요…. 가고 싶어요…."

집에 가고 싶다는 말만 한 채 난 눈물을 뚝뚝 흘릴 뿐이었다. 그때 문밖에서 인기척이 느껴졌다. 그러자 노인이 반가운 목소리로 말했다.

"이제야 부인의 가족이 온 모양이군."

"가족…?"

문이 열리더니 상투를 튼 남자가 들어왔다. 촛불에 의해 벽에 비친 그의 그림자가 상당히 키가 큰 것처럼 느껴졌다. 나는 일어나기 전 꿈에서 보았던 구름 속의 남자를 떠올렸다.

"소희! 깨어났소?"

깨어나 있는 나를 본 남자의 얼굴에 화색이 돌았다.

"소희…?"

"다행이군. 다행이야…!"

그가 내 곁에 다가와 앉았다. 그 순간 나도 모르게 그에게서 몸을 뒤로 뺐다.

그러자 그가 어색한 웃음을 지으며 말했다.

"나요. 홍몽남."

"몽남…?"

노인보다는 덜 낯선 얼굴이다. 하지만 기억나지 않는다. 그에게서 들은 이름도 처음 듣는 이름이었다.

"나를 알아보시겠소?"

"…아뇨."

못 알아본다는 내 말에 홍몽남이라는 사내는 당황한 듯 노인을 돌아보았다.

"지금…."

"막 깨어났소. 큰 사고를 당했으니 혼란스러운 게지."

노인의 설명에 그가 알겠다는 듯 고개를 끄덕이더니 나를 돌아보았다.

"그대는 소희요. 김소희."

"소희…?"

"그대의 이름. 기억나지 않소?"

난 고개를 저었다.

그러자 잠시 그쳤던 눈물이 다시 터졌다.

"기억이 안 나요…. 아무것도… 집에 갈래요…. 가고 싶어요…."

분명 집에는… 나를 기다리고 있는 사람이 있을 것 같았다.

그 사람에게 가야만… 진짜 내 가족에게 가야만 안심할 것 같았다.

잃어버린 모든 기억을 되찾을 수 있을 것만 같았다.

"어찌된 일이오?"

몽남이라는 사내가 노인에게 재차 물었다. 그러자 노인이 짧은 한숨을 내쉬며 말한다.

"낭떠러지에서 떨어지며 머리를 다쳐서 그런 것 같소. 일시적으로… 기억을 잃은 게 아닌가 싶은데."

"기억을 잃었다고?"

"그렇소. 가끔 머리를 크게 다친 이들이 며칠씩 제정신을 차리지 못하는 것을 보았소."

"며칠이면 돌아오는 것이오?"

"며칠 만에 돌아오는 경우도 있다는 말이오. 길게는 수개월에서 수년. 어쩌면 평생 기억이 돌아오지 않을 수도 있소."

노인의 말은 몽남이라는 사내뿐만 아니라 나도 크게 당황시켰다.

"제 기억이… 돌아오지 않을 수도 있다고요?"

"에이, 일단 너무 마음 쓰지 마시오. 마음을 편히 해야 몸도 안정되고 잃어버린 기억도 빨리 돌아올 것이니."

이렇게 말한 노인이 자리를 털고 나갔다.

이제 방 안에는 몽남이라는 사내와 나, 이렇게 단둘이 남았다.

노인이 완전히 멀어진 것을 확인한 몽남이 자상한 목소리로 말을 걸었다.

"의원의 말대로 마음을 편히 하시오. 그러면 곧 기억도 돌아올 것이니."

하지만 나라는 존재를 잃어버린 상황에 대한 불안한 마음은 사라지지 않는다.

"저를 소희라고 하셨죠."

"그랬소…."

"그러면 저를 아시는 거죠?"

무언가 망설이던 그가 고개를 한 번 끄덕였다.

"그렇소…."

"제 가족은 지금 어디에 있죠? 저는… 누구… 아니, 제가 왜 이곳에 있는 거죠?"

그에게 묻는 말에 울먹임이 섞여 들어갔다.

초조함이 나를 덮고 그것은 곧 공포로 바뀌어버리려고 했다.

"그대의 가족에 대해서는… 차차 말해주리다. 일단 쉬시오. 쉬고 나서…."

그가 말을 끝맺지 않고 나가려고 했다. 난 나가려는 그의 팔을 잡았다.

"이름이 홍몽남이라 하셨지요? 제 이름은 김소희라고 하셨고요. 우린 남매는 아닌 거지요? 그렇지요?"

"그렇소…."

"그럼 우린 어떻게 아는 사이인가요?"

나의 간절한 물음에 그의 눈동자가 흔들렸다.

은진이 처음으로 몽남을 보았을 때 그녀는 여섯 살 어린 소녀였다. 지기였던 승보를 만나러 온양에 들렀던 그는 아직 성균관에 들어가기 전이었다. 그는 일하러 나갔던 승보를 기다리며 은진과 잠시 시간을 보냈다.

어린 은진은 첫눈에 몽남에게 호감을 느꼈다. 하지만 오라버니의 지기라는 낯선 사내에게 말을 거는 것이 부끄러워 자꾸 그의 주변을 맴돌기만 했다.

"내게 할 말이 있느냐?"

웃으며 몽남이 물었을 때, 은진은 그에게 다가가 팔을 잡고 동산 위로 이끌었다. 그곳에는 노란 봄꽃이 한가득했다.

몽남은 그 위에 앉아 온양을 내려다보며 만족스러운 웃음을 지었다. 그때도 은진은 그와 멀찍이 떨어져 꽃을 엮어 화환을 만들었다. 그의 관심을 끌어보고자 한 행동이었으나 그는 온양을 내려다보는 데 더 흥미를 두었다.

열심히 화환을 완성한 은진이 몽남을 돌아보았더니, 그는 팔을 베개 삼아 꽃밭 위에 눈을 감고 있었다. 은진은 슬그머니 그에게 다가가 그의 머리 위에 화환을 올려놓았다.

그러자 잠든 듯 보였던 그가 눈을 번쩍 떴다. 놀란 은진이 그대로 멈춰버리자 몽남은 활짝 웃으며 은진에게 말했다.

"이제야 내게 오는구나. 이것은 네가 만든 것이냐?"

자신이 만든 화환을 이리저리 살펴보는 그를 보며 어린 은진의 가슴이 콩닥콩닥 뛰었다. 무슨 나쁜 짓을 한 것만 같았다. 하지만 그래도 은진은 몽남과 계속 같이 있고 싶다는 생각을 했다.

다시 몽남과 만났을 때 은진의 나이는 열두 살이었다. 은진은 어린 시절 딱 한 번 만났던 그를 어렴풋이 기억하고 있을 뿐이었다. 하지만 그는 한번에 은진을 알아보았다.

"승보의 누이로구나. 그렇지?"

활달한 소녀는 이상하게 몽남의 앞에서만 말수가 적은 수줍은 소녀가 되어버렸다. 하지만 몽남에게 은진은 특별한 존재가 아니었다. 그는 소희의 죽음과 함께 성균관을 떠났고, 재회한 소희가 왕비가 된 이후로 평안도에서 아이들에게 글을 가르치며 살고 있었다.

"자네도 혼인해야지."

승보의 아내 박씨는 임신 중이었다.

아마도 그래서 여태껏 혼인하지 않은 몽남의 혼인 이야기가 승보의 입에서 나왔던 모양이다. 몽남은 짧게 웃을 뿐 대답하지 않았다.

그때 승보가 문밖에서 그들의 대화를 엿듣고 있던 은진의 존재를 알아차리고는 넌지시 말을 걸었다.

"내 누이는 어떤가? 아직 어려도 살림을 착실히 배우고 있으니, 내조는 잘할걸세."

"오라버니!"

부끄러워 외친 말에 엿듣고 있다는 사실을 들켜버리고 말았다.

"하하하!"

귀엽게 분개한 은진을 보며 승보가 큰 웃음을 터트렸다. 그제야 무겁게만 보이던 몽남의 얼굴에도 잠시 미소가 어렸다. 은진의 가슴이 또다시 쿵덕쿵덕 뛰었다. 그러나 이번에는 그 마음이 나쁜 마음이 아니라는 걸 알게 되었다.

그때부터였을 것이다. 언젠가는 몽남의 여인이 되겠다는 마음을 품은 것은.

몽남과 혼인하는 날에 그는 평안도에서 꽃가마를 거느리고 자신을 데리러 올 것이다. 오라버니 가족과 헤어지는 것은 아쉽지만 눈물은 나지 않을 것 같았다. 오라버니는 오라버니의 삶이 있고 자신은 자신의 삶이 기다리고 있을 테니까.

초례상 앞에 모인 오라버니와 몽남이 환하게 웃는 모습이… 은진이 꿈꾸는 몽남과의 미래의 시작점이었다.

그랬는데….

"도련님? 도련님!"

병사들이 족자 속 여인을 찾는다는 걸 알아채자마자 온양을 떠난다던 몽남이 다시 돌아섰다. 본능적으로 은진은 그가 설화산 암자로 가려 한다는 걸 알아차리고 뒤쫓았다. 하지만 사내인 몽남의 뒤를 쫓는 것은 쉽지 않았다.

"헉… 헉…!"

은진이 암자로 가기 위해 설화산 정상에 오르고 나서야 몽남을 발견했다. 그는 막 암자가 있는 바위 위로 급하게 뛰어들고 있었다.

그리고 그 앞에는… 절벽 위 나뭇가지 위에 매달린 여인과 그 여인을 향해 칼을 휘두르려는 자신의 오라버니 정승보가 있었다.

"뭐지?"

모든 일은 눈 깜짝할 사이에 일어났다. 승보는 나뭇가지 위에 매달린 불쌍한 여인에게 칼을 휘둘렀다. 이를 본 몽남이 뛰어갔다. 몽남이 말리는가 싶었더니 칼을 뽑아들었다.

곧이어 믿을 수가 없는 일이 벌어졌다. 몽남이 뽑아든 칼이 승보의 뒤에서 그의 몸을 찌른 것이다.

"윽… 으윽…."

예고도 없이 뒤에서 칼에 찔린 승보는 고통스러워하며 고개를 돌렸다. 그리고 받아들이기 힘든 상황과 마주했다. 자신의 몸을 검으로 찌른 사람이 오랜 지기인 홍몽남이라는 사실을. 어쩌면 검에 찔린 아픔보다도 그 순간 마음으로 느낀 배신감이 더 컸을 정승보였다.

"홍몽남!"

설화산 정상에 있는 은진의 귀에 승보가 내지르는 처절한 외침이 들려왔다. 그리고 그때! 몽남은 승보의 몸에 꽂았던 칼을 뽑아들어 그의 몸을 그대로 베었다.

"아아아!"

은진은 그 자리에 털썩 주저앉았다.

몽남이 아니다…. 칼로 찌른 이도 몽남도 아니고… 칼에 찔린 이도 자신의 오라버니가 아니다…. 이건 꿈이다…. 꿈이야….

바들바들 떨며 한 발자국도 못 움직이며 선 은진은 보았다.

우득! 여인이 매달린 나뭇가지가 부러지기 시작했고 여인은….

"몽남!"

몽남의 이름을 크게 불러댔다. 그러자 몽남도 그녀의 이름을 불렀다.

"소희!"

"도와줘요!"

몽남이 그녀를 도와주러 다가갔을 때였다.

우지직! 나뭇가지가 부러지며 그곳에 매달려 있던 여인이 아래로 추락했다.

"소희!"

크게 좌절하며 몽남이 주저앉는 장면을 은진은 똑똑히 보았다.

모든 것이 끝났다. 서로가 서로를 잃은 결말.

그러나 몽남은 곧바로 자리에서 일어서 산을 내려가기 시작했다. 아마도 낭떠러지 아래로 떨어진 소희라는 여인을 찾으러 가는 것 같았다. 그제야 정신을 차린 은진이 서둘러 승보가 쓰러진 곳으로 달려갔다.

"오라버니! 오라버니!"

핏빛으로 물든 바위 위에 승보가 홀로 쓰러져 있었다.

"오라버니!"

은진이 쓰러진 승보의 몸을 잡고 흔들었지만 승보는 대답이 없었다. 그의 숨은 이미 끊겨 있었던 것이다.

"오라버니이…. 엉엉엉!"

이미 죽어버린 승보의 시신을 끌어안은 채 은진은 통곡했다. 믿을 수가 없었다. 자신의 기억 속 몽남은 절대 승보를 죽일 사람이 아니었다.

이 모든 것은 꿈이다. 꿈이야…. 꿈….

"오라버니… 오라버니…."

한참을 울던 은진은 사람들을 불러오기 위해 산을 내려왔다. 흩어진 승보의 동지들을 불러와 암자 위의 시신을 집까지 옮겨왔다.

"어찌 된… 일인가?"

얼마 지나지 않아 몽남의 목소리가 들렸다. 그도 소식을 듣고 달려온 모양이었다.

"암자에서 발견되었다고 하오. 누구 짓인지는… 밝혀지진 않았소."

"그럼 지금 암자에는…."

"지금 관군들이 그곳에 몰려갔소. 이유는 모르겠지만 암자 앞 낭떠러지 아래에서 문둥이의 시신이 한 구 발견되었다나? 이유는 모르겠지만 관군들 중에는 임금도 있다 하오. 일이 커지겠소."

그런데 그들의 대화 속에서 몽남은 승보를 죽인 사람이 자신임을 밝히지 않고 있었다.

"승보가 죽은 건 안됐지만… 우린 일단 온양을 떠야겠소."

승보가 죽었다는 말에 거사를 함께했던 동지들이 도망치듯 다들 떠났다.

"저희도 빨리 평안도로 돌아가는 것이 좋겠습니다."

몽남과 함께 평안도에서 온 이들도 몽남에게 떠나자며 설득하고 있었다. 이제 정말 천애 고아가 되어버린 은진은 억울한 마음이 들었다.

설화산에서 목격한 사람이 정말 몽남인지…. 그렇다면 왜 오라버니를 죽였는지…. 은진은 몽남에게 묻고 싶은 것이 많았다. 적어도 그가 떠나기 전에는 분명히 들어야 할 이유였다. 은진이 많은 의문을 안고 몽남을 돌아보았을 때였다.

그가 어서 온양을 떠나자며 자신을 설득하는 동지들에게 말했다.

"다들 먼저 돌아가 있게. 나도 곧 뒤따를 것이니."

"홍 동지! 여긴 위험합니다. 왕비가 사라졌다는 소문도 있고… 환궁해야 하는 왕이 행궁에 오래도록 머물 것이라는 말도 있습니다. 아마 정승보가 행궁에 침입했던 사건을 면밀하게 조사해서 추궁하려는 것이 아닐까요? 괜히 우리가 연루되었다가는…."

"내가 다 알아서 할 것이네. 그러니 다들 먼저 돌아가게."

"홍 동지…."

몽남이 자신의 동지들을 모두 떠나보냈다.

그는 왜 남았을까…. 오라버니가 죽었으니 혼자 남은 자신을 걱정하기 때문일까? 아니면 자신에게 오라버니를 죽인 정당한 이유를 변명이라도 하려는 것일까?

새롭게 의문들이 떠올랐지만 무엇보다도 그가 자신의 곁에 남아주었다는 것이 기뻤다. 이러한 감정이 드는 자신이 싫었지만 사실이었다. 설사 오라버니를 죽인 사람이 몽남이라도 여전히 자신은 그를 좋아하고 있었다.

"흐흑… 흐흑…."

은진은 고개를 들어 몽남을 쳐다보았다. 그의 눈에서는 살인자의 눈은 찾아볼 수 없었다. 적어도 은진의 눈에는 그러했다. 자신이 그토록 몽남에게서 받고 싶었던 시선이 담겨 있었다. 오롯이 자신만을 위해 존재하는 몽남의 시선을 오라버니의 죽음을 통해 얻게 된 것이다.

실수였든 아니든 오라버니의 죽음으로 인해 몽남이 자신에게 조금이라도 죄책감을 가지고 있다면… 그 죄책감을 이용해서라도 몽남의 시선을 영원히 자신에게 붙들어두고 싶었다. 그것이 지금 은진의 솔직한 심정이었다.

"도련님…."

은진은 자리에서 일어나 몽남에게 달려가 그에게 안겼다.

"은진아…."

처음이었다. 그의 품…. 너무나도 포근해서 바로 죽어버려도 좋을 만큼 좋았다.

"도련니임…. 흑!"

잠시 망설이던 몽남의 손이 흐느끼는 은진의 등을 쓸어내렸다. 은진은 작정한 듯 고개를 들어 몽남을 쳐다보았다.

"저… 저…. 말씀드릴게 있어요…. 흑."

"무엇이냐?"

"그게… 저…."

오라버니를 죽인 이유에 대한 물음. 그것을 묻는다면 몽남은 대답을 하든 안 하든 자신의 곁을 영원히 떠날 것이다.

"저… 저는…."

그리고 자신은 온양 땅에 죽을 때까지 홀로 남아… 몽남을 원망하며 살아갈까? 아니면 그리워하며 살아갈까?

"…저는… 제게는 이제 아무도 없어요…. 흐흑… 아무도… 그래서…."

은진은 몽남을 원망할 자신이 없었다. 그러니 그를 그리워하게 될 것이다. 지금 이 순간 자신을 안아주고 쓰다듬어주는 손길을 영원히 그리워하며 살아갈 것이다. 그 그리움을 겪어보기도 전에 은진은 미치도록 두려웠다.

'오라버니…. 나를 원망하고 원망하시구려. 이 죄는 누이가 저승 가서 꼭 갚을 터이니.'

은진이 고개를 떨구며 말했다.

"저를… 평안도에 데려가주세요. 네? 도련님!"

은진은 승보의 죽음에 대한 진실을 캐는 것보다, 몽남과 함께하는 것을 택했다.

며칠이 흘렀다. 은진은 몽남과 함께 승보의 땅에 묻고 장례를 치렀다. 이후에는 평안도로 갈 준비가 한창이었다. 이제 세상에 홀로 남게 된 은진은 두려울 것이 아무것도 없었다.

“왜 전하께서는 온양을 떠나지 않는 것일까?”

“글쎄 말이야…. 소문에는 중전마마께서 병이 드셨네. 치료가 끝날 때까지는 행차가 불가능한 상황이라던데?”

온양 아낙네들의 수다도 은진의 귀에는 전혀 들려오지 않았다. 오히려 신경 쓰이는 것은 몽남이었다. 장례가 끝난 뒤에도 평안도로 떠날 생각이 전혀 없어 보였다.

“도련님. 우리는 언제 평안도로 떠나나요?”

“상황을 좀 더 보자꾸나.”

“무슨 상황요?”

몽남은 어색하게 답할 뿐 확답은 피했다. 이상하다는 생각이 들었지만 자신을 평안도로 데려가준다는 몽남의 약속을 철석같이 믿고 기다리기로 했다.

그런데 몽남은 거의 매일 날이 저물면 그녀 몰래 어딘가로 외출을 했다.

몽남이 자신을 두고 평안도로 떠나버릴까 불안했던 은진은 며칠째 이어진 그의 비밀스러운 외출을 뒤쫓았다.

그가 간 곳은 그리 멀지 않은 곳에 있는 의원이었다. 몽남이 들어간 후 얼마 지나지 않아 의원이 나오는 것이 보였다. 은진은 의문을 품은 채 몽남이 들어간 방 앞으로 다가갔다. 방문은 닫혀 있었지만 낡은 초가라 안에서 나누는 대화 소리가 밖에 있는 은진에게도 똑똑히 들려왔다.

"의원의 말대로 마음을 편히 하시오. 그러면 곧 기억도 돌아올 것이니."

몽남의 목소리. 그리고….

"저를 소희라고 하셨죠."

"그랬소…."

"그러면 저를 아시는 거죠?"

"그렇소…."

"제 가족은 지금 어디에 있죠? 저는… 누구… 아니, 제가 왜 이곳에 있는 거죠?"

자신을 '소희'라고 지칭하는 여인의 목소리에 은진의 가슴이 철렁 내려앉았다.

'소희!'

그 여인은 분명 낭떠러지에서 떨어졌다. 거기서 떨어지고도 사람이 살아날 수는 없었다.

"그대의 가족에 대해서는… 차차 말해주리다. 일단 쉬시오. 쉬고 나서…."

몽남이 자리에서 일어나려는 기척이 들렸다.

은진은 서둘러 초가 담벼락에 등을 대고 붙어 섰다. 그런데 몽남은 나오지 않았다. 그 대신 여인의 목소리가 들려왔다.

"이름이 홍몽남이라 하셨지요? 제 이름은 김소희라고 하셨고요. 우린 남매는 아닌 거지요? 그렇지요?”

“그렇소….”

흔들리는 몽남의 목소리가 엿듣는 은진의 마음을 불안하게 만들었다. 잠시 후 여인이 물었다.

“그럼 우린 어떻게 아는 사이인가요?”

나를 바라보는 홍몽남이라는 사내의 눈동자는… 분명 내가 원하는 답을 알고 있다. 단순히 처음 보았거나 적어도 몇 번 본 사이라면 저런 애절한 눈으로 나를 바라볼 리가 없을 테니까.

“소희.”

그가 내 이름인지도 확실하지 않은 이름을 부르며 그의 팔을 붙잡은 내 손을 부드럽게 움켜쥐었다.

“오늘은 이곳에서 쉬시오. 내일 다시 오리다.”

“말해주세요. 제발….”

“혹시 모르지 않소. 내일 아침에 일어나면 모든 것이 기억날지….”

“그리되면 더할 나위 없이 좋겠지만… 만약… 영원히 떠오르지 않으면 어떻게 하죠?”

되묻는 내 눈에서 다시 눈물이 흐른다.

그렇게 된다면 정말 절망적이었다. 내게도 분명 가족이 있을 텐데… 그 가족을 영원히 기억하지 못한다면… 만나도 낯선 사람인 듯 거리감을 느끼게 된다면 얼마나 무서울까.

잔뜩 겁에 질린 나를 물끄러미 바라보던 그가 나를 천천히 끌어안았다.

밀어내야 한다고 생각했지만, 지금으로서는 나를 아는 사람은 그가 유일했다.

낯설게 느껴졌지만 낯섦을 느끼는 것이 옳은지에 대한 의문으로 내 머릿속은 복잡하기만 했다. 그래도 내가 찾는 답은… 분명 그가 알고 있다.

하지만 그는 내게 다른 약속을 했다.

"내가… 그대를 평생 지켜줄 것이오. 그러니… 설사 모든 기억을 잃더라도 걱정하지 마시오."

그의 약속은 나를 안심시키지 못했다. 그런데도 내가 지금 의지할 수 있는 것은 그의 약속뿐이었다.

휘이이이잉. 설화산 암자 주변을 밝힌 횃불들이 바람에 심하게 흔들거렸다. 이러한 불빛들은 아주 먼 곳에서도 확연하

게 보였다.

언제부터인가 먼 곳에 사는 사람들은 설화산에 도깨비불이 보인다며 불안해했다. 하지만 설화산 인근에 사는 사람들은 그 불빛의 정체가 무엇인지 잘 알고 있었다.

"전하."

내금위장의 목소리에 왕이 고개를 돌렸다. 동시에 왕의 갓에 매달린 긴 옥구슬 끈이 바람에 흔들리며 요동쳤다. 그러나 왕의 표정에는 그 어떠한 변화도 없었다. 왕은 오랜 시간 낭떠러지 위에 서서 먼 곳을 응시하고 있었다.

"늦었습니다. 이만 돌아가시지요."

며칠째 왕은 밤마다 이곳 암자를 찾았다. 낮에는 행궁에서 정상적으로 업무를 보았다. 하지만 잠을 이루지 못하는 밤에는 늘 왕의 걸음이 이곳으로 이어졌다.

"전하…."

그러나 왕은 다시 낭떠러지 쪽으로 고개를 돌리고 말았다.

"송구하오나… 내일은 온양을 떠나셔야 하옵니다."

모든 이들이 한양으로 돌아갈 준비를 마쳤다. 그러나 왕은 요지부동이었다. 혜경궁이 아프다는 소식도 왕을 움직이지 못했다. 급보에도 아무런 답을 주지 않는 왕 때문인지 대비가 대사간 김회연을 급하게 내려보냈다. 그는 대비의 인척이었다. 숨 쉴 틈도 없이 화성까지 내려온 김회연은 화성 행궁에

도착해 왕에게 서신을 보냈다. 이곳에서 왕을 기다릴지 아니면 온양으로 내려갈지. 여기에도 왕은 대답하지 않았다. 왕비가 실종된 후 왕의 시간은 멈춰버렸기 때문이다.

휘이이잉. 차갑게 불어오는 낭떠러지의 바람을 그대로 맞으며 왕이 입을 열었다.

"내금위장도… 중전이 아직 살아 있다고 여기는가?"

꺼져가는 희망의 불씨를 안은 왕의 물음이었다. 지난 며칠간 왕의 곁을 한시도 떠나지 않고 지켰던 내금위장은 이 순간 왕의 물음에 담긴 의미를 그 누구보다도 잘 알고 있었다.

"중전마마를 위해서라면… 환궁하셔야 하옵니다."

내금위장은 차마 왕의 표정을 보지 못하고 고개를 숙였다.

"…하아."

왕의 입에서 깊은 한숨이 흘렀다.

중전이 납치당한 사실을 공표한다면 대대적인 수색을 할 수 있을 것이다. 어쩌면 지금보다도 더 빨리 중전을 찾아낼 수도 있다.

그러나 중전은 중전의 자리로 돌아올 수 없다. 납치를 당한 여인은 스스로 목숨을 끊어 정조를 지켰음을 증명해야 하는 것이 조선의 법도였다. 이제 무사히 중전이 살아 돌아오더라도 구차하게 목숨을 유지했다는 사실만으로도 원자 역시 세자에 오를 자격을 유지할 수가 없게 될 것이다.

"전하?"

김회연은 화성 행궁에서 기다린다고 했다지만, 분명 대비에게 왕이 아무런 대답을 주지 않은 사실을 알렸을 것이다. 대비는 이제 왕이 온양에서 움직이지 않는 이유를 알아내려 본격적으로 움직이려 할 것이다.

"내일 환궁한다."

환궁한다는 한마디로 왕은 스스로 제 가슴을 무너뜨렸다.

"중전이 사라진 사실은 계속 비밀에 부친다. 이 사실을 발설하는 자가 있다면… 내금위장이 직접 처단하라."

"예. 전하."

휘이이이잉. 거센 바람만이 말 없는 암자 주변을 휘감아 돌았다.

똑같은 꿈이다.

안개… 아니 구름인가? 나는 그곳을 혼자 걷고 있고… 아무도 보이지 않는다.

"거기… 아무도 없어요?"

무섭진 않았다. 하지만 혼자 남는 것이 무서웠다.

하나였던 몸이 둘로 갈라지고 그렇게 해서 홀로 남게 된 것만 같은 기분.

"여기요."

이번에도 구름 속에서 손이 뻗어 나왔다. 그리고 난 그 손을 잡았다. 동시에 마음은 안정을 되찾았지만… 또다시 구름에 그의 얼굴이 가려 모습이 보이지 않는다.

"누구세요?"

또다시 그가 내게 묻는다.

"그대는 누구요?"

"저요? 저는…."

이번에도 똑같이 '내가 누구인지' 정의를 내리는 것은 어렵다. 하지만 저번과는 달리 이번에는 내게도 할 말이 있었다.

"소희예요. 김소희."

그것이 정말 내 이름인지 아닌지는 확신할 수 없다.

그러나 부르면 부를수록… 내게 익숙해져만 가는 이름임은 틀림없다.

"소희…라고?"

"네. 그러니 이제 말씀해주세요. 당신은 누구세요?"

그러자 갑자기 그가 날 잡았던 손을 놓는다. 구름 속에 키가 큰 남자의 그림자가 어리더니 이어서 작은 어린아이의 그림자가 나타났다. 그리고 남자의 그림자가 나를 보며 말한다.

"그렇다면 그대는 내가 찾는 이가 아니오."

“저….”

남자와 어린아이의 그림자가… 돌아선다. 그리고 그림자가 내게서 멀어져 간다.

“잠깐만요…! 돌아… 돌아와요.”

내가 소리쳤지만 그들은 돌아보지 않는다.

“돌아와요! 돌아오라고요!”

아직… 아직 할 말이 남아 있다. 무슨 말인지는… 모르겠지만… 난 아직 그들에게 할 말이 더 남아 있었다.

“기다리라고요! 돌아와요!”

나의 외침이 메아리쳐 돌아왔지만 더는 그들의 그림자를 볼 수 없었다. 그리고 그날 이후로 그들은 더 이상 내 꿈에 나타나지 않았다.

“아흑… 아…하… 아흑…!”

눈물이 멈추지 않는다.

“흐흑….”

가슴이 너무나도 시리고 머리가 터질 듯이 아프다.

“아흑….”

한참을 울다가 몸이 덜덜 떨리며 어지럼증까지 느껴졌다.

스스로 허리를 세우고 앉아 있는 것도 힘들었다. 결국 방구석에 몸을 기댄 채 앉아 울기만 했다.

이른 아침 의원이 가져다준 보리죽은 한술도 뜨지 않았다. 무엇을 먹든지 그대로 토해버릴 것만 같은 기분이었다.

"소희. 소희, 나요."

몽남의 목소리다. 한낮이 다 되어서야 그가 나타난 것이다.

"들어가겠소."

그가 소리를 내더니 문을 열고 안으로 들어온다. 나는 퉁퉁 부은 눈과 엉망이 되어버린 얼굴로 방구석에서 그를 맞았다. 그는 이런 나를 보고 크게 놀란 듯 급히 다가왔다.

"괜찮소? 어디 아프오?"

"흐흑…! 돌려보내주세요…. 가족에게 가고 싶어요…."

"소희…"

"그 이름으로 부르지 말아요! 난… 돌아갈래요…. 흐흑…"

누군가가 나를 기다리고 있다.

누군지는 모르지만… 난 알 수 있다. 분명 내 가족일 거다. 나는 그들에게 돌아가야만 한다. 하지만 그들이 누구인지 모른다. 얼굴도 떠오르지 않고… 어디에 사는지 몇 명인지 아무것도… 떠오르지 않는다.

이것이 나를 아주 힘들고 고통스럽게 만든다.

"소희…. 진정하시오. 일단 진정하고…."

"아흑!"

난 울며 거세게 고개를 저었다. 그러자 그런 나를 애처롭게 바라보던 몽남이 끌어안는다. 그러나 이번에는 그를 힘차게 밀어냈다.

"돌려보내 달라고요! 돌아갈래요! 흑!"

"기억이 돌아오면…."

"싫어!"

다시금 나를 달래려고 손을 뻗어오는 그를 밀어내며 나는 밖으로 뛰쳐나갔다. 하지만 곧 다리에 힘이 풀려버리며 마당으로 굴러떨어졌다.

"소희!"

몽남이 내 이름을 부르며 뒤따라 나왔다. 그가 나를 부축하려고 했지만, 나는 그의 팔을 밀어냈다. 밀어내는 것도 힘들었다. 온몸이 두들겨 맞은 것처럼 아팠다. 아마도 낭떠러지에서 떨어진 후유증 때문인지도 몰랐다.

"지금은 쉬어야 하오!"

그가 달랬지만 난 계속 고개를 가로저었다.

"가족에게 돌아갈래요…. 가족에게 보내주세요…. 아흑…!"

쉴 새 없이 눈물을 흘리는 나의 팔을 강하게 붙잡으며 그가 말했다.

"그대의 가족은…."

"도련님."

그때 누군가가 몽남을 불렀다. 돌아본 곳에는 옷차림이 남루한 소녀가 서 있었다. 그녀는 몽남에게 붙들려 있는 나를 뚫어질 듯 쳐다보았다. 그러자 몽남이 소녀를 불렀다.

"은진아…!"

"도련님. 어찌 이곳에 계세요?"

"그게 말이다…."

그런데 내 얼굴을 본 은진이라는 소녀의 얼굴이 딱딱하게 굳어갔다.

"그 여인은…."

소녀가 무언가를 말하려고 할 때였다. 몽남이 강제로 나를 자신의 품으로 끌어당기며 소녀에게 말했다.

"내 정인이다."

"…!"

소녀가 놀란 듯 말을 잇지 못하자 몽남이 나를 번쩍 안아 들었다.

나는 그에게 안겼다는 사실도 잊은 채 그의 눈을 바라보며 물었다.

"제가 당신의 정인이라고요?"

그는 흔들림 없는 눈동자로 나를 응시하며 말했다.

"그렇소."

"제가… 제가…."

내 앞에 놓인 퍼즐은 분명 완성해 나가야 한다. 그런데 그 첫 번째 퍼즐을 내가 아닌 다른 사람, 몽남이 맞췄다. 그리고 난 의문을 품었다.

"쉬시오. 지금은 쉬어야 하오."

그가 나를 안아 든 채로 다시 방 안으로 들어갔다. 그리고 나를 위해 준비된 이불 위에 눕힌다. 하지만 이 놀라운 사실을 듣고도 마음 편히 누워 있을 수가 없었다. 그가 내게 이불을 덮어주려 하자 난 그것을 치우며 일어나 앉았다.

"말해주세요."

"소희."

"왜… 지금 말하는 거죠? 더 일찍… 말해주지 않고…."

"그대의 기억이 돌아오면… 자연히 기억날 것이라 믿었소."

"하지만…."

난 의원이 나를 계속해서 '부인'이라고 불렀던 점을 떠올렸다. '부인'과 '정인'은 분명 다르다.

"무엇이 알고 싶소? 다 말해주리다."

그가 조금은 슬픈 눈으로 내게 물었다.

난 수많은 질문이 떠올랐지만 어느 것부터 물어야 할지 몰랐다. 잠시 고민하던 나는 어렵게 질문을 꺼냈다.

"제 가족은… 어디에 있죠?"

"한양에. 아마 한양에 있을 것이오."

"부모님은 계시나요?"

"두 분 모두. 오라버니도 있고 어린 누이들도 있소."

그가 설명했지만 전혀 떠오르는 것이 없다.

막막하기만 했다.

"저는… 혼인했나요?"

…정인인 당신과?

그러나 그 질문은 나오지 않았다.

하지만 대답은 그의 표정에 있었다. 지금까지 본 그의 눈 중에서 가장 슬픈 눈이 나를 바라보고 있었기 때문에.

"우린 혼인하지 못했소. 그대에게는 정해진 혼약이 있었고… 그래서 우리는 몇 해 전 함께 목숨을 끊으려 했소."

"목숨을… 끊으려 했다고요?"

충격적이다. 내가… 혼자도 아닌 그와 목숨을 끊으려고 했다니….

그렇다면 그 정도로 내가 이 사내를 사랑했던 걸까? 그렇다면 어떻게 그만큼 사랑했던 사람을 잊을 수가 있는 걸까?

"그렇소. 헌데… 천운인지 둘 다 살아남았지."

"그래서요? 우린 어떻게 됐죠?"

"그대는 정해진 혼약대로 혼례를 올렸소. 그리고 난… 그대의 부친이 나를 해하려 하였기에 도망치듯 도성을 떠날 수밖에 없었소."

결국 난 그가 아닌 다른 남자와 혼인했다. 그런데 우린 왜 함께 있는 걸까?

"그럼 지금 제 남편은…."

"그를 만나고 싶소?"

당연히… 그래야 한다.

하지만 목숨을 버릴 정도로 사랑했던 몽남을 앞에 두고 정략혼인으로 맺어진 남편에게 가겠다는 말이 쉽사리 입에서 나오지 않는다. 내 부모도, 심지어 사랑했던 사내도 잊은 상태로 얼굴도 떠오르지 않는 남편이라니….

"그는… 좋은 사람인가요?"

좋은 사람이라면… 돌아가야 하는 걸까?

하지만 기억에 없는 남편을 마주할 용기가 선뜻 나지는 않는다.

"그건 내가 말해줄 수가 없구려."

아…. 나는 방금 그에게 잔인한 질문을 하고 말았다. 내 정인이었다는 그에게 내 남편에 대해 물었으니. 후회하기에는 늦었지만 미안한 마음을 숨길 수 없었다.

"미안해요. 다만…."

"알고 있소. 허나 그대는 기억을 잃었으니."

"그럼 제가 왜 낭떠러지에서 떨어졌는지 알려주세요. 왜…

가족이 있는 도성이 아닌 이곳 온양에서 그렇게 된 것인지도요. 왜….”

…난 남편과 떨어진 것일까? 혼인했다면 가족보다도 먼저 함께 있어야 할 사람은 다름 아닌 남편이었을 텐데 말이다.

그가 내 시선을 피한 채 답했다.

“…모르오.”

“모른다고요?”

“그렇소.”

남편과 떨어져… 산속 낭떠러지에서 떨어졌다. 맨 정신이었다면 스스로 낭떠러지에서 몸을 던졌을 리 없다. 그렇다면 난 산속에는 혼자 갔을까? 낭떠러지 위에서도 혼자였을까? 그리고 왜 난 모든 기억을 잃었을까? 정인이었다던 몽남과의 추억까지도…. 왜.

“남편은…”

“온양에 있소.”

얼굴이 전혀 떠오르지 않는 남편이… 지금 온양에 있다.

“원한다면 데려다….”

데려다주겠다고 말하려던 그가 잠시 말을 멈추더니 헛웃음을 지었다. 나는 눈을 동그랗게 뜨고는 그를 쳐다보았다.

“웃었어요?”

“아니… 몇 해 전에도 비슷한 일이 있었소. 그때와 같은 일이 반복되는 것 같아… 스스로 어처구니가 없어 웃음이 나왔을 뿐이오."

"몇 해 전에도 같은 일이 있었다고요? 우리에게요?"

몽남이 고개를 들어 내 눈을 바라본다.

"도성에서였지."

"도성에서…?"

기억을 잃은 내게는 그가 들려주는 이야기가 오직 진실이고 사실이었다.

"그대가 혼인한 후 한 해가 지났을 때였소. 나는 그대가 보고 싶어 그대의 주변을 맴돌았소. 혼인한 그대가 행복하게 살고 있는지… 궁금했던 마음도 있었지만, 그 무엇보다도 그대가 보고 싶었소. 그러나 그대의 얼굴을 보긴 어려웠지."

기억에는 없지만 그 마음만은 절절히 전해진다. 그 대상이 나이기 때문에 미안한 마음도 들었다.

"마지막으로 도성을 떠나기 전… 한때 우리가 함께였던 곳을 갔소. 도성 안에 있는 작은 동굴이었지. 그대가… 그곳에 있었지."

"제가 그곳에 있었다고요?"

놀랄 이야기다. 혼인한 이후에 옛 정인과의 추억이 있는 장소에 나타나다니….

"그렇게… 우린 재회했소, 소희."

그의 눈시울이 붉어진다. 그런 그를 보며 나는 왠지 울어야 할 것만 같았다.

하지만 기억에도 없는 일을 떠올리며 울 수는 없었다. 분명한 사실은 혼인 후 새로운 삶을 살아갔어야 할 내가 과거 정인과의 추억이 있는 장소에 나타났다는 것이다.

"그때… 제가 행복해 보이던가요?"

궁금했다. 그것만이 얼굴이 떠오르지 않는 남편에 대해 유추해볼 수 있는 단서일 테니까. 과거 사랑했던 정인과 이별하고 새롭게 맺은 인연. 난 그 인연을 어떻게 받아들이고 어떻게 살아왔을까?

그런데 돌아오는 몽남의 대답은 생각지도 못한 것이었다.

"그때 그대가 정녕 행복하였더라면… 나와의 추억이 남아 있는 장소에 찾아왔을 리가 없었을 거요. 마찬가지로, 보시오. 그대는 그대의 남편과 찾은 이 낯선 온양에서 낭떠러지에서 떨어져 생사를 헤매다 깨어났소. 그런 그대가 나뿐만 아니라 그대의 남편까지도 잊어버렸소. 그것이 무엇을 뜻하는지 모르겠소?"

몽남의 말을 들으며 생각했다.

난 스스로 낭떠러지에서 몸을 던진 것이 아니었을까? 정인과도 이뤄지지 못하고 혼인 이후의 삶도 행복하지 못했다. 어쩌면 나는… 이 낯선 땅에서 스스로 죽음을 택하려고 했는지도 모른다. 잘못 연결된 모든 고리를 끊어버리기 위해서.

여기까지 생각이 미치자 내 눈에서 눈물이 흐르기 시작했다.

"그런데… 왜 당신은 여기에 있는 거죠? 당신의 고향이 이곳이었나요?"

그가 고개를 가로저었다.

"몇 해 전 그대와 헤어지던 날에 약조하였지. 나는 그대의 시선이 닿는 곳에… 늘 존재할 것이라고."

그의 붉어진 눈시울에서도 눈물이 흘렀다.

문득 이런 생각이 들었다. 내가 구름 속을 가로지르며 찾던 그림자의 사내는 홍몽남이 아니었을까?

"전…."

"보시오."

그가 자신의 옷섶을 헤치더니 왼쪽 어깨를 내보였다. 뭉툭 튀어나온 오래된 상처가 눈에 띄었다. 이리저리 제멋대로 튀어 오른 살들이 엉겨 붙어 흉측한 모양으로 아문 상처를 가리키며 그가 말했다.

"그날, 그대를 구하려다 입은 상처요. 그대는 속치마를 찢어 이 상처를 동여매주며 내게 말했지. '다시는 보지 말자.'라고."

마음에도 없는 사람의 상처를 동여매주며 다시는 보지 말자는 말 따위를 내가 했을 리가 없다.

분명 반어법이었을 것이다. 이미 난 혼인해서 다른 사내의 여인이 되었을 테니까….

옛 정인에게 할 수 있는 최선의 말이 바로 그것이었을 것이다.

다시는 보지 말자.

"죽을 때까지 사라지지 않을 이 상처를 품고서 난 그대에게 약조하고 또 약조하였소. 나 홍몽남은… 죽을 때까지 김소희, 그대를 잊지 않을 것이라고."

그의 절절한 사랑 고백에 내 마음이 먹먹해진다. 기억에는 없지만… 마음은 기억하는 걸까?

"소희, 나는…."

"혼인하셨나요?"

난 울면서도 단호하게 물었다. 그러자 그가 울며 고개를 가로저었다.

"혼인하지 않았소."

못 했다가 아니다. 안 했다…이다. 그리고 그 이유는 필시 나 때문이겠지.

나는… 정말로 이 사람을 사랑했구나. 그리고 우린 서로 사랑했구나.

나래를 두고 나오는 몽남을 은진이 기다리고 있었다.

"그 여자죠? 관군들이 찾고 있던."

은진의 말이 끝나자마자 몽남이 그녀의 팔목을 부여잡으며 마당 밖으로 끌어냈다.

은진은 끌려가지 않으려고 몸부림쳤다.

그러나 몽남은 혹시라도 은진이 일으키는 소동을 방 안에 있는 나래가 알게 될까 서둘렀다. 서둘러 그녀를 마당 밖 한적한 논길로 끌어낸 다음에야 놓아주었다.

"오라버니가 암자로 데려간다던 그 여인 맞지요!"

은진도 눈을 부라리며 몽남에게 소리쳤다. 그러자 몽남이 처음으로 은진에게 화를 냈다.

"내 정인이었다!"

몽남이 충혈된 눈으로 소리쳤다. 은진은 그런 그의 눈을 보자 말문이 막혀버리고 말았다.

"내가… 나 홍몽남이 이 땅에 태어나 처음이자 마지막으로 사랑한 여인이었다."

그의 고백이 은진의 가슴을 후벼 팠다.

"그러니 그 여인에게 함부로 하는 사람은 그 누구라도 용서 못 한다."

하지만 은진도 할 말은 있었다.

"다른 사람의 부인이잖아요. 그렇죠? 관군까지 나서서 찾는 걸 보면 내금위장의 부인일지도 모르죠."

"그것은 내게 중요하지 않다."

"하지만 그녀의 지아비에게는 중요할 수도 있죠."

몽남이 은진에게서 돌아서며 말했다.

"그 이상 말하는 것은 듣지 않겠다."

그러자 은진은 속상한 마음에 왈칵 울음을 터트리며 소리쳤다.

"소녀도…! 도련님을 좋아한다고요!"

몽남이 걸음을 멈췄다.

은진은 그의 등 뒤에 대고 소리쳤다.

"정인인지 뭔지, 그딴 거 몰라요. 하지만… 소녀는… 도련님을 처음 본 순간부터 좋아했다고요. 그래서…."

"은진아."

몽남이 차가운 얼굴로 돌아서 은진을 바라보았다.

"네가 그 마음을 간직하는 것은 뭐라 하지 않겠다. 허나, 그 마음을 드러내겠다면… 너와는 평안도로 함께 갈 수 없겠구나."

몽남의 말에 놀란 은진이 무릎을 꿇으며 바닥에 털썩 주저앉았다. 어린 시절부터 보고 느꼈던 몽남의 자상함에 가려 있던 차가운 민낯. 그것을 두 눈으로 확인한 은진은 현실을 받아들일 수 없었다.

사실 은진에게도 할 말이 있었다. 그 여인은 분명 오라버니인 승보가 죽을 때 함께 있었던 그 여인이다. 몽남은 그녀가 자신의 정인이라고 말했다. 따지고 보면 몽남은 자신의 정인을 위해 은진의 오라버니인 승보를 죽인 것이다.

이 사실을 밝힌다면… 그래서 승보를 죽인 것이 몽남이라고 몰아세운다면… 몽남은 영원히 자신을 보려 하지 않을 것이다. 자신이 안고 있는 이 비밀은… 발설하는 순간 '진실'을 밝히는 도구가 되겠지만, 동시에 은진의 전부와도 같은 몽남을 향한 '마음'은 영원히 잃어버릴 것이다.

"미안하다."

몽남은 사과를 끝으로 은진에게서 떠나려고 했다. 이것으로 영영 이별할 순 없었다.

"도, 도련님…!"

은진이 무릎으로 기어 몽남에게 다가가 그의 바짓가랑이를 붙잡고 늘어졌다.

"죄송해요, 도련님…! 이 마음… 소녀의 이 마음을 죽을 때까지 간직하기만 할 터이니, 속으로만 삼키고 또 삼켜서 죽을 때까지 품고 갈 터이니… 소녀도 평안도로 데려가 주세요. 흑! 소녀는… 이제 아무도 없어요. 오라버니도 죽고 일가친척이 아무도 없어요…. 이런 소녀를 버리지 말아주세요, 도련님!"

울며 매달리는 은진을 몽남은 매몰차게 밀어내지 못했다. 승보의 죽음에 자신이 연관되어 있는 한, 그는 은진의 간청을 끝내 거절할 수 없는 처지였다.

"은진아…."

"제발…. 제발요! 도련님…. 제발요!"

신분이 달라 이루어질 수 없는 사이라는 건 잘 알았다. 그저 사랑만 받는 첩살이라도 몽남의 여인이 될 수만 있다면 다 좋다고 생각했다.

하지만 오라버니가 죽은 다음에야 더욱 분명하게 깨달았다. 은진은 몽남이 없으면 안 된다. 그를 원망하며 살 수는 있어도 그를 보지 못하고 살 수는 없었다.

온양을 떠나는 왕의 행차는 패잔병의 귀환처럼 고요하기 그지없었다. 많은 병사들이 호위하는 길이었는데도 처음 온양으로 오던 때처럼 악공들의 화려한 음악은 없었다. 상여만 매지 않고 통곡만 들리지 않을 뿐이지, 분위기가 장례 행렬보다도 더 무겁게 가라앉아 있었다.

가마가 아닌 말에 탄 왕은 상당히 수척해 보였다. 중전이 실종된 이후 왕은 끼니를 자주 걸렀으며 잠도 깊게 자본 적이 없었다. 중전이 사라진 이후로 하루하루가 왕에게는 악몽과도 같은 나날들이었다.

"히잉…. 어마마마는?"

멀지 않은 가마에서 유모의 품에 안긴 왕자가 계속해서 중전을 찾았다. 유모는 그런 왕자를 부드러운 목소리로 달랬다.

"궁궐에 가 계시옵니다. 궐에 가시면 만나실 수 있사옵니다."

"헌데 어마마마는 나를 두고 먼저 가셨느냐?"

이 말에는 유모도 대답을 주지 못했다.

그때, 왕이 잠시 말의 고삐를 잡아 세웠다. 왕의 말이 멈추자 길게 이어진 거대한 행렬도 조용히 멈추었다.

왕은 말의 머리를 돌리지 않은 채 고개만 돌려 온양 행궁 쪽을 쳐다보았다. 행궁은 늘 그렇듯이 수증기에 가려 신비한 느낌을 주고 있었다.

딱 이 위치였다. 처음 행궁을 바라보며 섰던 그날. 어린 왕자는 중전의 무릎을 베고 편안히 잠들어 있었다.

'분명 중전의 무릎은 과인의 차지라 말했을 텐데.'

'전하?'

웃으며 왕의 얼굴을 돌아보던 천진난만한 왕비의 얼굴.

'유모는 어디에 있소? 당장 원자를 깨워야겠군.'

'안 돼요. 간신히 잠들었단 말이에요.'

떠올리는 기억 속에서 왕비의 사랑스러움은 그대로였다. 그러나 환궁하는 행차에 왕비의 가마는 없었다. 왕비의 가마는 온양 행궁에 그대로 남았다. 왕은 울컥하는 마음을 가다듬고 다시 고개를 앞으로 돌렸다.

"가자."

왕의 명령과 함께 행차가 다시 움직이기 시작했다.

지난밤, 몽남이 내가 있는 의원으로 찾아왔다. 그는 고향인 평안도로 떠난다고 말했다. 그러나 그것은 헤어지기 위한 마지막 인사가 아니었다. 그는 먼저 말하진 않았지만 내게 눈빛으로 넌지시 묻고 있었다. 원한다면 평안도로 함께 갈 수 있다고. 그것은 이미 혼인한 적이 있는 내게는 새 출발과도 같은 의미라는 걸 난 모르지 않았다. 하지만 선뜻 대답해 줄 수 없었다.

나는… 기억나지도 않는 내 과거와 작별할 준비가 되어 있는 것일까? 나는… 기억나지도 않는 내 과거를 가슴 깊이 묻은 채 새 출발을 할 준비가 되어 있는 것일까?

하지만 남편에게 돌아가지 않는 나를 도성에 있다는 가족이 받아줄 리가 없다. 혼인한 여성은 더 이상 친정 식구가 아니기 때문이다. 그러니 남편을 선택하지 않는다면 가족을 선택할 수도 없다.

어쩌면. 하늘이 옛 정인과의 기억도, 현재 남편과의 기억도 모두 함께 잊어버리게 한 데는 분명 이유가 있을 것이다.

모든 것을 다 깨끗하게 잊은 채로 새 출발을 한다면… 난 누구를 택할 것인가? 어느 쪽으로 가든지 내게는 새 출발이 될 것이다.

내게… 나와의 추억을 일부 털어놓은 몽남은 조금은 덜 낯선 사람이 되어 있었다. 그렇다고 그에게 별다른 감정이 있는 것은 결코 아니었다.

…그렇다면 내 남편은 어떤 사람이었을까? 좋은 사람이었을까? 그가 좋은 사람이었다고 하더라도 정인이던 몽남을 마음에 품고 혼인했다면 행복하진 못했을 것이다. 그렇다고 불행하지도 않았을… 행복도 불행도 아닌 그 처지가 나를 낭떠러지로 내몰았는지도 모른다.

"소희."

새벽. 몽남의 목소리가 밤새 잠을 이루지 못한 나를 깨웠다. 확실히 그의 목소리에는 사람을 끄는 매력이 있었다. 듣는 사람에게 안정감과 편안함을 주고 그 말에 설득력을 실어

준다.

그의 입으로 나와 그의 과거를 들으니 그가 느끼는 나에 대한 슬픔이 그대로 전해졌다. 사랑하던 정인인 나를 잃어 비통해하던 그의 마음을 온전히 그대로 느낀 것이다. 이제 모든 기억을 잃은 내가 제일 먼저 느낄 수 있는 마음은 기억나지 않는 남편의 마음이 아니라 정인인 몽남의 마음뿐이었다.

끼이익. 조심스럽게 문을 열고 나온 나는 몽남을 바라보았다. 그는 단지 내 이름만 부르며 나를 밖으로 불러냈을 뿐이다. 그러나 나를 바라보는 그의 눈동자에는 새롭게 출발하고 싶어 하는 희망이 담겨 있었다. 그의 마음을 모두 알게 된 나는 알 수 있었다.

"함께… 평안도로 가도 될까요?"

기억하지 못하는 과거를 향한 두려움보다는… 앞으로 기억하게 될 미래에 대한 두려움이 더 큰 나였다. 그러나 이런 미래를 함께 걸어가줄 사람이 있다면… 그것이 나를 잘 아는 사람이라면… 난 용기를 내보려 했다. 과거 삶의 마지막… 낭떠러지에서 몸을 던져 죽음을 택했다면… 미래의 삶은… 누군가와 함께하는 새 희망이길 바랐다.

"그럴 줄 알았소."

그가 환히 웃었다. 밖에서 두 명의 가마꾼과 함께 작은 가마가 나를 기다리고 있었다. 난 놀란 얼굴로 그에게 물었다.

"내가 함께 떠날 것을 알았나요?"

그러자 그가 나를 보며 웃었다.

"그대에게 또 한 번의 삶이 주어진다면… 그때도 나와 같은 선택을 하리라고 믿었으니까."

"그게… 당신과 함께하는 삶인가요?"

몽남이 내게 손을 내밀었다. 그 손을 가만히 바라보던 나는 꿈속에서 보았던, 구름에 가린 사내의 손을 떠올렸다. 그 손과 달랐다. 그 손은 더 희고 부드럽고… 어쩌면 꿈이라서 그렇게 보였는지도 모르겠지만.

"천지신명께서 그대와 함께할 수 있는 삶을 한 번 더 주셨으니… 난 목숨을 다해 그 삶을 지키려 하오."

아무것도 기억하지 못하는 내 미래에 한 줄기 빛이 되어주는 말이었다. 난 그의 손을 잡았다.

온양을 벗어나는 유일한 도로.

"비키시오! 상감마마 행차시오!"

쑥쑥 잘 나가던 가마 행렬은 바로 여기서 막혀버리고 말았다.

"모두 엎드리시오! 상감마마 행차시오!"

왕이 도성으로 돌아간다는 소식에 이를 구경하러 온 인근 읍성의 사람들까지 수만 명의 인파가 몰려 인산인해였다. 평소 열댓 명만 지나가도 붐비는 도로였기에, 행차와 이를 밀어내는 병사들과 몰려드는 사람들 때문에 계속 지체되고 있었다.

"아무래도 행차가 지나간 이후에나 벗어날 수 있을 것 같소."

가마 앞에서 걸어가던 몽남이 돌아와 내게 말해주었다.

열린 가마 창 너머로 짐 보따리를 한가득 등에 짊어진 은진이 나를 흘겨보았다. 그녀도 이번 평안도행에 함께했다. 몽남에게 듣기로는 하나뿐인 가족인 오라버니를 얼마 전 잃었다고 한다.

하지만 그녀는 나를 좋아하는 것 같지 않다. 이유야 알 순 없지만… 이미 한 번 혼인한 내가 혼인한 적 없는 총각인 옛 정인과 새 출발을 한다는 게 그녀에게는 불쾌할 수도 있겠다는 생각이 들었다.

"비키시오!"

사람들에게 밀리고 밀려서 결국 행차와 맞닥뜨리고 말았다. 몽남은 열려 있던 가마의 창문을 닫으며 말했다.

"조금만 기다리시오."

"네."

난 고개를 끄덕였다.

잠시 후 가마꾼들이 완전히 걸음을 멈췄다. 그 옆으로 대규모 행차가 지나가는 것이 어렴풋이 느껴지던 그때였다.

"으아아앙. 어마마마. 어마마마."

고요한 행차 속에서 들리는 어린 남자아이의 울음소리.

처음 듣는 목소리였지만 가슴이 철렁 내려앉았다.

"원자마마. 중전마마께서는 도성에 계시옵니다. 도성에 가시면 중전마마를 뵐 수 있사옵니다."

"싫어. 싫다. 당장 어마마마한테 갈 것이다. 어마마마. 으아아앙."

어머니를 찾으며 우는 모든 아이들의 울음소리는 이처럼 가슴 아프게 들릴까? 아니면 신분이 높은 아이도 어머니와 헤어지면 여느 아이들과 똑같아진다는 것을 알기 때문일까?

아이의 울음소리가 가까워졌다가 조금씩 멀어지는 동안에 내 가슴은 터질 듯이 아파졌다.

툭. 그 아픔이 결국 통증을 불러왔는지 나도 모르게 눈에서 눈물이 뚝뚝, 떨어지기 시작한다. 나도 모르게 흘러내리는 눈물을 닦으려고 옷고름으로 훔치다가 결국 왈칵, 울음을 쏟고 말았다. 어째서…?

문득 아이의 얼굴이 궁금해졌다. 소리가 가까웠으니 가마의 창문만 열면 바로 볼 수 있을지도 모른다. 나는 용기를 내어 닫혀 있던 가마의 창문을 열었다.

바로 그때였다.

"전하!"

왕을 향한 병사의 목소리였다.

이어 왕이 나타나자 흩어져 걷던 병사들이 일제히 몰려들었다. 왕은 흰말을 타고 있었다. 왕은 말을 타고 내가 탄 가마 옆을 빠르게 달려가더니 곧 멈췄다. 그런 왕의 뒷모습이 내 눈에 들어왔다.

내가 탄 가마 근처에 왕자가 탄 가마가 있는 모양이었다. 왕자가 탄 가마는 장막으로 가려 있어 잘 보이지 않았다. 그러나 왕이 다가가자 장막이 갈라졌고 어린 왕자가 모습을 드러냈다.

"아바마마!"

어린 왕자는 왕을 보자 울음을 터트리며 와락 안겨들었다. 왕은 말에 탄 채로 왕자를 안아 들더니 부드럽게 다독였다. 행렬을 멈추면서까지 어린 아들을 달래러 온 왕이라니, 다정해 보이기도 했고 한편으로는 애틋하게 보이기도 했다.

"어마마마는요?"

내가 있는 가마 안에서는 말을 탄 왕의 뒷모습만 보였다. 왕의 품에 안겨 눈물을 글썽거리며 왕비마마가 어디 있는지를 묻는 어린 왕자의 얼굴만 보였다. 그게 다였다.

"어마마마는요? 어마마마는 어디에 있어요?"

어린 왕자의 목소리도 정확히 들리는 거리인데 왕의 목소리는 들리지 않았다. 왕은 이상하게 대답을 주지 않는다. 그저 우는 왕자를 끌어안고 등을 쓰다듬으며 말없이 다독여줄 뿐이었다.

"어마마마가 보고 싶어요."

그때 별감이 다가와 왕에게 아뢰었다.

"전하, 행차가 지체되면 노숙을 하게 되옵니다. 이미 많이 지체하셨사옵니다. 서두르셔야 하옵니다."

별감이 행차를 종용하자 왕이 안고 있던 왕자를 다시 유모에게 건넨다.

"유모에게 가거라."

왕이 돌아서고 유모의 품에 안긴 왕자 앞으로 천막이 드리우려던 그때였다. 천막 안의 왕자와 사람들 틈에 낀 가마 안의 내가 눈이 마주쳤다.

그 순간 어린 왕자의 눈이 크게 뜨이더니 장막 안으로 모습을 감추었다. 바로 그다음이었다.

"어마마마! 어마마마!"

울던 왕자의 목소리가 그치더니 애타게 자신의 어머니를 찾기 시작했다.

"원자마마. 어찌 그러시옵니까? 계속 이러시면 행차가

늦어지옵니다. 어서 도성으로 돌아가셔서 중전마마를 뵈셔야지요."

"어마마마! 어마마마!"

그러나 왕자는 계속 비명 같은 소리를 질러대며 왕비를 찾았다. 마치 왕비를 눈앞에서 본 것처럼, 눈앞에서 제 어미를 떼어놓은 것처럼 목청껏 왕비를 부르짖었다.

왕도 그런 왕자가 안되었는지 장막이 가려진 다음에도 한참이나 제자리를 떠나지 못하고 있었다. 그때, 근처에 있던 병사가 가마 안의 나를 발견했는지 창을 들고 다가왔다.

"무엄하다! 어찌 고개를 들고 있느냐!"

그러고 보니 행차 옆 백성들은 모두 땅에 머리를 조아린 채 있었고 양반들은 고개를 숙인 채 서 있었다. 나는 가마 안에 앉아 행차 안의 왕자를 대놓고 응시하다가 눈에 띈 것이다. 당황해 어쩔 줄 모르는 나를 알아차렸는지 몽남이 황급히 다가왔다. 그는 가마의 창문을 급히 닫으며 병사의 앞에 섰다.

"용서하시지요."

그때 이 소란을 들었는지 왕이 탄 말이 내가 탄 가마 앞까지 다가오는 소리가 들렸다.

"또… 너로구나."

왕의 목소리가 몽남을 향했다. 왕과 홍몽남. 그들은 안면이 있는 사이였던 걸까? 하지만 몽남은 대답하지 않는다. 왕이 묻기 전에는 감히 먼저 입을 열 수 없기 때문인지도 몰랐다.

"온양을 떠나는 것이냐?"

왕이 물었다. 이번에는 물음이라 몽남도 대답했다.

"예. 그렇사옵니다."

"온양 군수의 파직을 보지 않고 떠나려느냐?"

"전하께서… 분명 잘 처리해주실 거라 믿습니다."

무언가 수상한 느낌이 들었는지 왕이 몽남에게 물었다.

"호패를 보여라."

몽남은 대답하지 않았다.

그러나 병사가 그에게 다가가 강제로 호패를 빼앗은 모양이다. 병사가 왕에게 호패를 전했는지 잠시 후 왕이 말했다.

"평안도 사람인 홍경래라…. 평안도 사람이 이곳 온양에는 어인 일이었느냐?"

이번에도 몽남은 대답하지 않는다. 그렇다고 왕은 대답을 강요하지도 않았다.

"가마에 탄 이는 누구냐? 가족이라면 평민일 터인데. 평민이 가마를 탈 수 없음을 잘 알 터."

이번에도 몽남이 대답하지 않자, 옆에 선 병사가 강요했다.

"어서 대답하지 못하겠느냐! 주상전하께서 물으신다!"

그제야 몽남이 대답했다.

"제 신부가 될 여인입니다. 온양에는… 신부를 맞이하러 온

길이었습니다."

그러자 병사가 나섰다.

"네놈의 신부라면 양인은 아니지 않느냐? 어서 가마에서 내려 엎드려라!"

가마 안에서 모든 상황을 엿듣고 있던 나는 바짝 긴장했다. 가마 밖으로 나와서 엎드리는 것은 상관없었다. 다만… 자칫 왕의 기분을 상하게 해서 나와 몽남까지 모두 다치게 될까 두려웠다. 조금 전 어린 왕자를 달래던 왕의 부드러운 모습과는 또 다른 모습을 보게 될까 겁을 집어먹었을 때였다.

"놔두거라."

왕이 말했다.

"신부를 데리러 온양에 온 길이라면 저 가마는 꽃가마이지 않느냐. 노비도… 혼렛날에는 가마를 탈 수 있게 하는 것이 국법이니 놔두거라."

"예, 전하!"

그러나 왕은 쉽게 자리를 뜨지 못했다. 끝내 가마 안에 있어 모습을 드러내지 않은 내 모습이 궁금한 듯 보였다.

하지만 지금 왕의 목소리로 추측하긴대 무언가를 캐낼 만한 의지는 없는 듯했다. 오로지 의지를 잃은 자상함만이 남아 있었다.

"출발해라."

왕은 짧은 한마디만을 남긴 채 자리를 떠났다. 이윽고 왕의 행차가 다시 움직이기 시작했지만, 그 행렬이 완전히 끝날 때까지 내가 탄 가마는 전혀 움직이지 못했다.

나는 문득 궁금해졌다. 보지 못했던 왕의 얼굴이. 그리고 왕은 어떤 사람일까 하는 의문이. 목소리만으로 왕의 얼굴을 상상하자, 구름에 가려 끝내 보지 못했던 사내가 떠올랐다.

어쩌면 기억이 존재하던 시절에도 왕은 얼굴 한번 본 적 없는 구중궁궐에 사는 존재였을 것이다. 그때도 내게는 뵙기 어려운 높고 높은 분이었을 것이다. 하지만… 무서운 분은 아닐 것 같다. 그래서 얼굴이 더욱 궁금하다. 목소리에서 느껴지던 자상함이 얼굴에서도 엿보일까.

그런데 나는 왜 자꾸만… 잃어버린 기억 속의 남편보다도 이 나라의 임금님에 대해 궁금해하는 걸까.

대원수 홍경래

추위는 길게 가는 듯해도 겨울은 일찍 끝난다. 추위를 이겨 낸 창덕궁에도 봄이 찾아왔다.

잠에서 깨어난 왕은 몸을 일으켜 세워 앉았다. 왕이 일어날 즈음해서 이미 밖에서 기다리고 있던 상궁들이 작게 소리를 내었다.

"기침하셨사옵니까, 전하."

"기침하였다."

왕의 대답과 함께 침전의 아침도 밝아온다.

문이 열리고 내관들과 나인들이 안으로 들어왔다. 그들은 분주하지만 조용하게 움직인다. 그날그날 상황에 따라 다르긴 하지만 왕은 금침에서 일어나 침전의 서온돌로 건너간다.

왕이 경대 앞에 앉으면 상의원 나인들이 왕이 입을 의복을 가져온다. 곤룡포를 입기도 하지만 보통은 조복이었다. 그사이 나이 많은 상궁이 왕의 망건과 상투를 차례로 푼다. 왕의 긴 머리카락이 흘러내리면 고운 참빗으로 머리를 빗어 내렸다. 왕은 거울로 자신의 머리카락이 단정히 빗겨지는 장면을 가만히 지켜보았다. 거울 속 상궁이 조심히 왕의 머리를 빗는 동안 왕의 눈동자가 거울을 통해 상궁의 얼굴을 쳐다보았다.

나이 많은 상궁의 얼굴은 곧 뽀얗고 붉은 생기가 감도는 여인의 얼굴로 바뀌었다.

'전하는 소원도 많으세요.'

'무엇이 말이오?'

'여염집 부부들이 하는 흉내는 다 내고 싶어 하시니… 이 빗질도 그렇지요.'

'과인이 듣기로 여염집 부부들은 검은 머리가 파뿌리처럼 희게 될 때까지 서로 머리를 빗어준다던데? 나이 들면 빗질하면서 서로 이도 잡아주고.'

'흥, 신첩은 이가 없거든요. 물론 전하도 없고요.'

'그럼 이를 만들어야겠군.'

'전하!'

'하하!'

'또 신첩을 놀리시는군요. 그렇지요?'

상궁이 빗질을 멈추었다.

"전하?"

아주 작은 왕의 표정 변화까지도 놓치지 않은 까닭이었다. 그러자 왕이 다시 경대 안 거울 속 자신의 얼굴을 들여다보며 말했다.

"계속해라."

"예."

아침 단장을 마치고 조복으로 갈아입은 왕은 오늘도 자릿조반을 들지 않았다.

자릿조반은 아침 수라 이전에 간단히 먹는 음식을 말한다. 자릿조반도 거절한 왕은 대비의 문안에 내관을 대신 보냈다. 그리고 평소와 다름없이 경연장으로 향했다.

왕은 통상 하루에 세 번 경연을 했다. 아침 경연을 조강(朝講), 점심 무렵 하는 경연을 주강(晝講), 해 질 무렵 하는 경연을 석강(夕講)이라고 했다. 이 세 번의 경연 외에도 보충 경연이라 해서 소대(召對)가 있었다. 신하가 먼저 왕에게 소대를 청할 수도, 왕이 신하를 불러 소대를 할 수도 있었다.

경연은 한 번에 두세 시간씩, 많게는 네 시간, 다섯 시간씩 이어질 때도 있었다.

아침 수라는 조강이 끝난 뒤, 낮 수라는 주강이 끝난 뒤, 저녁 수라는 석강이 끝나야만 먹을 수 있었다.

이 외에도 틈틈이 중신들을 만나 비변사에서 처리한 일들을 보고받았으며 또 상소를 읽고 승정원에 왕명을 내렸다. 이 밖에도 지방으로 내려가는 수령들의 인사를 받고 훈계를 내리기도 했다.

해가 지기 전에는 궁궐을 지키는 금위군에게 암호를 지어서 내려주었다. 암호는 궁궐의 치안을 위한 것으로 매일매일 새로운 암호를 썼다.

'오늘 암호는 '여염집 부부'로 해요. 전하.'

'뭐? 암호를 과인이 정하는 것을 다들 아는데… 비웃을 것이오.'

'후훗, 그럼 신첩이 지었다고 해요. 그럼 되잖아요.'

왕의 어처구니가 없다는 듯 왕비를 쳐다보았다.

'왕비의 치부는….'

'아내의 치부는 지아비의 치부다. 여염집 부부들이 그리 산다지요. 그렇죠, 전하?'

눈을 흘기며 웃는 왕비를 쳐다보던 왕이 무언가를 적어 내려갔다.

'여부(閭婦).'

이를 본 왕비가 물었다.

'여염집 부부를 줄인 말인가요?'

그러자 왕이 빙긋 웃으며 답했다.

'여부가 있겠사옵니까, 할 때 그 여부요.'

왕의 말에 왕비가 아이처럼 웃으며 왕의 목을 뒤에서 끌어안았다. 왕도 그런 왕비를 보며 웃었다.

그러나 이러한 모습도 오로지 왕의 머릿속에만 존재하는 추억의 일부분일 뿐이다.

"하아…."

왕이 깊은 한숨을 내쉬었다. 봄날, 그렇게 궁궐의 하루가 저물어가고 있었다.

"이상하다, 이상해."

대비가 혼잣말처럼 중얼거리자 옆에 있던 상궁이 대비를 돌아보았다.

"중전이 병환을 이유로 긴 행차가 어려워 온양 행궁에 남았다는 말은 알겠다. 헌데 벌써 봄이다. 병에 차도가 없어서 환궁하지 못하고 있는 것이라면, 내의원 어의를 보내 진맥하게 하거나… 적어도 오가는 서신이라도 있어야지. 아무것도 없지 않으냐."

"전하께서 온양에 두고 오신 내금위장에게서 주기적으로 서신이 올라온다 하옵니다."

"그것은 내금위장이지. 무엇보다 이곳에 원자와 어린 공주가 있거늘…. 중전은 제 자식의 안위도 궁금하지 않다더냐?"

대비의 지적에 상궁은 딱히 둘러댈 말이 없어서 입을 다물었다.

"더 이상한 일은 또 있었지. 주상과 함께 온양으로 내려갔던 대전 지밀나인들을 모두 화성 행궁에 남긴 것 말이다."

대비의 말대로였다. 왕은 온양에서 올라오는 길에 화성에서 지밀나인들을 모두 바꾸었다.

그곳에 있던 나인들을 새롭게 지밀로 삼아 환궁한 것이다. 과거 정조대왕이 여러 차례 화성 행차를 하면서 화성 행궁에 있던 나인 몇몇을 창덕궁으로 데려오기도 했지만 그것은 적은 수였다.

지밀나인들은 검증된 출신들만 썼기 때문이다.

"온양에 남은 중전에게 변고가 생긴 것이 분명하다."

"허면 어찌하올까요?"

"주상에게 물어도 내가 원하는 답이 나올 것 같지 않구나. 그러니 네가 조용히 온양으로 사람을 보내 알아오너라. 중전이… 환궁하지 못하는 이유를."

대비의 명령을 받은 상궁이 고개를 숙였다.

"예. 대비마마."

평안도 가산. 북쪽에는 아직 봄이 오지 않았다.

가산에서 멀지 않은 다복동 숲속에서 지내던 몽남이 가산까지 내려온 것은 딱 열흘 만이었다. 숲을 빠져나와 이곳까지 밤새 걸어도 꼬박 하루가 걸렸다. 가깝지도 그렇다고 멀지도 않은 이 길을 그가 밤새 걸어온 이유는 단 하나였다.

얼음이 녹지 않아 딱딱하게 굳어버린 논들 사이로 버려진 한옥이 한 채 있었다. 오래전에 이곳에서 살던 이는 상당한 부를 축적한 지주였는지 한옥은 낡았지만 규모가 상당했다.

몽남이 부서져 제대로 닫히지 않는 대문을 넘어서자 몰골이 꾀죄죄한 아이들 스무 명이 마당에 모여 놀고 있었다. 대부분 열 살이 채 넘지 않은 고아로 모두 갈 곳이 없어 이곳에 모아 함께 지내게 한 것이다.

"대원수님!"

몽남을 본 아이들이 몰려들었다. 정확히는 그보다도 그의 뒤를 따라 들어온 건장한 사내들에게 더 관심이 많았다. 몽남과 함께 온 이들은 어깨에 쌀과 잡곡을 한 포대씩 들고 있었다. 여기에 겨울에는 척박한 평안도에서 보기 힘든 야채들도 있었다. 모두 청나라와의 교역에서 가져온 것들이었다.

"자, 엿가락 하나씩 받아라!"

몽남을 따라온 사내가 엿을 던져주자 아이들이 신이 나서 몰려들었다. 그사이 몽남이 주변을 살피며 누군가를 찾았다. 그러나 그가 찾는 이는 보이지 않았다. 몽남이 지나가던 아이의 팔을 붙잡으며 물었다.

"너희들 누이는 어디에 있느냐?"

아이가 팔로 부엌을 가리켰다. 몽남이 부엌을 바라보자 문틈새로 수증기가 계속해서 흘러나오고 있었다. 그것을 본 몽남이 피식 웃으며 부엌 가까이로 다가갔다.

날이 아직 추워서인지 아이들은 씻는 것을 싫어했다.

"춥다고 깨끗이 씻는 걸 게을리하면 안 돼. 그럼 봄이 되기 전에 병에 걸린다고."

"하지만 춥다고요."

"그래서 물을 끓였잖니."

난 다섯 살 석이의 몸에 끓인 물과 찬물을 섞어 만든 미지근한 물을 뿌려주었다. 쏴아아.

"어때? 따뜻하지?"

"네. 헤헤."

"이제 석이는 어서 물통으로 들어가고. 어서."

밖은 추운데도 안은 후덥지근했다. 그 때문인지 아니면 혼자서 네다섯 살 아이 여럿을 씻기느라 힘들어서인지 식은땀이 자꾸 흘러내렸다. 나뭇가지를 꺾어 대충 만든 비녀는 툭하면 빠져 온 데 간 데 사라져버리고, 머리를 대충 하나로 묶어버린 지 오래. 그래도 사이사이 흘러내린 머리카락이 땀에 젖어 때때로 걸리적거리기도 했다.

겨우 아이들을 모두 씻기고 부엌문을 열고 밖으로 나왔을 때였다. 그곳에 몽남이 있었다.

"대원수님?"

모두가 부르는 이름으로 불렀을 뿐인데, 그는 내가 자신을 '대원수'라 부를 때만 얼굴을 붉혔다.

"예전처럼 부르시오."

"네, 도련님."

난 웃으며 그에게 인사했다.

"와아! 엿이다!"

춥다며 투정 부릴 때는 언제고 막 씻겨놓은 아이들이 엿가락 나눠주는 걸 보고는 젖은 채 부엌 밖으로 달려 나간다. 난 혹시라도 아이들이 감기라도 걸릴까 걱정이었다.

"너희들…! 몸은 제대로 다 닦고 나가야지!"

급하게 수건으로 쓰는 천을 부엌에서 들고 나오자 몽남이 한 팔로 내 길을 막는다. 그러더니 내 손에 들린 천을 동지들에게 던졌다. 그것을 받아든 동지들이 나를 대신해서 젖은 아이들을 닦아주었다.

"이리 오시오."

걱정거리를 이제 하나 덜었느냐는 듯 몽남이 나를 안채 쪽으로 이끌었다. 안채에 있던 아이들도 어느새 엿가락을 받겠다고 모두 바깥채로 나간 상황. 걸음마를 채 떼지 못해 잠들어 있는 아기들 몇 명을 제외하고는 안채는 조용하기만 했다.

몽남은 안채 마루에 나와 나란히 앉자마자 가져온 비단 조각을 내밀었다.

"이게 뭐예요?"

"펼쳐보시오."

아이처럼 기대하는 눈빛에 나는 무언가 선물이 있다는 걸 알면서도 모르는 척 그것을 펼쳤다. 그러자 그 안에서 정교하게 세공된 은비녀가 놓여 있었다. 곡옥까지 박혀 있는 것을 보니 작은 기와집 한 채 가격은 될 것 같았다.

"이리 귀한 걸…."

"청국에서 온 상인에게 산 것이오."

그제야 난 엉망이 되다 못해 대충 땋아버린 머리 꼴을 깨달았다.

"제 머리… 보셨군요. 그렇죠?"

"아녀자가 비녀도 없이… 그리 머리를 땋으면 처녀인 줄 알겠소."

"아이들을 돌볼 때는 이게 편하니까요. 그리고…."

난 도로 비단을 덮어 은비녀가 보이지 않도록 하며 말했다.

"도로 가져가세요."

"어째서?"

"이거면 쌀이 얼만데요. 쌀로 주세요. 아이들이 엄청 잘 먹어서 언제 또 쌀이 떨어질지 모르니까요."

"그대는… 참. 못 당하겠군."

"그러라고 제게 이 일을 맡기신 게 아닌가요?"

"이럴 줄 알았으면 다복동 산채로 바로 데려갈 걸 그랬소. 이 아이들을 맡기는 것이 아니라."

"후훗."

난 괜히 부끄러워 발을 이리저리 움직이며 시선을 마루 아래로 내렸다.

온양을 떠나 그를 따라 평안도로 온 지도 벌써 두 달. 그가 가산의 다복동 숲에서 무언가 거사를 준비하고 있다는 것을 알게 되었다. 정확히 그것이 무엇인지 몰라도 나도 돕고 싶었다. 그러나 그가 거절했다.

그러던 도중에 고아들을 보게 되었다. 이상하게 부모를 잃은 아이들에게 눈이 갔다. 사람으로서 인정이 있다면 누구라도 그랬겠지만 이 아이들이 모두 눈에 밟혔다. 결국 아이들을 돌보는 일을 하겠다고 자원했다.

"소희."

"네?"

내가 다시 그를 돌아보았을 때였다. 그가 헝클어져 흘러내린 내 머리카락을 쓸어 올렸다. 그 순간 당황해 그의 손을 슬쩍 밀어내려고 할 때였다. 그가 내게 물었다.

"그 머리. 내가 다시 올려주어도 되겠소?"

"무슨…?"

난 영문을 모르겠다는 얼굴로 몽남을 쳐다보았다. 그가 웃으며 내게 말했다.

"더 늦기 전에… 그대와 혼인하고 싶소."

"…."

예상하지 못했던 일은 아니다. 그를 따라 온양에서 이곳까지 왔을 때는 그만한 각오를 하고 왔으니까. 또 기억이 돌아온다면 나는 낭떠러지로 내몰았던 남편이 아닌 옛 정인인 그의 곁에 남고 싶어 할 거라고 여겼으니까.

"소희. 나와 혼인해주시겠소?"

"풋."

내가 짧은 웃음을 터트리자 몽남의 얼굴이 살짝 굳었다.

"왜…."

"이제 보니 은비녀가 단순한 선물은 아니었군요."

"그건 아니오. 다른 의도가 있었던 것이 아니라…."

그가 당황하며 변명하려 했다. 난 웃음을 거둔 채 그에게 진지하게 말했다.

"전 이미 한 번 혼인했어요. 게다가 이혼한 것도 아니고… 남편이 살아 있죠. 그런데 다시 혼인할 수는 없어요. 그건 도련님이 아니라 그 누구와도 마찬가지예요."

"그대가 나와 함께 평안도로 온 순간 그대의 과거는 모두 없어진 것이나 마찬가지요. 더욱이 기억을 모두 잃지 않았소. 하늘이 그대에게 새로운 삶을 준 것이 아니겠소?"

"하늘이…."

그는 하늘을 말했지만 난 하늘을 쳐다보지 않았다. 그 대신 내 손을 쳐다보았다. 처음 온양에 왔을 때는 이곳에서 만난 여인들 중 그 누구보다도 손이 부드럽고 깨끗했다. 지금은 아이들을 돌보며 궂은일을 하느라 스스로 손을 망쳐버리고 말았지만.

이처럼 평안도에서 살아가는 여인들은 모든 것이 거칠다. 궂은일을 하는 것이 당연하고 수없이 많은 보릿고개를 넘기며 아이들을 키우고 살림을 꾸려왔다. 난 그런 여인들과 달랐다. 분명 잃어버린 과거의 기억 저편에서는 궂은일이라고는 한 번도 해보지 않았을 것이다.

몽남이 내게 숨기는 것이 무엇일까…? 부유하고 넉넉한 삶을 살아갔던, 그러나 낭떠러지 위로 올라설 수밖에 없었던 과거. 그 과거의 기억을 되찾더라도 나는 후회하지 않고 이곳에서 살아갈 수 있을까?

기억을 모두 되찾았을 때 힘들더라도 내 가족에게 돌아가고 싶은 생각이 든다면… 몽남에게 두 번째 고통을 주는 것이겠지.

그는 좋은 사람이다. 적어도 내가 생각하기에는 그랬다. 이미 혼인하고 그를 떠난 정인인 나를 챙겨주고 있으니…. 하지만 고마운 마음 속에는 왜 미안함만 있을 뿐 또 다른 마음은 없는 걸까? 정인을 향한 애틋한 마음. 그 마음까지도 왜… 나는 모두 기억하지 못하게 된 것일까….

"생각해볼게요."

고마워서 실망시키고 싶지 않았다. 사랑해서 실망시키고 싶지 않은 것이 아니라.

몽남이 웃는다.

"고맙소, 소희."

나도 그에게 고마웠다. 그래서 그를 실망시키지 않으려 어색하지만 미소를 지어 보였다.

그를 향한 이 고마운 마음 외에… 다른 마음은 정녕 들지 않는 걸까.

평안도의 밤은 춥다. 주변에 큰 산맥과 숲이 끝없이 이어져 있어 바람은 적은 편이어도 기온이 매우 낮다. 아무리 불을 때어도 방 안에는 늘 차가운 공기가 감돈다.

그 추위에 나는 잠을 못 이루고 아직 갓난아이들도 잠을 설친다. 나는 아기들이 잠에 들 때까지 안고 있었다. 내 아이도 아닌 아이들에게 이처럼 정을 쏟는 이유. 나도 그 이유를 알지 못한다. 다만… 아이들의 얼굴을 가만히 바라보고 있노라면 무언가… 떠오를 것만 같았다.

"히잉…. 누이."

닫힌 안채의 문이 열리더니 네 살 석이가 울먹이며 들어왔다. 바깥채에서 잠들었던 석이가 어둠을 뚫고 안채까지 찾아온 것이다. 난 안고 있던 아기를 내려놓고는 석이를 안아주었다. 바로 그때였다.

'보시오. 공부보다도 더 중요한 것이 이것이오.'

자상한 목소리. 내 가슴을 뛰게 만들고 설레게 만드는 목소리가 들려왔다. 마치 이 방 안에 함께 있는 것처럼, 조용한 방 안을 울리고 내 귓가를 맴돈다.

하지만… 아무리 둘러보아도 보이지 않는다.

얼굴도 떠오르지 않는다. 목소리는 익숙한데도… 얼굴이

떠오르지 않아….

"흐흑…."

겨우 석이를 달래 재워놓고는 난 눈물을 흘렸다. 이런 일이 한두 번은 아니었다. 어쩌면 이 버려진 아이들을 떠나지 못하는 것도 그 때문일 것이다. 아이들의 곁에만 있으면 금방이라도 떠오를 듯한 과거. 그러나 남는 것은 짙은 안개 속에 나 홀로 버려진 것만 같은 처량함뿐이다.

"흐으으흑…."

아이들이 깰까 봐 크게 소리 내서 울지도 못하던 그때였다.

"소희…."

몽남의 목소리였다.

"도련님?"

문이 열리더니 몽남이 안으로 들어왔다. 그는 울고 있던 나를 보더니 놀란 얼굴로 다가왔다. 난 그가 왜 우는지를 캐물을 줄 알았다. 그런데… 그는 우는 나를 보자마자 말없이 끌어안아주었다.

"…소희."

만약 그가 내게 왜 우느냐고 물었다면 난 왜 우는지를 털어놓을 수 있었을까? 차라리 이렇게 안아주니 마음이 편안해지고 갑갑했던 속이 조금은 풀리는 듯한 느낌이었다.

"저는… 저는…."

의지할 사람이 오직 그뿐이었다. 기억과 함께 잃어버린 내 모든 과거, 내 가족…. 이 상황에서 나를 받아들여준 사람이 몽남이었다.

난 그의 품에서 고개를 들었다. 그리고 그의 눈을 바라보며 물었다.

"혹시 제게 아이가 있었나요?"

내 아이도 아닌 아이들에게 가는 정(情). 처음에는 그저 모든 것을 잃어버린 내 처지나 고아가 되어 가족을 잃은 처지나 매한가지라서 그런다고 생각했다. 하지만 그게 다가 아니다. 분명 무언가가 더 있다.

기억을 되찾기 위해 건너야 하는 것이 강이고 넘어야 하는 것이 산이라면. 내 기억의 강과 산 너머 저 먼 곳에… 누군가의 아이를 안아보았던 기억이 있다. 누군가의 아이를 바라보며 웃었던 기억도 있다. 그 아이가 내 아이가 아니라면 누구의 아이였을까?

"말해주세요. 네?

울먹임이 섞인 내 목소리 때문인지 그의 눈동자가 흔들렸다. 난 이런 그의 모습을 전에도 본 일이 있다. 내게 진실을 털어놓기 전의 얼굴이다.

"도련님…!"

내가 계속해서 간청하자 그가 말했다.

"있었소…. 우리의 아이가."

그가 믿을 수 없는 이야기를 시작했다.

"혼인한 그대가 다시 찾아왔다던 그 동굴을 기억하시오? 우리는 그곳에서 둘만의 혼례를 올렸소. 첫날밤도 치렀지. 그리고 얼마 지나지 않아… 그대는 아이를 가졌다오."

그가 짧지만 행복했던 시절을 회상하며 말했다.

"하지만 그대의 혼례가 정해지자… 우리는 내세를 기약할 수밖에 없었소. 아직 태어나지 않은 우리의 아이도 함께."

무서운 이야기였다.

"죽으려고는 했지만 죽지 않고 다시 살아났잖아요. 그럼 아이는…."

"그 후 아이가 어찌 되었는지는 알 수 없소. 예정대로라면 그대가 다른 이와 혼례를 올리던 즈음하여 아이가 태어났어야 하오. 어쩌면 우리가 내세를 기약했을 때, 아이가 잘못되었을 수도 있소. 분명한 사실은… 그대의 잃어버린 기억 속에 그 아이의 존재도 있을 것이오."

몽남의 말은 나를 더욱 혼란스럽게 만들었다. 하지만 그의 말이 사실이라면 내가 부모를 잃은 아이들에게 정을 주는 것도 이해할 수 있는 행동이었다. 하지만 기억하지 못하는 내 과거가 너무나도 슬펐다.

"소희. 잘 들으시오."

그때, 말없이 눈물만 흘리는 나의 팔을 몽남이 강하게 붙들었다.

"그대는 분명 다른 이와 혼례를 올렸소. 허나 그전에… 우리 두 사람뿐이었지만, 그 동굴 안에서 천지신명 앞에서 부부로 살기로 맹세하였다는 사실을 기억해주시오."

아침이 밝았다.

"대원수님. 아직 계셨네요?"

나래의 일을 도와주는 열네 살 소녀 숙이가 별채에서 밤을 보내고 나오는 몽남을 발견하고는 쪼르르 달려와 꾸벅 인사를 했다.

"그래, 네가 수고가 많구나."

숙이의 인사를 받고 다시 별채로 들어가려던 몽남이 멈칫하며 돌아섰다.

"숙아."

"네, 대원수님."

"이곳 일이 힘들지 않느냐?"

숙이가 활짝 웃으며 고개를 저었다.

"힘들긴요. 대원수님께서 신경 써주시니 부족한 것은 없는

걸요. 다만 이곳 쌀독이 잘 떨어지지 않으니 호방 나리께서 의심하셔서 종종 찾아와 물으세요."

"뭐라 대답하였느냐?"

"다복동 사시는 이희저 나리께서 많이 도와주신다고 했죠. 그렇게 대답하라고 하셨잖아요."

이희저는 몽남의 동지임과 동시에 다복동에 거주하는 대상인이었다.

"별말은 없더냐?"

"아뇨. 그 대신 이 나리께서 누이에게 관심이 많은 것 같다고만 하시던데요."

웃으며 지나갈 수 있는 일이었지만 염려하지 않을 수도 없는 일이었다.

이 집이 마을 중심에서 한참이나 떨어진 곳이긴 해도 모두들 이 집의 존재를 알고 있었다. 지금까지는 단지 상인의 비호를 받는 고아들이 사는 집 정도로 치부하겠지만, 나래는 외부인이었다. 이제 한 달. 그녀의 존재를 알게 된 이들의 입방아에 슬슬 오르는 모양이었다.

몽남의 머릿속에 어젯밤 눈물을 흘리며 묻던 나래의 얼굴이 떠올랐다.

'혹시 제게 아이가 있었나요?'

왕은… 그녀를 행복하게 해줄 수 없다. 언젠간 여러 후궁을 둘 것이고, 그녀의 눈에서는 매일같이 눈물이 흘러내릴 것이다. 중전이 된 그녀와 동굴에서 재회한 것도 어찌 보면 오늘 일을 예정한 하늘의 뜻인지도 모른다.

그에게는 과거 그녀와 동굴에서 함께 보낸 모든 시간이 특별했다. 그녀도 그곳을 잊지 못해 찾아온 것이다. 몽남은 그렇게 확신하고 있었다.

"대원수님?"

갑자기 들려온 목소리에 몽남이 고개를 돌렸다. 그곳에는 나래가 서 있었다.

지난밤 몽남이 들려준 이야기는 충격이었다.

전안상도 초례상도 없었지만 하늘을 아버지 삼고 땅을 어머니 삼아 올린 혼인의 서약이라니. 그리고 찾아온 아이…. 죽음을 선택했어야만 하는 이유가 있었다면 어제 몽남이 들려준 이야기 속에 모두 들어 있었다. 몽남의 아이를 가진 채 다른 이와 혼인할 수는 없었을 것이다.

그렇다면 그 아이는 어떻게 되었을까? 그 아이가 잘못되어 나는 다른 이와 혼례를 올린 후에도 죄책감 속에 살아왔던 것일까?

몽남의 이야기가 끝나고 난 자리에 누웠다. 하지만 쉽사리 잠이 오지 않았다. 몽남은 그런 내 곁에서 잠이 들 때까지 있어주겠다고 했다. 아침이 찾아온 후 그가 보이지 않아, 이미 산채로 돌아갔다고만 여겼는데….

"대원수님?"

숙이와 이야기를 주고받는 그를 발견한 나는 깜짝 놀라 그를 불렀다.

"일어났소?"

숙이야 늘 웃는 얼굴이지만… 그런 숙이와 대화를 나누던 몽남의 표정이 어두워 보였다. 그런데도 그는 나를 보며 웃었다. 어젯밤, 내게 들려준 놀라운 이야기들이 단지 '이야기뿐'인 듯.

그는 그러한 과거를 품고 어떠한 세월을 살아왔을까? 그 세월 동안에도 늘 내 곁에서만 맴돌고 맴돌았다던 그는….

"소희."

"네."

"평안도로 온 이후에 나를 돕고 싶다 했소?"

"네에…. 그랬죠."

"다복동 산채에도 도울 일이 있는데… 나와 함께 산채로 들어가겠소?"

어제 혼인하자는 말처럼 불쑥 꺼낸 말이었다.

의미는 달랐지만 내게는 어제 했던 말의 연장선처럼 들리는 말이기도 했다.

“소희?”

그가 조심스럽게 묻는다.

여기서 산채로 들어가겠다고 말한다면… 그와 혼인하겠다는 의사로 비칠까?

“여기는… 손길이 필요해요.”

난 그의 시선을 피하며 말했다. 그러자 그는 예상했던 답변이라는 듯 말한다.

“산채에 있는 여인 두 명을 이곳으로 내보내리다. 그녀들은 이곳 사람이니 다른 이들의 눈에도 덜 띌 것이오.”

난 고개를 들었다.

“왜 갑자기….”

“호방이 드나든다는 이야기는 어찌 안 했소?”

그제야 난 그가 나를 산채로 데려가려는 진짜 이유를 알았다. 어제 말했던 ‘혼인’의 연장선은 아니었다.

“걱정 끼쳐 드릴까 봐요.”

“그것이 오히려 나를 걱정시키는 일이오. 그러니 산채로 들어갑시다. 그곳에도 이곳처럼 나를 도울 일은 많이 있으니.”

“하지만….”

또 다른 변명거리를 찾는 내 말을 그가 단호히 끊는다.

"그대가 산채로 들어간다고 해서 내가 이곳을 신경 쓰지 않는 일은 없을 것이오. 원한다면 종종 그대와 이곳을 찾아와 아이들을 살피리다. 어떠시오?"

더는 거절할 이유가 없다.

게다가 어젯밤 우리 사이에 아이가 있었다는 이야기를 듣지 않았다면, 난 재차 그의 청을 거절하고 이곳에 남겠다고 고집을 부렸겠지.

난 그의 얼굴을 쳐다보았다.

목숨을 버리면서까지 사랑했던 사람. 또다시 목숨을 버린 끝에야 다시 만난 사람.

그런데도 왜 난 그에게 느꼈던 사랑을 기억하지 못할까? 적어도 기억은 못 해도 마음으로 느낄 수는 있을 것 같은데…. 그를 따라 산채로 들어가면? 그의 곁에서 함께하면 기억이 조금 더 빨리 돌아올까?

"소희."

그가 손을 뻗어 내 손을 잡으려 했다. 내 손으로 다가오는 그의 손을 물끄러미 응시하던 나는, 그가 내 손을 잡으려는 찰나 손을 뒤로 빼며 대답했다.

"갈게요. 산채로… 원수님을 따라가겠어요."

"고맙소."

기억이 돌아온다면 나는 몽남과 행복해질 수 있을까?

"전하. 박 나인이 알현을 청하옵니다. 어찌하올까요?"

저녁 경연인 석강을 끝내고 침전에 머물고 있는 왕에게 상궁이 아뢰었다. 왕은 보던 책을 덮으며 대답했다.

"들라 하라."

"예."

문이 열리며 희순이 안으로 들어왔다. 그녀는 자신의 뒤로 문이 닫히자 왕과 일정 거리 이상을 두고 떨어져 앉아 고개를 숙였다.

"전하."

"공주의 나인인 네가 어찌 이곳에 왔느냐."

왕은 희순에게 눈길조차 주지 않은 채 무심하게 물었다. 희순은 고개를 숙이고 있어 왕의 표정을 볼 순 없었지만, 그의 목소리에 묻어 나오는 차가움을 쉽게 읽었다.

"송구하옵니다…. 다만 소인이 감히 아뢰옵건대, 원자마마께서 하루가 멀다 하고 많이 우신다 하옵니다. 조금 전에도 너무 과하게 우셔서 경풍 증상을 보이셨다 하옵니다."

"과인도 들었다."

"동궁전에… 아니 들러보시옵니까?"

왕자는 중전을 찾으며 울었다. 며칠 몇 주를 넘어서 달이

지나도록 보이지 않는 중전을 찾았다. 저 어린 왕자도 제 어미의 얼굴을 잊어버릴까 발악하듯 우는데 왕은… 울 수가 없었다. 찾을 수도 없었다. 중전은 여전히 온양 행궁에서 요양 중이기 때문이다.

"원자마마께서 우시는 것을 보면 안되었사옵니다. 헌데 중전마마께서는 언제 환궁하시…."

"나가라."

"…전하?"

왕에게서 전해오는 서늘함에 희순이 조심스레 고개를 들었다. 왕의 시선은 닫힌 창문을 향해 있었다. 희순은 그런 왕의 얼굴을 가만히 쳐다보다 자리에서 일어섰다.

"예…. 전하."

희순이 뒷걸음치며 밖으로 나가자 왕은 다시 혼자가 되었다. 그의 기억 속에 조금 전 온양 행궁에서 내금위장이 보낸 장계의 내용이 떠올랐다.

왕이 환궁한 뒤로 장계의 내용은 별반 다를 것이 없었다. 여전히 왕비의 소재를 찾고 있으나, 별다른 소식이 없다. 송구하다. 왕은 내금위장이 보낸 장계를 홀로 보고 불에 태워 없애왔다. 그러나 오늘 오후에 온양에서 도착한 장계는 읽고도 바로 태워버릴 수가 없었다.

'그날 내정전에 침입했던 자들 중에서 한 명을 찾아냈사옵

니다.'

왕이 몰랐던 왕비가 사라진 날 밤의 진실이 그곳에 담겨 있었다.

'왕이 없습니다!'

'왕비와 대군만 있습니다!'

'대군을 데려간다.'

'안 돼!'

왕비인 나래가 느꼈을 그날 밤의 충격이 왕에게도 고스란히 전해졌다.

'어린 왕자가 무슨 죄가 있단 말이냐! 그러니 왕자를 놓아다오! 너희가 내어 달라는 것은 모두 내어주마! 그러니 왕자를… 왕자를…!'

'왕의 목숨. 우린 그것을 가지러 왔소.'

왕은 그때 왕비의 곁에 없었다.

'가지 마요. 노래는 시작도 못 했단 말이야.'

그 시각, 왕은 왜 내정전을 떠났을까…. 깊은 후회감이 홀로 남은 왕을 잠식해 나갔다.

'날 데려가라. 원자는… 또 태어날 수 있지. 전하가 살아 계시는 이상… 원자의 목숨 따위로 전하의 목숨을 대신할 순 없을 것이다. 하지만 난… 다르다. 나는… 이 나라의 왕비이자, 영돈녕 김조순의 여식이다. 나중에 어떤 협상을 하려 하

든… 원자보다는 내가… 내가 나을 것이다. 설사 전하께서 나를 버리신다 하셔도….'

설사 전하께서 나를 버리신다 하셔도…. 그날 울린 왕비의 목소리가 오늘 왕의 머릿속을 울렸다.

'난 왕비이기 전에 한 아이의 어미다. 너희들도… 어미는 있겠지. 어미에게 제 자식을 떼어내는 것은 살점을 떼어놓는 것과 같다지 않느냐? 그러니… 아무것도 모르는 원자를 풀어다오…. 내가… 내가 너희의 볼모가 될 것이다.'

내가 너희의 볼모가 될 것이다….

'가시지요. 중전마마.'

'이후 행궁을 나온 후 주동자였던 정승보가 홀로 중전마마를 데려갔다고 하옵니다. 중전마마의 옷이 발견된 설화산 낭떠러지 인근 암자가 바로 그곳인 듯하옵니다만… 그다음 날 정승보가 죽은 채로 암자에서 발견되어 그 뒤로 중전마마가 어찌 되었는지 모르며 중전마마를 본 이가 아무도 없다고 하였사옵니다.'

잡아들인 자를 고문해 얻어낸 정보가 적힌 내금위장의 장계는 이곳에서 끝났다.

결국 모든 것은 원점이었다.

"하아…."

그 끝을 찾기가 어려운 왕의 한숨만이 끝없이 밤을 이어 나갔다.

"중전…."

산맥 끝자락에 위치한 다복동 산채는 사방이 울창한 산림으로 둘러싸여 작은 분지를 형성하고 있었다. 이 때문에 숲을 통과하지 않으면 다복동으로 들어갈 수가 없었다. 다시 말해 숲 밖에서는 이곳 다복동을 염탐하는 것이 불가능했다. 여기에 다복동 서북쪽에는 한양과 의주를 연결하는 큰 도로가, 동남쪽에는 서해로 이어지는 대령강의 시작점이 있어 지리적으로 매우 좋은 곳이었다.

"원수님이 돌아오셨다!"

사흘 만에 돌아온 몽남을 맞이하러 산채에서 많은 사람들이 몰려나왔다. 몽남은 말을 타고 있었고 그가 탄 말에는 바퀴가 두 개 달린 짐마차가 연결되어 있었다. 난 장옷을 뒤집어쓴 채 그 짐마차에 타고 있었다.

"이틀이면 돌아오신다더니… 어째 사흘 동안이나 걸리셨답니까?"

누군가가 말의 고삐를 잡아 쥐며 몽남에게 말을 걸었다. 몽남은 말에서 내리며 그에게 대답했다.

"사람이 하나 늘다 보니…."

"사람요?"

"소희."

몽남이 나를 부르며 다가왔다. 그는 내가 마차에서 내릴 수 있게 도와주더니 마중 나온 남자를 소개했다. 몽남과 비슷한 나이로 보이는, 인상이 날카로운 남자였다.

"훌륭한 모사꾼이지."

몽남이 그의 어깨를 두드리자 그가 몽남을 흘겨보았다.

"원수님이 아니라 다시 스승님이라고 부를 겁니다."

그러고 나서 나를 보며 말했다.

"원수님의 제자였지요. 우군칙이라 합니다. 헌데 이분은?"

다시 몽남을 돌아본 우군칙이 물었다. 그러자 몽남이 대답했다.

"앞으로 우리 산채 식구가 될 사람이네. 오느라고 많이 피곤했을 테니 쉴 곳을 마련해주게."

몽남은 단지 내게 쉴 곳을 마련해주라고 말했을 뿐인데 우군칙은 뭐가 좋은지 얼굴까지 붉히며 대답했다.

"아아, 이제야 알겠습니다."

"부원수는?"

"이 나리의 사저에 계십니다."

부원수의 소재를 물은 몽남이 내게 돌아와 말했다.

"쉬고 계시오. 난 만나야 할 이들이 있소."

"제 걱정은 마세요."

몽남이 웃는 얼굴로 고개를 끄덕이더니 가버렸다. 그사이 우군칙이 몽남이 타고 온 말의 고삐를 잡더니 신이 난 얼굴로 말했다.

"따라오시지요. 제가 안내해드릴 터이니."

"말씀 편하게 하세요."

"아닙니다. 원수님께서 직접 데려오신 분인데… 어찌 말을 놓겠습니까."

우군칙은 옹기종기 작은 집들이 모여 있는 산 중턱으로 고삐를 잡은 채 걸었다. 난 옆에서 그를 따라 걸었다. 그는 걷는 내내 한시도 입을 쉬지 않고 내게 질문을 쏟는 데 할애했다.

"어디서 오셨습니까?"

"예?"

"말투만 들어보자면 평안도 분은 아닌 듯한데."

"한양에 살았어요. 온양에 있다가 한 달 전에야 평안도에 왔고요."

"온양? 그럼 은진이를 아십니까?"

평안도로 오는 내내 나와는 말 한마디도 섞으려 하지 않던 은진이는 이곳에 도착하자마자 몽남을 따라 산채로 들어가 버렸다. 그 뒤로 그녀의 소식을 전혀 듣지 못하다가 오늘에야 처음 들은 것이다.

“잘은 모르지만… 알아요. 평안도로 오는 길에 함께 있었는걸요.”

“그럼 왜 지금까지 산채로 오시지 않고….”

“가산에 버려진 집이 있어요. 고아들이 있는 곳인데… 그곳에서 고아들을 돌보며 지냈죠.”

“아! 압니다! 안 그래도 원수님께서 온양에서 돌아오신 뒤에 자주 그곳에 먹을 것을 전해주러 가셨죠. 직접 가실 필요가 없는데도 말이죠. 그 연유가… 이제야 이해가 되는군요.”

“네?”

그가 실실 웃음을 쪼갠다.

“아닙니다. 저쪽입니다. 다 왔어요. 이곳 산채에서도 가장 전망이 좋은 곳이죠.”

산채에 있는 집들은 대부분 담이 없었다. 일부러 그렇게 지은 것인지는 몰라도 그랬다. 그리고 우군칙이 가리킨 집은 산중턱. 수많은 초가집들의 가장 위에 자리했다.

오른쪽에 초가로 지은 별채가 딸린 기와집이었다. 이곳 역시 바깥채 하나만 있었으며, 담벼락 없이 모두 개방되어 있는 구조였다.

“안에 들어가서 쉬고 계십시오. 원수님은 나중에 오실 겁니다.”

"네."

고맙다는 인사를 하기도 전에 그는 재빨리 산 아래로 내려가 버렸다.

그가 떠난 후 나는 기와집으로 눈을 돌렸다. 부엌으로 들어가는 문을 제외한다면 방으로 보이는 문은 단 두 개. 이런 구조의 집은 부엌과 연결된 방이 안방이고 그 옆방이 사랑방이 된다.

그런데 사랑방으로 보이는 방의 문 앞에 가지런히 놓인 짚신이 보였다. 크기가 작으니 여인의 신인 듯 보였다. 그렇다면 이 집은 여인들만 지내는 집인가?

의문을 품던 나는 아무도 없어 보이는 안방으로 들어가기 위해 신을 벗었다.

잘 정돈된 방 안에는 서랍장과 그 위에 곱게 갠 이불 더미. 그리고 방의 한쪽 면을 다 채울 정도로 쌓여 있는 책들이 눈에 띄었다. 그다음으로 눈에 들어온 건 벽 옷걸이에 걸린 긴 흰색 도포와 갓. 문득 이곳이 여인들이 지내는 안방은 아닐 것이라는 생각이 들었을 때였다.

"거기 안에 누구예요?"

문밖에서 여인의 목소리가 들려왔다.

화들짝 놀란 내가 문을 열고 밖으로 나오자 그곳에는 온양에서 함께 올라왔던 은진이 서 있었다. 은진도 나를 보고는 크게 놀란 얼굴이었다.

"당신은…."

그런데 조금 전 사랑방 앞에 놓여 있던 신을 은진이 신고 있는 것이 보였다. 나는 잠시 생각하다 은진에게 물었다.

"여기가 네가 지내는 곳이니?"

나보다 한참이나 어리다는 걸 알고 물은 말이었다.

은진이 험악하게 인상을 쓰더니 내게 소리쳤다.

"당장 나와요! 거긴 당신이 발을 들일 곳이 아니니까!"

은진이 소란을 피우자 주변 집들에서 아낙들이 몰려왔다. 웅성대는 사람들 사이로 조금 전 산 아래로 내려갔던 우군칙이 다시 나타났다.

"은진아."

그가 은진을 불렀다. 그러자 은진은 기다렸다는 듯이 우군칙에게로 돌아서서 그를 쏘아붙였다.

"이 계집이 왜 여기에 있느냐고요!"

그러자 우군칙이 당황하며 말했다.

"어찌 그리 말을 함부로 하느냐? 원수님께서 데려오신 여인이다."

"원수님이 데려온 여인이 어디 이 계집 하나래요? 나도 원수님이 데려오신 여인이라고요!"

"허나 너는 몸종으로라도 원수님 곁에 있겠다 했지, 벌써 잊은 게냐?"

우군칙의 지적에 은진은 잠시 벙어리가 되었다.

"잘 모셔라. 앞으로 네 안주인이 되실지도 모르니."

은진은 '안주인'이라는 말에 정신을 차렸는지 모두가 들으라는 듯 큰 소리로 외쳤다.

"안주인? 누구의 안주인요? 원수님요? 절대! 절대 그런 일은 없을 거예요. 저 계집은 제 남편을 버리고 도망친 계집이니까. 감히 원수님의 부인 자리는 차지할 수 없을걸요."

모인 사람들의 시선이 모두 나를 향했다. 웅성거림도 더욱 커졌을 때였다.

"나의 아내다."

몽남이었다. 그의 등장에 웅성거림이 모두 사라졌다.

그는 한마디를 던진 후 뚜벅뚜벅 걸어와 내 앞에 섰다. 그리고 매우 화난 얼굴로 은진을 쳐다보았다. 은진의 고개가 저절로 아래로 숙여졌다. 그다음에야 그는 몰려든 사람들을 향해 선포하듯 말했다.

"그러니 잘 들어라. 이곳은 산채이긴 하나 군영이기도 하다. 앞으로 나의 아내인 여인에 대해 함부로 말하는 자가 있다면, 모두 군법으로 처단할 것이다."

웅성거림은 멎었지만 나를 향해 쏟아지는 시선은 사라지지 않았다. 우군칙이 나섰다.

"자자, 원수님 말씀 다들 들었으면 모두 가시오, 가!"

그가 사람들을 쫓아내며 가버리자 이제 몽남과 나, 그리고 은진만이 남았다. 조금 전 사람들 앞에서 목소리를 높였던 은진은 온 데 간 데 사라졌다. 몽남을 앞에 두고 그녀는 분을 삭인 채 입을 꾹 다물고만 있었다.

"들어가시오."

"전…."

"어서."

목소리는 부드러웠지만 조금은 명령처럼 느껴졌다. 나는 은진을 한번 쳐다보고는 조금 전 나왔던 안방으로 다시 들어갔다.

뒤이어 몽남이 안방으로 들어오더니 문을 닫았다. 그제야 모든 소리가 사라졌다. 하지만 난 바로 자리에 앉지 않았다. 그 대신 방 안을 또다시 둘러보며 나처럼 아직 자리에 앉지 않은 몽남에게 물었다.

"여긴… 원수님 집이지요?"

"그렇소."

그가 순순히 인정하며 자리에 앉았다. 하지만 난 여전히 자리에 앉지 못했다. 그러자 먼저 앉은 그가 나를 올려다보며 말했다.

"앉으시오."

"전…."

"편히. 자."

그가 재차 권하자 더는 거절할 수가 없던 나는 결국 그와 마주 앉았다. 내가 앉는 모습을 본 그가 웃으며 말했다.

"조금 전에 내가 다른 사람들 앞에서 한 말이 마음에 걸리시오?"

"그건 아니지만… 꼭 그렇게까지 말씀하실 필요는 없었어요. 어느 정도는… 사실이니까."

"그대의 말도 틀린 것은 아니오. 다만 이곳은 산채요. 이렇다 보니 어제 들었던 말이 오늘도 들은 말이 되어 끊임없이 돌고 돌지. 그러다 보면 말은 소문이 되고 소문은 누군가를 억울하게 만들 것이오."

"제가… 거짓 소문에 억울한 일을 당할까 봐 그러셨나요?"

"아니. 언젠간 그대는 나와 정말로 혼인하게 될 것이니까."

놀라 눈을 들어 그의 얼굴을 바라보았다. 그러자 그가 방긋 웃었다. 그 순간, 누군지 모를… 얼굴이 정확히 떠오르지 않는 누군가의 미소가 떠오를 듯하다. 쉽게 떠오를 것 같은데 머릿속에 그려지지 않았다.

"어찌 그리 나를 보시오?"

몽남이 물었을 때였다.

난 한 손을 뻗어 눈부터 코 그리고 뺨과 턱까지 그의 얼굴을 조심스럽게 쓸었다.

기억이 나지 않으니 만져보면 생각날까…. 아니면… 내가 떠올리고자 한 미소를 지닌 사람은 몽남인 걸까?

그의 얼굴을 쓰다듬는 내 얼굴에서 눈물 한 방울이 톡, 떨어졌다.

"소희."

몽남이 자신의 얼굴을 쓸던 내 손을 잡았다. 나는 그 손을 바로 빼내며 말했다.

"잘 모르겠어요…."

"무엇이 말이오?"

"내 머릿속에 자꾸 떠오르려고 하는 사람이… 그게 누구인지를 모르겠다고요…."

몽남이 답답한 듯 나를 보며 묻는다.

"그것이 중요하오?"

"예?"

"떠오를 기억이라면 언젠가는 떠오를 것이오. 그렇지 않다면 영영 떠오르지 않을 수도 있겠지. 그러나 단 한 가지는 분명하오."

"그것이 무엇이죠?"

"나는 그대의 곁에서… 지금부터 영원히, 쭉 함께할 것이라는 것."

기억을 잃은 나라도 계속 함께하겠다고 약속하는 몽남. 그런 그의 약속은 기억을 잃어 불안한 나를 안심시키려 하는 것일 수도 있다. 하지만 왜 나는 그의 거듭된 약속에도 마음이 계속 불안할까.

산채에 돌아온 뒤로 몽남은 매일 바빴다. 이곳에서 가장 높은 '대원수'였지만, 하나부터 열까지 그의 손길을 거치지 않는 것이 없었다. 하지만 그는 늘 식사 때는 나를 챙기러 집으로 돌아왔다.

식사를 비롯한 살림은 은진이 하고 있었다. 그녀는 별채에 머물렀고 내가 들어온 뒤에도 다른 곳으로 처소를 옮기려 하지 않았다. 누가 보는 것도 아닌데 하루 종일 마루를 닦고 쓸고 치우고… 이 집의 모든 것이 은진의 손을 거쳤다. 그리고 그녀는 나와 마주치는 것을 싫어했다. 그 때문에 나는 안방에만 머물러야 했다.

몽남은 건넛방인 사랑방에서만 지냈다. 주로 아침과 저녁 때만 볼 수 있었고 그 뒤에는 집을 나가 늦은 밤까지 돌아오지 않았다. 그렇게 하루하루가 흘러가고 있었다.

"의원님! 의원님!"

낮. 밖이 소란스러웠다. 누군가가 의원을 찾으며 몽남의 집까지 찾아온 것이다.

"무슨 일이래요?"

"은진아. 여기 의원님 안 계시냐?"

"아뇨. 왜요?"

"만득이가 독을 먹었어! 지금 토하고 난리도 아니야!"

"독?"

"그게 뭔지는 모르겠고 오랑캐 놈이 버리고 간 뭔가를 먹었다나 봐."

방 안에서 가만히 듣고 있던 내가 밖으로 나왔다. 밖에는 상투를 튼 젊은 남자가 서 있었다.

"그게 뭐죠?"

그러자 남자가 한숨이 뒤섞인 목소리로 말했다.

"저희 만득이가 아침에 대체 뭘 먹었는지 계속 토를 하고 있는데…."

그때 또 다른 남자가 나타나서 그에게 말했다.

"만득이 아버지! 의원님이 오신대! 어서 집으로 가봐!"

그러자 그가 내게 허리를 숙이며 말했다.

"소인은 이만 가보겠습니다!"

그가 가버리자 은진이 나를 노려보며 말했다.

"뭔 구경거리가 생겼다고 나오셨대요?"

"만득이가 누구니? 아비가 젊은 것을 보니 아직 어린애인 것 같은데."

"궁금하면 직접 가서 보시든지요."

더는 나와 말하고 싶지 않다는 듯 은진이는 별채로 들어가 버렸다.

많은 집들 중에서 만득이라는 아이가 있는 집을 찾는 것은 매우 쉬웠다. 아이가 독을 먹고 구토를 한다는 소식에 산채 사람들이 모두 몰려와 매우 붐볐기 때문이다.

"우웨웨웩!"

사람들을 비집고 집 마당으로 들어서자 열 살 남짓 되어 보이는 아이가 방에 앉아 계속 구토를 하고 있었다. 아까 잠깐 보았던 아이의 아버지와 어머니로 보이는 이들이 의원의 맞은편에 앉아 어쩔 줄 몰라 하고 있었다.

"아이고…. 만득아!"

어머니가 울자 의원이 그녀를 달랬다.

"괜찮네. 아까보다도 열이 내렸으니 좋아지려는 게야."

"그럼 토는 언제까지 한데요?"

"독을 게워낼 때까지는 계속해야겠지. 물이나 따뜻하게 끓여오게.”

얼마 후 구토가 멎었는지 소년이 기진맥진한 얼굴로 바닥에 누웠다. 의원은 소년의 맥을 짚기 시작했다. 그때 소년의 아버지가 잘 짜인 망태기를 마당으로 내던지며 성을 냈다.

“당장 이 독초들을 태워버리라고!”

떼구루루…. 망태기 안에 들어 있던 무언가가 마당에 와르르 쏟아졌다. 사람들은 그것에 닿기만 하면 몸에 독이 옮겨 붙을까 겁을 내며 물러섰다.

하지만 망태기 안에서 쏟아지는 ‘독초’라는 것을 본 나는 눈을 크게 떴다. 그리고 아무도 다가가지 않으려고 하는 그 망태기 안에서 쏟아진 것들 중 하나를 집어 올렸다. 작은 사과만 한 크기의 그것은… 싹이 난 감자였다.

“이건 감자인데?”

“감자?”

내가 던진 한마디에 또다시 사람들의 시선이 모였다. 지난번 은진이가 일으킨 소란 때문인지 사람들의 시선이 모이면 괜히 부담스러웠다.

“마님. 이 독초가 무엇인지 아십니까?”

감자… 아닌가? 싹 난 감자인데. 왜 다들 감자를 모르는 것처럼 나를 쳐다보지?

“네. 감자요.”

"그거 독입니까? 오랑캐 놈들이 일부러 우리 아이들을 죽이려고 두고 간 거 맞지요?"

감자를 두고 사람들의 반응이 극단적이었다. 난 잠시 고민하다가 고개를 가로저었다.

"이건 독이 아니에요. 싹에는 독이 있지만, 싹을 파내고 알갱이만 먹으면 돼요."

"그게 먹을 수 있는 거란 말입니까?"

"네. 먹을 수 있어요. 아마도…."

난 한입 베어 문 흔적이 남은 감자를 집어 올리며 말했다.

"싹이 난 부분을 아이가 먹은 모양이네요. 소량이라면 죽진 않을 거예요. 아마 구토를 한 이유가 싹을 먹어서 그런 것 같으니까."

"우와아."

단순히 내게 모였던 시선이 조금은 경외의 눈빛으로 바뀐 것 같았다. 어쨌든 좋은 건 맞는데….

"싹이 난 부분만 도려내어서 심으면 몇 달 안에 먹을 수 있어요."

"어떻게 먹습니까?"

"삶아 먹거나 튀겨 먹거나…."

"그렇군요! 오랑캐 놈들이 종종 가지고 다니길래 우리 아이들을 죽이려고 가지고 다니는 줄 알았습니다."

"독성이 있지만 사람을 죽일 정도의 독은 없을 거예요."

"헌데 그걸 어찌 아셨습니까?"

경외의 눈빛이 의심의 눈빛으로 바뀌는 것은 아주 순식간이었다.

"그건…."

그러고 보니 다들 모르는 걸 나만 알고 있다. 오랑캐라면 청나라 사람들일 것이다. 청나라 사람들만 가지고 다닌다는 감자를 어떻게 나만 알고 있는 걸까? 정말 감자에 대해 아는 사람이 없는 걸까?

"그녀는 예부터 의학 서적을 많이 읽었지. 몸에 좋고 나쁜 것에 대해서는 잘 알았다."

"대원수님!"

사람들의 외침에 돌아서니 어느새 몽남이 내 뒤에 와서 서 있었다.

"원수님…."

그는 나를 보고 웃으며 내 손에 들린 감자를 받아 들었다. 그리고 이리저리 살펴보며 말했다.

"먹을 수 있는 것이라 했소? 씨앗은? 열매 안에 있나?"

"아뇨. 싹이 난 부분을 칼로 잘라내서 땅에 묻으면 돼요. 시간이 지나면 싹에 열매가 맺히거든요."

"싹 하나에 열매를 몇 개나 얻을 수 있소?"

"적어도 열 개는 넘게 얻을 수 있을 거예요."

그가 손에 쥔 감자를 망태기 위에 올려놓았다.

"망태기 안에 든 감자들을 모두 심는다면 작은 밭 하나 정도는 경작할 수 있겠군."

"네. 그래서 감자를 구황작물로 쓰거든요."

"고구마처럼 말이오?"

난 활짝 웃으며 고개를 끄덕였다.

"맞아요."

그가 내 미소를 지그시 쳐다보더니 뒤늦게 따라 웃었다. 그러나 주변 많은 사람들의 시선 때문인지 곧바로 웃음을 거둬들였다.

"그녀 말대로 심으면 되겠군. 잘 기르면 좋은 식량이 될 수도 있겠다."

여기까지 말한 몽남이 방 안에 있는 소년과 그 가족을 돌아보며 말했다.

"아이는, 괜찮은가?"

의원이 대답했다.

"다행히 구토도 멎고 열도 내렸으니 며칠 잘 돌보면 곧 나을 것입니다."

"다행이다."

고개를 끄덕인 몽남이 돌아섰다. 자리를 떠나려는 것 같았다. 그러나 몇 발자국 걷던 그가 다시 나를 돌아보며 말했다.

"갑시다."

"예?"

"어서."

몽남이 내 소매를 살짝 잡아당겼다. 그러자 그의 옆으로 사람들이 물러서며 길을 냈다. 우리 두 사람은 산채 사람들의 시선을 받으며 그곳을 빠져나왔다. 모두들 이미 나를 몽남의 아내로 알기 때문인지 나를 데려가는 그의 행동에 딱히 의문을 품는 것 같지 않았다.

사람들이 드문 곳까지 나오자 몽남이 내 옆에 바짝 다가서며 물었다.

"기억이 돌아왔소?"

"아뇨."

내 목소리에 기운이 느껴지지 않았다. 감자에 대해서 줄기차게 설명할 때는 언제고 내가 감자를 어떻게 알게 되었는지, 먹는 법, 심는 법을 어떻게 배웠는지는 전혀 기억이 나지 않았다. 하지만 그는… 무언가 알고 있는 것 같았다.

'그녀는 예부터 의학 서적을 많이 읽었지. 몸에 좋고 나쁜 것에 대해서는 잘 알았다.'

"저… 원수님."

"응?"

"조금 전에… 제가 의학 서적을 많이 읽었다고 하셨잖아요. 정말인가요?"

그는 이곳에서 유일하게 내 과거의 기억을 알고 있는 사람이었다. 그래서 난 내 모든 궁금증의 답을 알고 있을 그를 전지전능한 신을 바라보듯 쳐다보았다. 그는 이런 내 눈빛이 싫진 않은 모양이다. 전지전능한 신은 한 여자의 앞에서 어린 소년과 같은 눈을 한다.

"정녕 알고 싶소?"

"네."

고개를 끄덕이는 나를 가만히 바라보던 그가 말한다.

"따라오시오."

그가 나를 데려간 곳은 산채 한복판에 위치한 부엌. 큰 아궁이가 열 개나 있을 정도로 큰 부엌이었다. 주로 훈련한 병사들의 식사를 만드는 곳이기도 했다.

그가 부엌에 나타나자 그곳에서 일어난 여자들의 호기심 어린 눈빛이 모였다. 그는 그녀들의 시선에 아랑곳하지 않고 부엌 안으로 들어가더니 대나무를 깎아서 만든 통을 들고 나왔다.

"자, 갑시다."

"이번에는 어디로요?"

그는 웃을 뿐 대답하진 않았다. 나는 미심쩍은 표정으로 그의 뒤를 따랐다.

이번에 그는 집으로 돌아왔다. 마침 은진이는 집에 없는지 보이지 않았다. 그 대신 부엌 아궁이에는 요리에 쓰려는지 뜨거운 물이 솥 안에서 끓고 있었다.

몽남은 작은 그릇을 꺼냈다. 큰 부엌에서 가져온 대나무 통을 꺼내 들었다. 그리고 그릇에다가 통 안에 든 무언가를 부었다. 느리게 흘러나오며 그릇 안을 채우는 것은 다름 아닌 꿀이었다.

"꿀?"

"맞소."

그는 꿀에다가 아궁이에서 끓는 뜨거운 물을 타서 꿀물을 만들었다.

"자."

그는 뜨거울까 호호 불어가며 내게 내밀었다. 내가 그릇을 받아들자 그가 웃으며 말한다.

"그대가 종종 내게 끓여주었던 것이지. 내 목소리를 오래도록 듣고 싶다며."

"제가요?"

기억이 나지 않는다. 당연히 난 기억을 잃었으니까.

"아니오. 실은 그대가 어릴 적 기관지가 좋지 않아 그대의 어머니께서 자주 꿀물을 타서 낫게 하셨다 했소. 그대는 자주 동굴에서 글을 읽던 내게 찾아와 꿀물을 타주곤 했지."

"그랬군요…"

"어서 드셔보시오."

이 꿀물을 마시면 왠지 잃어버린 기억이 일부는 되돌아올 것만 같았다.

"고맙습니다."

직접 만들어주는 수고를 한 몽남에게 감사 인사까지 한 나는 그가 건넨 꿀물을 한 모금 들이켰다. 달달한 첫맛, 알싸하고 시큼한 뒷맛이 태어나 처음 먹어본 꿀물인 양 맛있기만 했다. 내 얼굴에 피어오르는 미소를 본 그가 물었다.

"맛있소?"

"네."

난 배시시 웃으며 다시 꿀물을 들이켰다.

언젠간 내가 그에게 만들어주었던 것. 그러나 이제는 그가 내게 만들어주는 것.

이대로 기억이 돌아오지 않더라도 그때 그에게 꿀물을 타주며 느꼈을 마음이 전해져오는 것만 같았다.

"전하!"

석강에 참여 중이던 왕에게 누군가가 급히 알현을 청했다. 다름 아닌 동궁전 상궁이었다. 신하들 사이를 뚫고 들어온 상궁이 왕의 앞에 몸을 숙이며 아뢰었다.

"전하. 큰일 났사옵니다!"

"무슨 일이냐?"

"원자마마께서…."

"원자가?"

왕자에게 큰일이 생겼다는 말에 놀란 왕이 황급히 자리에서 일어섰다. 오늘 석강은 이렇게 끝났다.

왕은 옥여를 타지도 않고 빠른 걸음으로 걸어서 동궁전에 이르렀다. 마침 동궁전에 내의원 의원이 도착해 왕자를 진맥하고 있었다.

"원자야…!"

왕이 들어서자 내의원 의원이 진맥하다가 말고 고개를 숙여 왕에게 인사를 올렸다. 이 자리에는 지금 국구 김조순의 부인이자 중전의 생모인 부부인 심씨도 함께 있었다. 심씨는 왕을 보자 몸을 바들바들 떨며 고개를 숙여 인사를 올렸다. 그러나 왕은 심씨의 인사를 받을 틈도 없이 바로 원자에게 다가갔다. 원자는 얼굴이 벌겋게 달아오른 채 거친 숨을 내쉬며 괴로워하고 있었다.

"이게 어찌 된 일이냐?"

온양에서 돌아온 이후 중전을 찾으며 매일같이 우는 원자를 외면해왔던 왕이다. 특히 얼마 전 내금위장이 보낸 장계로 중전이 납치당한 이유가 다름 아닌 원자 때문이었다는 것을 알게 되자, 드러내진 않았어도 어린 원자를 향한 미움의 싹이 자랐던 왕이다.

하지만 원자가 아프다는 말에는 어쩔 수 없었다. 그도 부모였다. 그는 아내를 잃어버린 왕이었고 원자는 어머니를 잃어버린 아이였다.

"부부인께서…."

내의원 의관이 부부인을 지목했다. 그제야 부부인이 떨리는 목소리로 아뢰었다.

"중전마마께서 온양에 계신 이후로 어린 원자께서 매일같이 중전마마를 찾으시며 우시다 기력을 잃으셨다 하여, 꿀물을 타서 올렸을 뿐이옵니다…!"

그제야 왕은 원자가 아픈 이유를 알았다. 동궁전 상궁이 나섰다.

"소인이 원자마마께서는 중전마마와 같은 체질이시라 꿀을 드시지 못한다고 분명히 말씀드렸사옵니다. 하온데 부부인께서 고집하시며…."

그러자 부부인도 지지 않고 나섰다.

"중전마마의 체질은 저도 잘 아옵니다. 어릴 적부터 꿀물을 즐겨 드셔왔기에 아무런 문제가 없으시옵니다. 하오니 동궁전 상궁의 말은 기우라 여기고… 여기고….”

그러나 꿀물을 마신 원자의 상태가 좋지 못했다. 또한 왕은 이러한 일이 일어난 이유를 유일하게 알고 있는 사람이었다.

중전은 김소희가 아니다. 황나래다. 어린 시절부터 꿀물을 즐겨 먹어왔다는 부부인의 여식은 소희이고 꿀물을 먹지 못하는 중전은 바로 나래이다. 부부인과 동궁전 상궁의 주장이 다른 이유는 바로 이것이었다.

왕은 속으로 한숨을 삼킨 후 의관에게 물었다.

“원자의 상태는 어떠한가?”

그러자 의관이 입을 열었다.

“다행히 드신 양이 적어 이 이상 위험한 일은 없을 것이옵니다.”

의원의 말에 왕이 눈을 감으며 안도의 숨을 내쉬었다. 다시 왕이 눈을 떴을 때 그의 뒤로 엎드린 채 어찌할 줄 몰라 하는 부부인 심씨와 동궁전 상궁만이 남아 있었다. 왕은 다시 의원에게 물었다.

“과인이 의서에서 배우기로서는 사람의 체질이란 바뀐다 했다.”

“예에….”

“또한 그 아비나 어미의 체질이 어떻다 하여 자식까지 같은 체질일 수는 없다고도 했다. 이것이 맞느냐?"

"그러하옵니다."

왕이 고개를 돌려 부부인과 동궁전 상궁을 보며 말했다.

"원자가 꿀을 먹지 못하는 것을 부부인은 알지 못했으니 죄가 없다. 또한 원자를 위해 끝까지 만류하려 한 동궁전 상궁에게도 죄는 없다. 그러니 오늘 일은 없던 것으로 하겠다."

"황송하옵니다."

"전하…."

왕은 다시 왕자를 돌아보았다. 의원은 괜찮을 것이라고 말했지만 여전히 왕자의 상태는 그리 좋지 못했다. 왕은 왕자에게 다가가 작은 손을 잡았다. 온양에서 돌아온 뒤로는 처음 있는 일이었다. 괴로운 듯 숨을 내쉬던 왕자가 눈을 떠 왕을 바라보았다.

"아바마마…."

어린 왕자가 왕을 부름과 동시에 작은 뺨을 타고 눈물이 흘러내렸다. 왕은 애써 태연한 얼굴로 왕자에게 말했다.

"곧 괜찮아질 것이다."

"어마마마는요?"

왕자에게서 돌아온 한마디에 왕은 할 말을 잃었다.

"어마마마… 보고 싶어요…. 소자 아파요…. 어마마마 불러주세요…."

볼 수 없다고 말했다가는 당장 큰 울음이라도 쏟을 것 같은 얼굴이었다. 잠시 고민하던 왕이 웃으며 말했다.

"그래. 우선 쉬고 있어라."

누운 왕자가 왕의 말에 고개를 끄덕였다.

"전하. 침을…."

의관이 왕자에게 침을 놓겠다고 하자 왕은 잡았던 왕자의 손을 놓고는 뒤로 물러섰다. 곧 의관이 침을 놓자 왕자는 조용히 잠에 빠져들었다.

왕자의 숨이 안정되어가는 것을 지켜본 왕이 조용히 자리에서 일어서 동궁전을 나섰다. 그때 부부인 심씨가 급히 왕의 뒤를 쫓아 나왔다.

"전하…!"

왕이 발걸음을 멈춘 채 고개를 돌렸다.

"무슨 일이오."

"송구하오나 온양에 계신 중전마마께서는 대체 언제 환궁하시는 것이옵니까? 환궁이 더 지체되신다면 제가 서신이라도 보내면 안 되옵니까?"

왕은 대답하지 않았다. 그러자 지밀상궁이 부부인에게 다가가 조심스럽게 아뢰었다.

"이만 물러가시지요."

왕이 대답하지 않는다는 것은 허락하지 않겠다는 의미. 더는 왕에게 난처한 청을 하지 말라는 권고였다. 그러나 부부인은 쉽사리 물러서려 하지 않았다.

"중전마마께서도 아시는지요? 어린 공주마마야 그렇다 치더라도 원자께서는 하루가 멀다 하고 중전마마를 찾으시며 저리 기력이 다하도록 울고 계시지 않사옵니까?"

"부부인…!"

상궁이 재차 강하게 만류하자 그제야 부부인이 말을 멈췄다.

"이만 물러가시지요."

"예. 물러가겠습니요. 허나 전하께 한 말씀만 더 올리겠사옵니다."

부부인이 울먹이며 말했다.

"아무리 유모와 궐의 나인들이 원자와 공주께 잘한다 하여도, 아이에게는… 어머니가 필요하옵니다. 그 누구도 어머니를 대신할 순 없는 것이옵니다…!"

부부인의 마지막 말을 들은 왕이 고개를 돌린 채 말없이 동궁전을 떠났다.

석양이 창덕궁에 드리웠다.

"대비마마."

밖에서 들어온 대비전 상궁의 표정을 흘깃 쳐다본 대비가 서둘러 주변 나인들을 모두 내보냈다.

"온양에서 온 소식이냐?"

"그러하옵니다."

"말해보거라."

대비가 상궁을 가까이 불렀다.

"아무래도 중전마마께서 환궁을 하시지 못할 정도로 앓고 계신 병이 돌림병인 듯하옵니다."

"돌림병이라니?"

이 말에는 대비도 놀란 듯 눈에 힘을 주었다.

"소인이 온양으로 보낸 이가 전해오기로 중전마마께서 머무시는 내정전은 지금 폐쇄되어 정해진 나인을 제외하고는 들어갈 수가 없다 하옵니다. 이뿐만이 아니옵니다. 온양에 남은 내금위장이 내정전 주위를 엄하게 단속해 개미 새끼 한 마리도 내정전 주위로는 얼씬도 못 하고 있다고 하옵니다."

"그것이 돌림병의 연유가 될 순 없다. 중전 홀로 온양에 남아 있으니 경계를 바짝 세우는 것은 내금위장으로서는 당연히 할 일이 아니더냐."

"그것이 다가 아니옵니다."

"다가 아니라니?"

"중궁전 지밀나인들이 모두 죽었답니다."

대비가 잠시 할 말을 잃은 듯 가만히 있자, 상궁이 말을 이었다.

"온양에 보낸 자가 알아본 바로는 모두 죽어 이미 온양에 묻혔다고 하옵니다."

"중궁전 윤 상궁도 말이냐?"

"예. 그러니 돌림병이 아니고 그리 많은 이들이 갑자기 죽을 이유가 무엇이겠사옵니까? 또한 전하께서 급히 환궁하시며 중전마마를 두고 원자마마만 데려오신 것도 그 때문이 아니겠사옵니까?"

"믿기 어렵구나."

"예?"

"중궁전 지밀나인들이 모두 죽을 정도로 심각한 돌림병이라면 이미 조정에서도 논의가 되었을 것이다. 또한 중전을 살리기 위해 내의원 의관들이 온양으로 내려갔겠지. 아니다. 지난번 행차에 함께 내려갔던 어의가 환궁하지 않고 온양에 남았어야 한다. 헌데 남은 것은 어의가 아니라 내금위장이지 않느냐?"

"대비마마의 말씀을 듣고 보니… 그런 듯하옵니다."

"그래. 게다가 돌림병이라도 중전이 아직 살아 있다면 원자와 공주의 안부가 궁금하지 않겠느냐? 헌데 주상은 내금위장이 올리는 장계만 받을 뿐, 따로 내려 보내는 서신이 없다 들었다."

"그 말씀은… 중전마마께서는 서신을 확인할 수 없을 정도로 상태가 위중하다는 것이옵니까?"

"곧 중전이 죽었다는 소식을 듣게 될지도 모르지."

대비는 중전이 죽길 바라지는 않았다. 하지만 중전이 죽어 새로운 중전을 뽑아야 한다면… 재차 안동 김씨 가문에서 뽑을 수는 없을 것이다. 그렇다면 조정이 뒤바뀌게 된다.

"중전은 살아 있을까? 아니면 죽었을까? 돌아오지 못하는 이유가 분명 거기에 있을 것이다."

"만약 중전마마께서 이미 이 세상 사람이 아니라면… 어찌 전하께서는 이 사실을 숨기고 계신 것일까요?"

고민하던 대비가 말했다.

"김조순은 선왕께서 총애하시던 자다. 주상은 그에게 비변사를 비롯한 조정 실권을 모두 넘겨주었지. 어쩌면 중전이 죽어 새로운 중전을 간택해야 하는 상황이 찾아온다면… 조정은 다시 혼란에 휩싸이게 될 것이다. 주상은 그것을 원치 않아 숨기는 것일 수도 있고."

"전하께서 숨기시려는 것이 아니라 국구가 숨기려고 전하를 설득하고 있는지도 모르지요. 중전께서 위독하시거나 이미 이 세상 사람이 아니라면… 가장 큰 피해를 입는 것은 국구를 비롯한 안동 김씨들이 아니옵니까."

"그렇다…. 그래."

대비가 결론을 내린 듯 상궁에게 명을 내렸다.

"중전의 생사를 확실히 알아오너라. 그전까지는 우리도 함부로 움직일 순 없으니."

"예. 대비마마."

날이 저물었는데도 쉽게 열이 떨어지지 않는다.

"정말 괜찮다니까요."

"아니오."

의원이 다녀간 후로 몽남은 계속 내 곁을 떠나지 못했다. 계속해서 내 이마에 손을 올려 열이 떨어졌는지 그대로인지를 확인하며 안절부절못하고 있었다.

난 이불을 덮고 누운 채 그를 올려다보며 싱글벙글이었다. 처음에는 걱정시키고 싶지 않아서 웃었다. 그런데 점점 나를 걱정해주는 그를 보며 웃음이 난다. 누군가의 이런 관심과 애정이 마냥 싫지만은 않다.

"열이 떨어지는 건 한숨 자고 나야 안댔어요."

"그럼 어서 주무시오. 내가 곁을 지켜줄 테니."

"못 자요. 나가보셔야 하잖아요. 바쁘신 분이…."

난 일어나 앉으려고 했고 그가 내 몸을 잡아 일어나지 못하도록 막았다.

"쉬시오, 제발."

"원수님…!"

늘 그렇듯 그가 산채의 일을 돌보고 있을 시간이다. 보통 그가 집으로 돌아오는 시간보다 한참 남았다. 하지만 그는 낮부터 계속 내 곁을 지켰다.

내가… 꿀물을 먹고 열이 오르고 얼굴에 붉은 반점들이 곳곳에 올라온 다음부터.

지금은 의원이 처방해준 약을 먹고 반점들은 사라졌지만, 열은 그대로였다.

"내가 얼마나 자책하고 있는지 그대는 모르오. 그 꿀에 독이라도 들어 있었다면…."

"꿀에는 문제가 없었어요. 의원님이 그랬잖아요. 제가 꿀이 안 맞는다고…."

"그대는…!"

자신에게 화를 내듯 소리를 높였던 그가 곧 거칠어진 숨을 삭혔다.

아무래도 내가 아프다는 사실을 상기해서 그런 듯했다.

내게는 이토록 나를 걱정하는 그를 안심시킬 책임이 있었다. 난 이불 속에 감췄던 손을 꺼내 그의 손을 살포시 움켜잡았다.

"걱정 마세요. 걱정 마시고 어서 가세요. 저는 정말 괜찮아요. 별채에 은진이도 있는걸요. 도움이 필요하면 은진이를 부르죠, 뭐. 와줄지는 모르겠지만… 설마 제가 어찌 되도록 놔두겠어요?"

"…소희."

"그러니까요. 걱정 마세요. 자, 전 이제부터 잘 거예요."

난 보란 듯이 눈을 감았다.

"그리고 누가 옆에 있으면 전 잠을 편히 못 자요."

귀여운 경고까지 했다.

"원수님!"

때맞춰 밖에서 우군칙이 몽남을 불렀다. 난 여전히 눈을 감은 상태로 몽남에게 말했다.

"나가보세요. 여기에 저는 혼자 있어도 되는 사람이고, 밖에는 원수님을 찾는 사람이 한가득이니. 뭐가 중요한지는 원수님이 더 잘 아시겠죠?"

난 한 눈을 떠서 몽남을 흘겨보며 말했다.

"어서요."

이런 내 표정을 본 몽남의 입가에 미소가 떠올랐다. 잠시 후 그가 자리에서 일어선다. 난 그가 바로 나갈 줄 알았다. 그런데 그는 걸음을 멈춰 서서 다시 누워 있는 나를 돌아보며 말했다.

"혹시라도 내가 필요하다면…."

"전, 혀, 요."

그는 또다시 짧은 웃음을 흘린 뒤에야 밖으로 나갔다.

"휴우…."

그제야 깊은 한숨을 내쉰 나는 이불 속에서 손을 꺼내 이마에 올려놓았다. 내가 만져도 열이 상당하다는 게 느껴졌다. 다행인 건 의원이 준 약을 먹고 나서 어지럼증이 조금 사라졌다는 거?

내가 꿀을 못 먹었나…. 몽남의 기억 속에서는 내가 어릴 적부터 꿀을 먹어왔다고 했다.

그리고 꿀이 좋으니 몽남에게도 가져다주고 함께 나눠 마시기도 했다고…. 의원은 사람의 체질이 바뀔 수 있다고 말했지만, 이렇게까지 반응이 나쁠 정도로 바뀌는 경우는 드물다는 말도 덧붙였다.

"어디나 예외는 있는 거니까."

그리고 난 오늘 그 예외에 속한 사람이 되었다.

자자…. 자면 열이 가라앉는다고 했으니까….

난 잠에 빠져들기 위해 눈을 감았다.

깊은 밤. 왕은 창덕궁 후원 연못가 정자에 홀로 올랐다.

나인들은 연못가를 밝히려 했지만 왕이 막았다. 왕은 정자 안에 촛대 하나만 놓은 채 모든 주변 나인들을 멀찍이 떨어져 서 있게 했다. 왕은 홀로 사색하고 싶었다.

왕은 불빛 하나 아른거리지 않는 어두컴컴한 연못 안을 오래도록 가만히 내려다보았다. 깊이를 알 수 없는 어둠이 지금 왕의 심정을 대변하는 것만 같았다.

그때 여러 명의 발소리가 정자로 가까워졌다. 왕은 그 소리를 듣고도 그쪽으로 고개를 돌릴 생각을 하지 않았다. 왕의 깊은 사색을 깰 정도로 중요한 소식이 아니라면 외면하겠다는 뜻이었다.

"전하. 공주마마께서 오셨사옵니다."

공주의 방문이라는 말에 왕은 연못에서 눈을 돌렸다. 곧 닫혀 있던 정자의 문이 열리더니 어린 공주를 안아 든 유모와 희순이가 들어왔다. 함께 온 네 명의 나인은 정자 밖에서 고개를 숙인 채 서 있었다.

"이 늦은 시간에 어인 일이더냐."

공주의 유모가 답했다.

"봄밤이 따스해져서 그런지 공주마마께서 잠을 이루지 못

하시옵니다. 가끔 이렇게 밤마실을 시켜 드리면 편안히 주무시어 나온 길이었사옵니다. 하온데… 전하께서 여기 계시다 하여….”

유모의 말을 희순이 받았다.

“공주마마를 안아보시지요, 전하.”

활짝 웃으며 말하는 희순의 말에 왕의 시선이 유모의 품에 안긴 공주를 향했다. 공주는 밤을 잊은 듯 눈을 동그랗게 뜨고서 이곳저곳에 눈길을 주고 있었다.

왕이 손을 내밀었다. 유모가 조심스럽게 왕의 품에 공주를 안겨주었다. 그러자 공주는 뭐가 신이 났는지 금세 방긋 웃으며 왕과 눈을 맞추었다.

“세상에, 공주마마께서 아바마마를 알아보시나 보옵니다.”

유모가 기뻐했다. 왕의 얼굴에도 작은 미소가 떠올랐다.

“중전마마를 닮으셨지요?”

희순이 꺼낸 말에 왕의 입가에 떠올랐던 작은 미소가 사그라들었다.

희순은 이를 보았지만 공주만 쳐다보고 있던 유모는 이를 보지 못했던 모양이다.

“한창 예쁠 때인데… 중전마마께서 이런 공주마마의 모습을 보지 못하시니 안타까움이 크옵니다. 중전마마께서 조속히 환궁하셔서….”

“받아라.”

유모의 말이 끝나기도 전에 왕이 공주를 유모에게 넘겨주었다.

“전하….”

“과인이 느끼기에 오늘 밤은 공기가 차갑구나. 그러니 공주를 데리고 어서 돌아가거라.”

“예에…. 전하.”

유모가 당황하며 공주를 안은 채 물러섰다. 왕은 다시 연못으로 눈을 돌렸다. 나인들과 함께 정자를 떠나는 유모의 뒤를 따라가려던 희순이 정자로 돌아왔다. 왕이 연못을 내려다보며 깊은 한숨을 내쉬는 것을 본 그녀는 자리를 떠날 수가 없었다.

“전하.”

희순의 부름에 왕이 고개를 돌렸다. 이미 공주를 안은 유모는 왕의 명대로 전각으로 돌아가기 위해 멀어진 뒤였다. 왕이 물린 나인들도 멀찍이 서 있었다. 이를 확인한 왕이 희순에게 말했다.

“어찌 돌아가지 않고 남아 있느냐?”

“근심이… 있으시옵니까?”

과거의 왕이었다면… 늘 그렇듯 작은 고민이든 큰 고민이든 희순과 함께 나눴을 것이다. 그처럼 한때 희순은 어릴 적부터 함께 자라온 왕의 마음을 그 누구보다도 잘 알았더랬다. 왕도 이를 잘 알았다. 희순을 사랑하진 않았지만 희순은 왕의 마음 한구석에 그 누구에게도 말하기 어려운 속내를 털어놓는 유일한 공간과도 같았다.

그러나 그것은 과거의 일. 지금 왕의 마음을 모두 꽉 채운 이는 중전뿐이다. 그 중전이 사라졌다. 그리고 중전의 생사는 아무도 모른다. 왕은… 이러한 비밀을 홀로 끌어안고 견뎌내는 중이었다.

희순은 이 모든 사실을 알지 못했지만, 왕의 얼굴에 드러난 모든 감정을 읽어낼 수는 있었다. 그리고 그 어떤 나인도 감히 하지 못하는 말을 왕에게 건넬 수 있었다.

"소인이 이 자리에 있는 것을 원치 않으시면… 물러가겠사옵니다."

세상의 모든 근심을 다 끌어안은 듯한 얼굴을 한 왕을 두고서 희순이 말했다. 실은 그녀도 알고 있었다. 왕의 마음속 빈자리에 왕비가 들어온 이후로 자신의 자리는 더는 없다는 것. 희순은 그런대로 만족했고 행복했다. 그러나 지금 왕이 혼자서 묵묵히 끌어안은 고뇌를 엿보자 그냥 지나칠 수가 없었다. 희순은 누구보다도 왕이 행복하길 바랐고 그래서 왕이 웃길 바랐다.

그러나 온양에서 돌아온 이후로 왕은 단 한 번도 웃지 않았다. 왕비를 온양에 홀로 두고 돌아온 왕은 예전에 희순이 알던 왕으로 되돌아가 있었다. 그녀를 제외한 그 누구 앞에서도 잘 웃지 않으려 하던 그때의 모습으로.

왕이 입술을 달싹거리는가 싶더니 아랫입술을 깨물었다.

희순이 조용히 고개를 숙이며 인사를 올리고는 아직 열려 있는 문 쪽으로 돌아섰을 때였다. 희순의 등을 향해 왕의 입이 열렸다.

"중전이… 사라졌다, 희순아."

"예…?"

"중전이…."

왕은 차마 다음 말을 잇지 못하고 한 손으로 자신의 입을 틀어막았다. 그것을 본 희순이 재빨리 정자의 문을 닫고는 왕의 곁으로 다가왔다.

"전하…."

"온양에서… 원자를 구하려다가… 중전은… 지금 생사를 알 수 없는 상황이다."

"어떻게 그런 일이…."

왕이 눈시울을 붉혔다.

"어떻게든 중전을 찾아보고자 비밀리에 내금위장에게 일을 맡겼으나… 오늘 도착한 내금위장의 장계에는 얼마 전 창덕궁에서 왔다던 수상한 자들이 행궁을 다녀간 일에 대해 적혀 있었다. 아마도 대비마마의 사람들인 듯하다."

"하오면 중전마마께서 사라지신 사실을 대비마마께서도 아신단 말입니까?"

"그렇게 되겠지…."

희순은 진심으로 왕의 고민을 나누며 말했다.

"전하! 그렇다면 언제까지 숨기기가 어려우니 지금이라도 조정에 공표하셔야 하옵니다. 그래야 더 늦기 전에 중전마마를 찾으실 수 있사옵니다. 원자마마와 공주마마를 위해서도…."

"원자와 공주를 위해서는 백 번, 천 번을 그리하고도 남았겠지만… 돌아온 중전은… 과인의 곁에 남을 수 없을 것이다…!"

"아아."

왕비가 온양에서 납치된 이후 수개월이 흘렀다. 계절이 하나 뒤바뀐 시간. 이 시간 동안 왕비의 생사를 알 수가 없었다. 죽었다면 죽었다고 괴로워하겠지만, 살아 돌아온 왕비는 또 다른 심판대에 오르게 될 것이다.

이 나라의 국모이자 왕의 하나뿐인 아내인 왕비는 과연 그 긴 시간 동안 정조를 지켰을까? 잃었다면 스스로 목숨을 끊었어야 했을 것이고 잃지 않았다고 하더라도 믿는 백성은 없을 것이다. 모두들 의심할 것이다.

이 문제에서 조선은 여인에게 가혹했다. 이제 백성들이 왕비에게 물을 것이고 조정은 백성들을 대신해 왕비에게 추궁할 것이다. 그리고 그 최종 결정문에 낙인을 찍어야 하는 사람은 왕이 될 것이다.

그 시간이 다가오고 있었다….

만약 이 모든 일로부터 왕비를 지켜주고자 한다면, 왕은 생사를 알 수 없는 왕비의 죽음을 대내외적으로 공표하고 새 왕비를 맞아들일 수밖에 없었다.

왕의 눈에서 한 줄기 눈물이 흘러내렸다.

"불쌍한 전하…. 불쌍한… 우리 전하."

그제야 희순은 온양에서 돌아온 이후로 왕의 어두운 표정에 담겼던 고뇌를 모두 알게 되었다. 왕이 눈물을 보이자 희순도 함께 울었다.

왕은 지금까지 단 한 번도 희순의 앞에서도, 그 누구의 앞에서도 눈물을 보인 적이 없었다. 그는 타고나기를 왕이었다. 그의 눈에서 눈물을 보이게 만드는 존재는 아무도 없었다.

왕이 힘없이 바닥에 주저앉자 희순은 더는 그런 왕의 모습을 보지 못했다. 희순은 몸을 숙여 왕에게 다가간 후 두 팔로 왕을 자신의 가슴으로 끌어안았다.

툭. 왕이 쓰고 있던 익선관이 바닥에 떨어져 소리가 났다.

그 순간 왕이 고개를 들어 가깝게 다가온 희순의 얼굴을 쳐다보았다. 희순은 왕과 눈을 맞대며 눈물을 흘리고 있었다.

지금 왕은 수개월째 자신이 품고 있던 고뇌를 희순과 나누며 진심으로 위로받고 싶었다. 이 순간 왕이라는 사내의 곁에 있어주는 유일한 여인은 희순이었다. 희순도 왕을 위로할 수만 있다면 자신의 모든 것을 내어줄 수 있다고 여겼다.

"전하아…."

희순의 눈에서 시작된 왕의 묵직한 시선이 그녀의 가슴에 이르렀다. 희순은 눈물을 흘리며 자신의 저고리 고름을 풀었다. 그 깊이를 가늠할 수 없는 밤의 연못 끝에서, 희순이 내민 끈을 잡는다면 그것은 이 어둠을 잠시나마 벗어날 수 있는 한 줄기 빛이 되어줄지도 모른다.

왕의 흔들리는 시선을 읽은 희순이 풀어 헤친 저고리 사이로 드러난 자신의 가슴으로 왕의 얼굴을 깊게 끌어당겼다. 단 한 번도 사내의 손길이 닿지 않은 궁녀의 살내음이 왕의 가슴을 흔들며 숨결을 모두 사로잡았다.

두 사람 모두 절망이 만들어낸 유혹 속으로 빠져들어가던 그때였다.

왕이 희순의 팔을 억세게 잡으며 밀어냈다.

"전하…!"

왕은 자리에서 일어서더니 희순을 돌아보지도 않은 채 차갑게 말했다.

"가라."

"소인은… 소인은 그저…!"

"네 마음은 안다. 허나 지금 과인에게는 여인이 필요한 것이 아니다. 중전이 필요한 것이다…! 그러니 그 어떤 여인도… 과인에게는 중전을 대신할 수 없다."

"전하아…!"

"돌아가라, 희순아."

매정한 왕의 목소리에 희순은 흐느끼며 옷깃을 여미고는 서둘러 정자를 떠났다.

거병하다

잠깐 잠이 들었던 것 같다. 눈을 뜨자 언제 촛불이 꺼졌는지 방문 사이로 요요한 달빛이 새어 들어오고 있었다.

"하암…."

길게 한숨을 내쉬며 제일 먼저 이마에 손을 올렸다. 그런데 머리 위에 물을 적신 수건이 올려져 있었다.

"응?"

이상하다 싶어 달빛에 의지해 방을 둘러보니, 좁은 방구석 끝에 팔짱을 낀 채 기대앉아 잠든 몽남이 보였다. 난 당황해 눈을 크게 뜨고는 몽남을 불렀다.

"원수님?"

"…음… 으음? 일어났소?"

깊게 잠든 것은 아니었는지, 내가 한 번 부르자 그는 바로 눈을 떴다. 그리고 내게 다가오더니 우선 이마의 열부터 잰다. 그리고 안심한 듯 웃는 목소리로 말했다.

"열이 많이 내렸군."

"언제부터 계셨어요? 아니, 언제 돌아오셨어요?"

그가 꺼진 초에 불을 밝히며 말했다.

"그대가 잠들자마자."

"제가 얼마나 잔 거죠?"

"곧 새벽이 찾아올 거요."

"그럼… 밤새? 밤새 제 곁에 계셨다고요?"

그가 민망한 듯 웃었다. 하지만 난 금세 미안한 표정을 짓고 말았다.

"왜 그러셨어요. 가서 편히 쉬시지."

"그대는 모두 알듯이 내 아내가 아니오. 다들 아내가 아프다 하니, 가서 돌보라 했소."

그 말에는 나 역시 할 말이 없었다. 그러자 그가 내 눈치를 살피며 넌지시 물었다.

"아내라는 말이 싫소? 기분이 상했다면… 사과하리다."

"기분이 나쁘긴요. 산채 사람들 앞에서 제가 원수님 아내라고 해놓으시고. 게다가 우린 한집에 살잖아요. 누가 봐도 부부죠."

내가 순순히 인정하듯 말하자 그의 입가에 밝은 미소가 걸린다.

"그리 좋으세요?"

"좋소. 아주 많이."

"그렇다고 오해는 마세요. 혼인하겠다는 건 아니니까."

"기다릴 거요."

계속 농담처럼 대화를 이어 나가고 싶은데 그는 다시 진지해진다. 난 그에게서 고개를 돌리며 통명스럽게 대꾸했다.

"그럼 제 기억이 돌아오기만을 기다리세요. 그땐… 무언가 달라질지도 모르니까."

"소희. 그것이 날 두렵게 하는 걸 아시오?"

"예?"

내가 그를 돌아보자 그는 웃는 얼굴로 말한다.

"그대가 부담을 느낄까 봐… 말하지는 못했지만, 난 그대의 기억이 돌아오는 것이 두렵소."

"왜죠?"

"지금 그대의 선택지는 오직 나뿐이지. 나 홍몽남. 허나 기억이 돌아온다면… 그 선택지는 두 가지가 될 것이오."

"제가… 기억하지 못하는 남편을 이야기하시는 건가요?"

몽남은 대답하지 않았다. 그러나 그의 눈빛은 긍정의 뜻을 담고 있었다. 나도 이젠 그에게 할 말이 있었다.

"제가 기억이 돌아오는 것을 두려워하지 마세요."

"그게 무슨 말이오?"

내가 기억을 잃은 뒤부터 몽남은 쭉 나와 함께했다. 그와 함께 평안도로 온 뒤 크고 작은 일들을 겪으면서 난 그가 나를 얼마나 사랑했는지를 깨달을 수 있었다. 그는 나의 사소한 모든 것들을 기억하고 있었다. 나를 바라보는 그의 눈, 나에게 속삭이는 그의 목소리… 이 모든 것들에 그의 진심이 담겨 있었다.

아마도… 기억을 잃기 전 나는 그를 아주 많이 사랑했을 것이다. 설사 그를 사랑한 적이 없었다고 하더라도 지금까지 내가 본 그는 그 어떤 여인이라도 사랑에 빠질 수밖에 없을 정도의 사내임이 틀림없으니까.

"기억이 돌아오든 영영 돌아오지 않든… 저는 원수님의 곁에 남겠어요."

나를 바라보는 그의 눈동자가 크게 뜨였다.

"소희, 그 말은…."

"혼인하겠다는 말은 아니에요. 다만… 이처럼 원수님과 함께 있다 보면 언젠간 기억이 돌아올 거라 믿어요. 그러면… 잃어버렸던 원수님을 향한 제 마음도 돌아오겠죠. 그리고 원수님 말대로… 제가 원수님을 사랑했던 것이 사실이라면, 전 또다시 원수님을 사랑하지 않을 수 없을 거예요. 그러니까…

앞으로도 쭉 원수님과 함께하겠어요."

"소희!"

그가 기쁨의 탄성을 내지르며 나를 두 팔로 끌어안았다. 하지만 나는 그를 밀어내지 않았다. 마음 한구석에서 작은 불안감이 요동쳤지만, 단지 되찾지 못한 잃어버린 기억의 발광 정도로 치부했다. 나는 이제 그의 품에서 안정을 되찾기로 마음먹었다. 그래서 이곳이… 내가 머물 자리라고… 내가 있을 자리라고… 그렇게 생각하고 살아갈 것이다.

"그대에게 할 말이 있소."

그가 나를 끌어안은 채로 내 눈을 바라보았다.

"뭐죠?"

"이 거사는 오롯이 평안도 사람들을 위한 것이었소. 허나 온양에서 그대를 다시 만나고 그대와 이처럼 함께 평안도로 오게 된 후 내 생각이 일부 바뀌었소."

"바뀌었다고요?"

"그렇소. 이 거사는 거병이 될 것이고, 난 그 거병을 이끌어 반정을 일으키고 새 왕조를 세울 생각이오."

"새 왕조를…?!"

단순히 평안도 사람들에 대한 차별과 지역의 폭정을 상부의 임금에게 알리려는 거사로만 생각했다. 그런데 그는 더 큰 뜻을 품고 있었다.

"그러니… 나 홍몽남이 이 땅에 새 왕조를 일으켜 세우는 날, 그대는 나의 왕비가 되어주시오. 소희."

시간은 느리게도 흐르지만 빠르게도 흐른다. 순조 12년(1812) 겨울.

산채에 이런저런 바쁜 일이 많아 지난 늦가을에 심었던 감자의 수확 시기를 아슬아슬하게 놓쳤다. 때를 지난 감자는 알갱이는 튼실했지만 몇몇은 썩어 먹을 수 없는 것도 나왔다.

"싹은 절대 먹으면 안 돼."

바쁜 어른들을 대신해서 열 살을 넘긴 아이들과 감자밭에 나왔다.

아이들은 감자 캐는 일보다도 서로 장난치고 노느라 바쁘기만 했다.

"어서 캐야지. 해가 짧은데."

"네에…."

아이들을 어르고 달래서 나온 감자는 두 포대 정도. 하루 수확량치고는 적지 않았다.

나는 감자를 소달구지에 실어 아이들과 함께 산채로 돌아왔다. 그런데 산채 한가운데에 위치한 공터에 많은 사람들이 모여 있었다. 대다수가 오랜 기간 거사를 준비해온 병사들이었다. 그들의 한가운데에 몽남이 있었다.

"더 지체해서는 안 됩니다!"

"원수님! 폭설이 오기 전에 거병해야 관군의 길을 막을 수가 있습니다!"

이번 겨울이 가기 전에 거병한다고 했지만 계속해서 날짜가 미뤄지고 있었다. 그러다 어제 짧긴 했지만 많은 눈이 내렸다. 더 많은 눈이 온다면 의주에서 한양으로 가는 길이 막힌다. 겨울이 가기 전에 거병해 평안도를 안정시켜야 이를 제지하려고 몰려올 관군들의 길을 막고 재정비할 시간을 가질 수 있다.

고심하던 몽남이 산채에서 가장 높은 망루에 올랐다. 모든 사람들이 하던 일을 멈추고 그를 올려다보았다. 잠시 후 몽남이 사람들을 향해 입을 열었다.

"이곳 평안도 지역은 예로부터 단군조선의 터전으로 임진왜란과 병자호란 때도 의병이 일어나 큰 공을 세운 인물들이 수없이 배출되었던 곳이다. 그럼에도 불구하고 한양 조정에서는 소위 높은 나리들이라 불리는 자들 탓에 더러운 땅이라 멸시당하며 버림을 받아온 지 수백 년이다. 심지어 한양 권세가문의 노비들조차도 평안도 사람을 보면 천한 놈이라 부르며 멸시한다. 이를 알고도 원통해하지 않는 평안도 사람이 어디에 있겠는가? 막상 국난이 닥치면 평안도의 힘에 의지하였으면서 조정에서는 수백 년간 우리 평안도 사람들을 무시해왔을 뿐만 아니라….”

몽남의 시선이 막 마을로 들어선 나를 잠시 향했다.

“…이제는 조정의 세도 가문이 권력을 쥐고 백성들을 괴롭히고 있으니 통탄할 노릇이다. 하여 나 평서대원수 홍경래는 거병하여 도탄에 빠진 백성들을 구하고자 한다.”

모든 준비는 오래전부터 끝나 있었다. 몽남의 선언만이 남아 있던 상황. 그의 말이 끝나자 사람들이 환호하더니 저마다 준비된 무기를 챙겨 들었다.

몽남의 휘하 장수들은 정해진 숫자에 따라 사람들을 나누어 산채를 떠나기 시작했다. 전송하는 아낙네들 사이로 은진이 엉엉 울고 있었다.

인사할 틈도 없겠지….

당연하다. 그는 지금 많은 사람들에게 둘러싸여 있었다. 한쪽에서 병사가 그가 탈 말을 내밀었다. 그는 병사가 내민 고삐를 잡아 쥐더니 말 위에 올라탔다. 한 손에 검을 쥐고 있으니 벌써부터 개선장군의 풍모가 보였다.

“…배고파요.”

어른들이 무슨 일을 하든 아이들은 오직 오늘 캐온 감자에만 관심이 있었다. 난 옆에 서 있는 아이의 머리를 쓸어주며 말했다.

"그래. 가자."

그때였다.

"소희!"

말에 올라탄 몽남이 나를 부르며 다가왔다.

"원수님…?"

내 앞에 도착한 그가 말에서 내리더니 말했다.

"일이 급박하게 돌아가는 바람에 제대로 인사를 하지 못하고 떠나오."

"정주성으로 가시는 건가요?"

"그렇소…."

그가 잠시 말끝을 흐리더니 말했다.

"내가 혹시라도 돌아오지 않는다면…."

"그런 일은 없어요."

난 애써 밝은 얼굴로 그를 쳐다보며 말했다. 그러자 그가 잠시 할 말을 잃은 듯 내 얼굴을 빤히 바라보았다.

"원수님!"

멀리서 우군칙이 그를 부르고 있었다.

"어서 가보세요. 다들 원수님을 기다리고 있으니까요."

몽남이 고개를 끄덕이더니 말에 올라탔다.

"그럼…."

하지만 그는 말고삐를 쥔 채로 내 주변을 계속 서성였다. 마지막 한마디가 남은 듯 무언가 망설이는 듯 보였다.

"할 말이 더 있으세요?"

그는 내 주변에 있는 아이들을 살펴보더니 결국 머쓱한 웃음을 지으며 말했다.

"돌아오면… 말하리다."

난 웃으며 그에게 대답했다.

"네."

한양 도성에도 첫눈이 내렸다. 첫눈치고는 상당히 많은 눈이었다.

"전하 오라버니!"

오랜만에 입궐한 숙선옹주가 후원에 있는 왕을 발견하자마자 한 손을 크게 흔들며 소리쳤다. 눈에 휩싸인 후원을 걷고 있던 왕은 옹주를 발견하자 웃으며 돌아섰다.

"촐싹거리는 것은 여전하구나. 부마는 아무런 말도 하지 않더냐?"

"부마는 이런 저를 얼마나 좋아하는지 모릅니다."

"할 말이 없구나."

웃으며 옹주를 바라보던 왕의 시선이 그녀의 뒤로 나타난 유모를 보았다. 유모의 품에는 공주가 안겨 있었다. 석 달 만에 입궐한 공주였다.

반년 전 왕은 공주의 육아를 옹주에게 맡겼다. 그 뒤로 옹주는 공주를 궁궐 밖, 자신의 사저에서 직접 기르고 있었다.

"공주도 함께 왔느냐?"

"네. 희순이도 데려오려 했는데 몸이 좋지 않다 해서…. 참! 안 그래도 전하 오라버니께 꼭꼭 보여드릴 것이 있어서 공주와 왔사옵니다."

"무엇이냐?"

"잘 보세요. 두 눈을 뜨고 자알… 보셔야 합니다."

그러더니 옹주는 공주의 유모에게 눈짓을 보냈다. 그러자 유모가 안고 있던 공주를 바닥에 내려놓았다.

왕의 눈이 동그랗게 커졌을 때였다. 옹주가 몸을 굽히더니 공주를 향해 두 팔을 벌렸다.

"자, 우리 공주님. 고모에게 어서 와야지?"

무표정한 듯 보였던 공주가 갑자기 활짝 웃더니 두 발로 옹주를 향해 한 걸음 한 걸음 내딛기 시작했다. 왕도 크게 놀란 얼굴로 공주를 지켜보았다.

"마마마마…."

"옳지. 옳지."

"마마…."

공주가 옹알거리며 옹주에게 걸어가 안겼다.

"잘했어!"

옹주가 크게 칭찬하며 공주를 끌어안았다. 그러자 공주는 옹주의 품에서 그녀의 얼굴을 손가락으로 만지작거렸다.

"마마. 어마마."

공주의 걸음마를 지켜보던 왕의 표정이 굳었다. 그러자 이를 알아챈 옹주가 안아 든 공주를 유모에게 안겨주며 왕에게 말했다.

"너무 신경 쓰지 마세요. 공주는 자신이 하는 말이 무엇인지도 모르고 하고 있을 테니까요."

"아니다."

왕의 목소리에 한숨이 섞였다.

"전하 오라버니…."

"원자도 그 나이에는 이미 제 어미와 유모는 구별할 줄 알았다. 걸음마도 떼기 전에 출궁한 공주이니 너를 어미로 아는 것이 이상한 일은 아니지."

"어차피 중전마마께서 돌아오시면 공주마마도 저를 저리 부른 것을 기억조차 못 하실 겁니다. 또 공주의 유모가 그러는데 저 나이 때 아이들은 보는 사람더러 다 어미라 부른답니다. 그러니…."

"고모님!"

저 멀리서 옹주가 입궐했다는 소식을 전해 들은 왕자가 옹주를 크게 부르며 뛰어왔다. 왕과 옹주의 대화는 그 바람에 끊기고 말았다.

"우리 원자마마!"

옹주도 원자와 똑같이 기쁨의 비명을 지르며 왕자에게 달려갔다. 두 사람이 보름 만에 극적으로 상봉하는 장면을 보며 왕이 작게 웃었다.

가까운 곳에서 공주를 안고 있던 유모가 입을 열었다.

"자주 옹주마마를 뵈어오시더니 성품도 저리 닮으시나 봅니다."

"그렇겠지…."

옹주는 일 년이 넘도록 온양에서 요양 중인 왕비를 대신해서 공주를 양육하고 틈틈이 왕자를 돌봐왔다. 그 덕분에 왕자의 성격이 많이 밝아진 것 또한 사실이었다.

왕도 이를 장려해 수시로 옹주를 궐로 불러들여 왕자와 시간을 보내도록 했다. 왕자는 이제 수시로 옹주를 찾을 만큼 고모인 옹주를 친어머니처럼 의지하고 따랐다.

"우리 원자마마 잘 지냈어요?"

"네. 고모님. 그런데 오늘은 출궁하지 마세요."

"왜요?"

"오늘은 늦게까지 저와 놀아요. 네?"

"음…. 그건 안 되는데요. 오늘 출궁 안 하면 영명위가 크게 삐칠 거거든요. 영명위는 삐치면 무서워요."

"고모부가 무서워요?"

"그럼요. 매일 아주아주 매운 음식을 와그작와그작 씹어 먹으면서…."

"히이익!"

마치 재미있는 이야기처럼 옹주가 늘어놓는 말들을 들으며 왕자의 얼굴은 심각해졌다가 다시 까르륵 웃다가 했다. 왕은 그런 옹주와 왕자의 모습을 가만히 지켜보았다.

"아바마마."

옹주의 손을 잡고 다가온 왕자가 왕의 앞에 서서 고개를 숙여 인사를 올렸다.

"그래…."

그러나 인사를 받은 왕은 그대로 돌아서서 후원으로 걸음을 옮겼다. 분위기가 어색해지자 공주를 안은 유모가 재빨리 왕자에게 다가가 말을 걸었다.

"원자마마. 공주마마와 인사하셔야죠."

왕자의 시선이 어린 공주에게 쏠리자 옹주가 서둘러 왕의 뒤를 쫓아가며 말했다.

"전하 오라버니의 속마음은 도통 모르겠어요."

옹주는 긴 치맛자락이 눈 속에 파묻힐까 걷어 올리면서 왕의 뒤를 계속 쫓으며 말을 걸었다.

"그리 원자를 소중히 여기시면서, 어떨 때는 매정하기도 하시니. 이것이 보통의 부자간이라면 저는 절대 아들은 낳지 않을 거예요."

왕이 걸음을 멈췄다.

"회임하였느냐?"

옹주가 씩씩거렸다.

"말 돌리지 마세요. 그런 거 아니니까."

"그래…."

회임이 아니라는 말에 다시 걸음을 옮기자 옹주가 왕의 옆에 나란히 서서 걸으며 말했다.

"저도 알아요. 원자는 더는 중전마마를 찾지 않는다죠. 그게 오라버니의 기분을 상하게 만든 것이라면…. 아니지, 도대체 중전마마는 언제 돌아오시는 거죠?"

왕의 걸음이 다시 멈췄을 때였다. 그리 멀지 않은 곳에서 내관이 헐레벌떡 뛰어오는 것이 보였다. 그 걸음은 분명 왕을 향해 있었다. 옹주도 이를 보았는지 뛰어오는 내관에게 눈을 돌렸다. 이윽고 왕의 앞에 다가온 내관이 헉헉거리며 인사를 올렸다.

"저, 전하…!"

옹주가 나섰다.

“무슨 일이기에 그리 호들갑이냐?”

“평안도 관찰사 이만수가 보낸 파발마가 조금 전 도착하였사온데…! 평안도에서 역당들이 거병을 했다 하옵니다!”

홍몽남이 이끄는 본대는 인근 가산과 박천을 차례로 점령한 후 정주성에 이르렀다. 정주성에서는 이미 그를 돕기로 한 이들이 성문을 열어놓고 기다리고 있었다. 그 덕분에 정주성은 손쉽게 함락되었다.

다음은 안주성이었다. 안주성은 평안도 지역에서 가장 큰 군영이 자리하는 곳이었다. 안주성을 차지한다면 사실상 청나라와 국경을 맞대고 있는 의주를 포함한 평안도 전 지역을 차지하게 되는 것이었다.

하지만 뜻하지 않은 일이 발생하고 말았다. 관군의 사주를 받은 배신자가 있었다. 이들은 한밤중에 막사에서 쉬고 있던 몽남을 죽이려고 시도했다. 다행히 몽남은 깨어나 그들이 휘두르는 칼날을 잡고 위병을 불러 이들을 사로잡았다.

다행히 목숨은 건졌으나 칼날을 잡았던 양손을 심하게 다치고 말았다. 이 때문에 안주성으로 바로 진격하는 일이 미뤄졌다. 몽남은 인근 가산으로 회군하여 치료에 들어갔다.

이 사건으로 결국 평안도 지역 관군에게 전열을 재정비할 시간을 주고 말았다.

몽남이 다쳐서 가산으로 회군했다는 소식이 산채에도 전해졌다.

"원수님이 다치셨다고요?"

"예, 그렇습니다."

"얼마나요? 크게 다치신 건 아니죠?"

"다행히 목숨에는 지장이 없으십니다만, 상처가 나을 때까지는 시간이 많이 걸릴 듯합니다."

소식을 가져온 산채 주민도 직접 본 것은 아니라 전해 들은 것이라고만 했다. 원래 계획대로 안주성으로 진격하지 않고 가산으로 회군하기로 택했다면 상태가 분명 만만하게 볼 정도는 아닌 듯하다.

"누구 짓이었나요?"

"군영 내에 배반자가 있었습니다. 관군에게 뇌물을 받고 관직을 제수받는다는 조건으로 원수님을 죽이려 한 것이지요."

"그들은 어떻게 되었죠?"

"군법으로 즉시 처단했습니다. 모두 네 명이었고요. 또…."

"또? 배반자가 더 있었나요?"

"알 수 없는 상황입니다. 이렇다 보니 원수님께서 밤에 편히 잠을 못 주무시고 계신다네요."

주민의 말에 나는 더는 가만히 있을 수가 없었다.

"오늘 가산으로 돌아간다고 했죠? 가산은 이곳에서 하루 이틀 거리이니 직접 가봐야겠어요. 함께 가요."

"안 됩니다!"

"안 된다고요? 왜죠?"

"산채 밖은 위험합니다. 게다가 곧 대규모 관군이 몰려온다는 소문도 있고요. 그러니 이곳에 남아 계시는 것이 더 안전할 겁니다."

"도와주지 않겠다면 직접 찾아가죠."

가산으로 가겠다는 나의 강한 의지에 결국 그가 포기했다.

"저야 어차피 가산으로 돌아가는 길이니 안내해드리겠습니다. 다만 거기까지입니다."

"고마워요."

그날 오후. 난 간단한 옷만 꾸려 가산에서 온 주민과 함께 산채를 출발했다. 며칠 전 내린 눈으로 산을 벗어나는 것부터 힘들었다.

하지만 몽남이 얼마나 다쳤는지 알 수 없는 상황이 날 불안하게 만들었다. 지금 그는 내게 그 무엇보다도 중요한 사람이었다.

꼬박 하루를 밤새 쉬지 않고 걸어서야 가산에 도착할 수 있었다. 하지만 몽남은 이곳에 없었다.

"하루 전에 출발했다고요?"

어찌 보면 간발의 차였다. 그는 가산에서 정주성으로 떠났다고 한다. 그 외에 내가 알 수 있는 몽남의 소식은 전혀 없었다. 그가 얼마나 다쳤는지 현재 상태가 어떤지… 이런 모든 것을 알 수 없자 더욱 애가 탔다.

"반나절만 걸으면 따라잡을 수 있을 거예요."

그쳤던 눈이 다시 내리고 있었다. 이런 상황에서 몽남은 혼자가 아니라 많은 병사들과 함께 이동하고 있었다. 그 많은 수가 이동하려면 빠르게 이동할 수는 없을 것이다.

하지만 가산 사람들이 만류했다.

"밤새 걸어오시지 않았습니까? 그 몸으로 따라잡는 것은 무리입니다."

"갈 수 있어요."

자신만만하게 말했지만 이미 두 다리가 후들거리기 시작한 지 오래였다. 날 위한 따뜻한 방이라도 있다면 그대로 누워 잠들어버릴 만큼 지쳐 있었다. 그러나 몽남의 생사를 두 눈으로 확인하기 전까지는 안심하고 쉴 수 없었다.

난 가산에 도착한 지 얼마 되지 않아 정주성으로 출발했다. 가산과 정주성은 의주로 가는 길목에 위치해 있어 큰 도로가 뚫려 있었다. 비교적 완만하고 평탄한 길이 쭉 이어졌다.

그러나 밤새 걸은 지친 몸으로 길을 걷는 일은 아무리 길이 완만해도 고역이 아닐 수 없었다. 여기에 눈발까지 휘날리기 시작하자 걸음이 계속해서 늦어졌다.

이대로라면 반나절만으로 따라잡지 못할 거야….

여기에 날이 저물고 마땅한 민가를 찾지 못한다면 길에서 노숙을 해야 할 수도 있다. 긴장한 발걸음에 다시 힘이 실리기 시작하던 그때였다.

멀리서 말발굽 소리가 가까워지기 시작했다. 난 산등성이 사이로 난 길 한가운데에 멈춰 섰다.

또각또각. 느린 듯 어떨 때는 조금 빠르게 느껴지는 말발굽 소리가 점점 가까워지자 난 눈을 크게 떴다.

몽남….

거짓말처럼 길 한가운데로 말을 탄 몽남이 나타났다.

"소희?"

그도 나를 발견하고는 놀란 듯 말을 멈춰 세웠다.

"원수님!"

내가 그를 크게 부르자 그가 말고삐를 잡아당기더니 빠르게 내가 있는 곳으로 달려왔다. 그러고는 말에서 내려 내게 다가왔다.

"그대가 여기는 어쩐 일이오?"

그런데 그의 양손이 이상했다. 손을 움켜쥔 상태로 붕대를 겹겹이 감아놓아 손이 보이지 않을 정도였다.

"다치셨다 들었어요."

"내가 다쳤다는 말에 이곳까지 온 것이오?"

난 고개를 끄덕였다. 그러자 그가 약간은 화가 난 얼굴로 나를 쳐다보았다.

"어찌 산채에 남아 있지 않은 것이오?"

"원수님이 얼마나 다치셨는지 두 눈으로 확인해야 했어요. 그래서 전…."

"…소희!"

그가 다친 두 팔로 나를 힘껏 끌어안았다. 나는 그의 품에 안기고 나서야 내가 그토록 찾았던 안정감을 느낄 수 있었다.

"다행이에요. 이 정도라서 정말 다행이에요…."

그가 울먹이며 말하는 내 얼굴을 쳐다보며 말했다.

"그때 산채를 떠나며 그대에게 하지 못했던 말을 지금 하려 하오."

"무슨…."

"사랑하오. 소희."

그의 사랑한다는 고백에 마치 기다렸다는 듯이 눈에서 눈물이 흘렀다. 그가 핏물이 물든 붕대를 감은 손으로 내 눈에서 흐르는 눈물을 닦아준다.

"내게 위기가 오는 매 순간 그대를 떠올렸소. 나 홍몽남. 남아로 태어나 죽는 것은 두렵지 않으나, 그대를 보지 못하고 죽는 것은 두려웠소."

난 눈물을 흘리면서도 웃는 표정을 지어 보이며 말했다.

"그런 분께서 어찌 저와 죽으려 하셨어요?"

"그대가 나와 함께였으니…."

내가 기억하지 못하는 그때를 떠올리는지 몽남의 목소리가 먹먹해져갔다. 난 그런 몽남을 향해 말했다.

"우리 정주성에 함께 가요."

"소희…."

"더는 산채에서 원수님이 돌아오시기만을 애타게 기다리지 않을래요."

"내가 가는 곳은 위험하오. 내가 치르게 될 전투가 언제 끝날지도 알 수 없소. 그런데도…."

"방금 말씀하셨잖아요. 저를 못 보고 죽을까 봐 두려우셨다고. 저도 두려워요. 원수님이 없는 세상에 홀로 남는 것이 두려워요."

내 과거와 현재를 모두 기억해주는 사람. 그리고 미래 역시도 함께 기억해주며 나아갈 사람.

그가 죽는다면 내 과거도 현재도 함께 죽어버리고 말 것이다.

"소희…."

"우리 끝까지 함께해요. 그러니까 저도 데려가주세요, 원수님!"

그가 붉어진 눈시울로 나를 끌어안으며 귓가에 속삭였다.

"그러리다. 그러리다…. 소희."

몽남과 나래가 재회한 산등성이 고갯길 옆의 숲속.

"조금 전에 지나간 게 관군이었나?"

"관군은 아닌 것 같은데요, 나리."

하인과 함께 숲 속에 숨어 있던 젊은 선비가 있었다.

"시집간 누이를 보겠다고 평안도에 왔을 때 역당들이 거병하다니! 운도 지지리 없지."

"양반께서 그런 상스러운 말씀을 하시면 되겠습니까?"

"닥쳐라. 함부로 입을 더 놀렸다가는 널 역당들에게 넘겨버릴 테니!"

"예예. 소인은 입 다물고 있지요."

입술이 삐죽 나온 하인과 함께 젊은 선비가 숲을 걸어 나왔다.

관군이든 아니든 대규모 병사들은 모두 산등성이를 통과했다. 그는 이제 안심하고 한양 도성이 있는 남쪽으로 계속 갈 생각이었다.

"나리!"

갑자기 하인이 그의 뒤에서 옷자락을 잡아당겼다.

"어찌 그러느냐!"

"저, 저기 사람이!"

하인의 말에 선비가 눈을 돌렸다. 말 옆에서 젊은 남녀가 서로 끌어안고 있는 모습이 보였다.

"뭐지?"

"저 말을 탄 이는 아까 병사들과 함께 지나갔던 이가 틀림없습니다! 소인이 보았는걸요."

"나도 보았다. 분명 선두에 있던 자였지…. 관군이 아니라면 역당의 괴수가 틀림없을 것이라 여겼다. 그땐 안개가 끼어 말밖에 안 보이더니, 이제야 얼굴이 제대로 보이는구나. 근데… 어?"

선비가 고개를 갸웃거렸다. 그러자 하인이 물었다.

"어찌 그런 표정을 지으십니까?"

"저자는…."

"예?"

"설마…."

"아시는 자입니까?"

"그래, 그래, 안다. 오랜만에 보았지만 저자의 얼굴은 내 똑똑히 기억하지. 성균관에서 강학하던 시절에 평안도에서 온 촌뜨기는 저자 하나였으니. 분명 그때 병판의 자제와 종종 어울려 다녔지. 참으로 신기한 조합이었어. 뒷배 하나 없는 촌뜨기와 세도가의 차남이 어울리다니 말이야."

"병판대감의 자제라면 홍문관에 계신다는 김원근 나리를 말씀하십니까?"

"그자가 지금도 홍문관에 있는지는 잘 모른다. 서로 왕래를 안 한 지 오래되었으니. 아니지, 그가 스스로 모든 이들과 왕래를 끊더구나. 그자 역시 세도가 아비를 둔 덕에 출세한 주제에 뭐가 잘났는지 제 형과 달리 뇌물로 관직을 사고파는 일도 안 하더군. 재미없는 자야. 그나저나 10년도 다 된 일인가? 그의 집에 간 적이 있었는데… 우연히 본 그의 누이가 참으로 고왔지. 아마 그때 그 누이가…!"

또 선비의 말문이 막혀버렸다. 이번에도 선비의 표정은 길에 있는 남녀를 향해 있었다.

"이번에는 또 어찌 그런 표정을 지으십니까?"

"내가 애체라도 하나 맞춰야 하나 보다."

"예?"

"역당의 괴수는 성균관 촌뜨기로 보이고… 괴수의 계집은 세도가의 여식으로 보이니."

예로부터 고려와 조선에서는 지방에서 일어나는 반란을 수습하기 위해 순무영(巡撫營)이라는 임시 관청을 두었다. 이 순무영의 책임자를 순무사라고 했다.

평안도에서 봉기가 일어나자 조정에서는 종친 이요헌을 순무사로 삼았다.

그는 즉각 순무영군을 이끌고 평안도로 향했다.

보름 후, 그가 보낸 첫 번째 장계가 도착했다. 이곳에는 그간 조정에 자세히 알려지지 않았던 봉기군에 대한 세세한 내용들이 담겨 있었다.

"평안도 가산 부근에서 적군 여럿을 잡았는데, 그중 한지겸이라는 자가 고변하기를 '선봉에 선 자는 갑옷을 입고 장검을 지니고 말을 탔는데, 그를 따르는 사람들이 말하기를 그의 이름은 '홍경래'로 평안도 사람이며 조정에 항거하여 일어났다.' 하였사옵니다. 또한 역도 홍경래의 휘하에는…."

"잠깐."

순무사 이요헌의 장계를 듣던 왕이 입을 열었다. 그 순간 조정이 조용해지며 신하들이 모두 고개를 들어 왕을 살폈다.

"선봉장의 이름이 무엇이라 하였느냐?"

왕이 묻자 장계를 읽던 우부승지가 대답했다.

"평안도 사람 홍경래라 적혀 있사옵니다."

"홍경래…."

왕이 기억을 더듬었다. 분명 어디선가 들어본 이름 같았다.

'평안도 사람인 홍경래라….'

왕은 떠오른 기억에 잠시 입을 다물었다.

'평안도 사람이 이곳 온양에는 어인 일이었느냐?'

온양에서였다. 그는 왕비가 사라지던 날 밤, 온양 군수의 폭정을 고발하겠다며 백성들을 이끌고 행궁까지 찾아와 난동을 부린 주동자였다.

그리고 그날, 왕비가 행궁에서 납치되었다.

"전하…?"

홍경래…. 흔한 이름이나 구중궁궐에 사는 왕이 자주 접할 만한 이름은 분명 아니었다. 그러나 온양에서 보았던 비범한 사내의 모습과 이름이 합쳐지자 왕의 머릿속이 복잡해졌다.

"계속해라."

"예, 전하."

우부승지가 목소리를 가다듬었다.

"…또한 역도 홍경래의 휘하에는 부원수라 칭하는 김창시와 우군칙이…."

이날 회의에서는 홍경래가 이끄는 봉기군을 막지 못하고 도망친 평안도 고을의 군수를 한양으로 불러들여 처벌하고 새로운 군수들을 제수하는 문제를 다뤘다. 또한 평안도에서 홍경래를 직접 목격했다는 성균관 유생이 입궐해 왕의 앞에서 증언했다.

"소인은 한양 태생으로 성은 유가이며 이름은 상영이라 하옵니다."

유생 유상영이 자기소개를 마치자 우부승지가 질문했다.

"어찌하여 역당들과 마주하게 되었느냐?"

"소인은 반년 전 평안도로 시집간 누이를 만나러 갔다가 한양으로 돌아오는 길에 정주성 인근에서 역당들이 봉기를 일으켰다는 사실을 알게 되었습니다. 하여 노비 놈과 산속에 몇 날 며칠을 숨어 지내며 풀뿌리로 연명하고 지냈습니다. 그때 가산에서 정주성으로 가던 역당들을 목격한 것입니다."

"그때 본 것을 자세히 설명해라."

"예."

유상영은 계속 고개를 숙인 채로 아뢰었다.

"역당들의 옷은 대부분 푸른색에 검은 호의(號衣)를 덧대어 입었으며, 장교로 보이는 이들은 전립을 썼고 사병으로 보이는 이들은 붉은 띠를 머리에 두르고 있었습니다."

"역당의 괴수도 보았느냐?"

유상영이 잠시 생각하더니 대답했다.

"그렇습니다."

"그에 대해 기억나는 것을 묘사해라."

유상영이 기억을 더듬는 사이 사관들이 재빨리 붓에 먹물을 새로 묻히고 가다듬었다.

"말을 타고 맨 앞에서 가고 있었습니다. 헌데 정주성으로 가는 길목마다 역당의 사병으로 보이는 이들이 곳곳에 숨어 정찰을 하고 있었습니다. 그래서 정찰병에게 들킬까 봐 역당들이 정주성으로 북상할 때는 숨어 있어 자세히 보지는 못하였습니다."

우부승지가 유상영을 향해 꾸짖듯 말했다.

"허나 넌 분명 보았다고 하지 않았느냐?"

유상영이 겁을 집어먹고 연신 고개를 끄덕였다.

"예예…. 봤습니다! 정말 두 눈으로 봤습니다!"

"조금 전에는 못 보았다 하고 지금은 보았다고 하고… 감히 어느 안전이라고 입을 함부로 놀리느냐?"

"아닙니다. 정말 보았습니다. 다만 소인이 본 것은 북상할 때 본 것이 아니었습니다."

"북상할 때 본 것이 아니라니? 소상히 말하여라."

"예. 먼저 역당들이 대규모로 북상할 때는 정찰병들의 감시가 심해서 숨어 있어야만 했습니다. 그런데 이들이 모두 지나간 지 얼마 되지 않아서, 정찰병 하나가 깃발을 흔들었습니다. 사람은커녕 산짐승 하나 지나다니지 않는 길로 누군가가 나타났기 때문입니다. 그러자 앞서 북상했던 역당의 괴수가 말을 타고 되돌아왔습니다. 그때 본 것입니다."

우부승지가 고개를 갸웃거렸다.

"그때 나타난 자는 누구냐?"

"그것은 모르옵고… 한 여인이었는데…"

유상영은 아주 오래전 자신이 우연히 보았던 소녀를 떠올렸다. 첫눈에 반할 만큼 그의 마음에 쏙 들어왔던 소녀였다. 그녀는 성균관 동기 김원근의 누이였다. 그리고 유상영은 얼마 후 그 소녀가 이 나라의 국모가 되었다는 사실을 전해 들었다.

감히 임금과 김조순을 비롯한 안동 김씨들이 가득 찬 조정에서 그때 본 여인이 중전마마를 닮았다고 아뢸 수는 없었다. 그랬다가는 평안도에서 겨우 건진 목숨이 한양에서 끝날 판이었다.

"괴수의 첩실 중 하나였겠지요. 괴수가 그 여인을 데리고 정주성으로 함께 가는 것을 보았습니다. 그래서 그때 괴수의 얼굴을 자세히 보았지요."

"자세히 말해보아라."

이 자리에 모인 이들은 그때 나타난 여인에 대해서는 궁금해하지 않았다.

오직 역당의 괴수 홍경래에게만 관심이 있었다.

"예. 그는 갑옷을 입고 있었는데 손을 다쳤는지 양손에는 붕대를 감고 있었고…."

"휴우…. 간 떨어지는 줄 알았네."

대전을 나온 유상영이 긴 한숨을 내쉬었다. 이제야 모두 끝났다.

"이쪽으로 오시오."

내관이 그를 궐 밖으로 나가는 문으로 안내하기 위해 다가와 말했다. 유상영은 내관을 뒤따라가며 조심스럽게 물었다.

"이 정도 공훈이라면 난이 평정된 이후에 작은 관직 하나는 제수받을 수 있겠지요?"

내관이 그런 그를 한심하다는 듯 쳐다보았을 때였다. 유상영이 멀지 않은 곳에서 걸어가는 관리를 발견하고는 반가운 목소리로 그를 불렀다.

"풍고!"

풍고는 다름 아닌 김원근의 호였다. 유상영의 눈에 띈 관리는 다름 아닌 김원근이었던 것이다.

"자네는…."

"날세. 기억하는가?"

성균관 시절에나 왕래했지, 누이가 중전이 된 이후 원근은 그 어떤 청탁도 뇌물도 받지 않기 위해 거의 모든 사람들과 발길을 끊고 지냈다. 유상영도 그중 한 명이었다.

"기억하네. 그런데 어쩐 일인가?"

관복이 아닌 유생의 옷을 입고 입궐한 유상영을 보며 원근이 물었다. 그러자 유상영이 삐죽 웃으며 자랑스럽게 말했다.

"방금 내가 당상관들만 가득 찬 대전에서 전하를 뵈었네."

"자네가 전하를 뵈었다고?"

그러자 옆에 선 내관이 원근에게 대답했다.

"평안도 봉기군의 괴수를 직접 목격한 일로 증언을 했소."

"아…."

그제야 원근이 알겠다는 듯 고개를 끄덕였다. 그러나 대화는 이것이 다였다. 원근은 곧 원자의 공부를 위해 동궁전으로 가야 했다. 또 외부인으로 잠시 입궐한 유상영은 바로 퇴궐해야 했다.

"이만 서두르셔야 하오."

내관이 재촉했다. 유상영은 알겠다는 듯 고개를 끄덕이더니 원근에게 말했다.

"참, 자네도 그때 나와 함께 보았어야 하는데."

"뭘 말인가?"

"역당의 괴수 말일세. 내 주상전하 앞에서는 감히 아뢰지 못했지만, 우리가 아는 얼굴이었네.”

“아는 얼굴이라니?”

“그 평안도 촌뜨기 말일세. 홍, 몽, 남.”

원근의 눈이 크게 뜨였다. 그러자 유상영이 히죽 웃으며 내관이 듣지 못하도록 목소리를 낮췄다.

“내가 잘못 봤을 수도 있네. 특히 그 괴수와 함께 있던 계집은 자네 누이를 닮았거든.”

이것이 마지막이었다. 유상영은 내관의 뒤를 따라가기 시작했다. 원근은 바로 동궁전 쪽으로 돌아서려다가 다시 멀어지는 유상영의 등 뒤에 대고 물었다.

“누이라니? 몇 번째 누이를 이르는 겐가?”

설마 하는 마음으로 원근이 물었을 때였다. 상영이 고개를 돌렸다. 그는 궁궐의 내밀한 안쪽을 흘기듯 바라보며 웃더니 내관을 따라 멀어져갔다.

그가 떠난 후 원근이 내명부 쪽을 쳐다보며 중얼거렸다.

“중전마마…?”

끔찍한 일이었다. 몽남이 병사들과 함께 정주성으로 퇴각하자, 관군은 봉기군이 한때 점령했던 가산, 박천, 태천 등의

지역을 재점령하는 과정에서 끔찍한 살육을 저질렀다.

남녀 가릴 것 없이 봉기군에 협조했다는 이유를 들어 기어 다니는 갓난아이를 제외하고는 모두 죽였다. 이처럼 관군이 저지르는 약탈과 방화, 살육을 피해 많은 백성들이 정주성으로 모여들었다.

"더 이상 백성들을 받아줄 수가 없습니다. 겨울이라 비축한 식량도 곧 바닥날 겁니다."

밤낮을 가리지 않고 줄지어 정주성으로 들어오는 백성들을 보며 몽남의 휘하들의 불만이 높아졌다.

여기에 더해서 한성에서 파견한 순무영군과 지방군이 안주성에서 연합해 곧 정주성에 당도할 예정이라는 소식도 들려왔다.

"원수님! 성문을 닫아야 합니다!"

끝없이 성안으로 들어오는 백성들을 바라보던 몽남이 고개를 돌렸다.

그는 멀지 않은 곳에 서 있던 나를 보고는 명령을 내렸다.

"누구를 위해 시작한 거병인지 잊지 말거라. 성문은… 계속 열어둔다."

"하… 하오나!"

"이 명령에 변함은 없다."

말을 마친 몽남이 내게 걸어왔다. 하지만 주변에서 경계를

서고 있는 다른 병사들 때문인지 내게 눈짓만 보내고 바로 지나가려 했다. 나는 그가 내 옆을 지나갈 때 작은 목소리로 말했다.

"잘하셨어요."

그가 걸음을 멈추고 나를 돌아보았다.

"많이 힘들어질 거요."

"하지만 옳은 결정이었는걸요."

"그래…. 그렇지. 맞는 말이오."

그의 입가에 작은 미소가 떠올랐다가 금세 사라졌다.

하지만 그의 말대로 상황은 점점 힘들어졌다. 관군이 도착하기도 전에 이미 식량이 바닥을 보였다.

처음에는 성의 가축이 모두 사라졌다. 그다음에는 풀뿌리를 캐고 소나무 껍질을 다져 죽으로 끓여 먹었다. 이마저도 더는 구하기 힘들게 되었을 때, 대규모 관군이 나타나 정주성을 포위했다.

2월. 평안도에 눈보라가 매섭게 몰아치던 어느 날이었다.

왕자에게 어제 읽은 책을 복습할 시간을 준 원근이 자신이 가져온 책을 펼쳐 보고 있을 때였다.

"스승님."

원근이 보던 책을 덮고는 고개를 들었다. 바로 앞에 왕자가 앉아서 원근을 보며 씩, 웃고 있었다.

"헤헤…."

오늘 왕자의 아침 공부에는 원근 혼자 들어왔다. 어린 왕자는 이 틈을 놓치지 않은 모양이다. 장난기 가득한 웃음을 본 원근도 그만 함께 따라 웃고 말았다.

"어찌 그리 웃으시옵니까?"

"나인이 그러는데 오늘 아침에 눈이 많이 왔다고 하옵니다."

"그래서요?"

"조금만… 눈 구경을 하고 공부를 하면…."

원근이 대답 없이 무표정한 얼굴로 돌아가자 왕자는 금세 시무룩해져서 다시 책으로 눈을 돌린다. 원근은 그런 왕자의 표정에서 막 온양에서 돌아왔던 시절의 왕자를 떠올렸다.

그때는 거의 매일 어마마마를 찾으며 울었기 때문에 눈이 퉁퉁 부어 있었다. 어머니와 떨어진 아이들이 그러하듯 왕자는 기운이 없었고 어깨는 축 처져 있었다. 그러나 시간이 흐르자 아이답게 조금씩 밝아졌고 지금은 놀기 좋아하는 습성을 되찾았을 만큼 많이 나아졌다. 다행히 지금은 많이 밝아졌지만, 그 대신 놀기 좋아하는 습성이 도졌다.

"좋습니다."

"정말이옵니까?"

"예."

원근이 웃으며 답하자 왕자는 기다렸다는 듯이 자리에서 벌떡 일어서서 밖으로 뛰쳐나갔다. 왕자가 예고도 없이 문을 열고 나갔기 때문인지, 문밖에서 기다리고 있던 나인들이 깜짝 놀라 그 뒤를 쫓았다. 그사이 원근은 왕자의 아침 공부를 위해 가져온 책들을 정리하기 시작했다. 오늘 아침 공부는 모두 끝나버린 것이나 다름없었다.

"찬선 영감."

그런 그의 뒤로 원자의 상궁이 나타났다.

"무슨 일이신가?"

"오늘도 공부는 아니 하십니까?"

"그리되었네."

원근이 씁쓸한 웃음을 지으며 책을 챙겨 자리에서 일어섰다. 동궁전 밖으로 나오는 원근의 뒤를 상궁이 뒤따랐다.

마침 밖에서 나인들과 눈을 던지며 노는 원자가 보였다. 하늘에서는 함박눈이 쉴 새 없이 내리고 있었다. 바람이라도 불지 않아서 다행이지, 만약 그랬더라면 동궁전 상궁은 원자가 놀지 못하도록 막았을 것이다.

"중전마마께서 계셨으면 절대 원자마마께서 눈을 맞으며

놀지 못하도록 하셨을 것이옵니다."

"오히려 그 반대였을 수도 있네."

"예?"

"원자마마와 함께 눈 구경을 하셨겠지."

별말 아닌 것처럼 던진 말이었는데 갑자기 상궁이 흐느꼈다. 원근이 당황해서 고개를 돌리자 상궁이 옷깃으로 눈물을 훔치며 말했다.

"중전마마께서는 어찌 온양에서 돌아오시지 않는 것일까요?"

"요양 중이라 하시지 않던가?"

"무슨 병이 그리 깊어 아직도 돌아오시지 않느냐는 뜻이옵니다. 지금은 많이 나아지셨어도 찬선 영감께서도 기억하실 것이옵니다. 처음 온양에서 돌아오신 원자마마께서 얼마나 힘들어하셨는지요. 소인의 소견으로는 아무리 요양 중이시라 하나 어린 원자마마의 안부조차 궁금해하지 않으시는 중전마마가 야속할 따름이옵니다."

"사정이 있으시겠지. 전하께서 어련히 원자마마의 소식을 온양에 계신 중전마마께 전하시지 않겠는가."

"허나 궁중은 예로부터 쓸데없는 말이 많은 곳이지요."

"무슨 말인가?"

"소문이 돌고 있사옵니다."

원근이 주변을 살폈다. 다들 눈 속에서 뛰어다니는 왕자에게 신경 쓰느라 상궁과 함께 있는 그의 주변에는 아무도 없었다.

"무슨… 소문인가?"

"중전마마께서 앓고 계신 병이 돌림병이라 하옵니다. 그 병이 위중하여… 중전마마께서 이미 승하하셨다는…."

"무슨 말인가!"

원근이 너무 큰 소리로 화를 내서인지, 멀리서 뛰어놀던 왕자도 이를 듣고 그를 쳐다보았다. 원근은 숨을 가다듬으며 고개를 돌렸고 왕자는 다시 눈 위를 뛰어다녔다. 그제야 원근이 낮은 목소리로 상궁에게 말했다.

"그 소문은 거짓이네. 거짓일 수밖에. 만약 사실이라면 이처럼 궐이 조용할 수 있겠는가?"

하지만 상궁도 할 말이 있다는 얼굴이었다.

"원자마마께서 아직 세자의 보위에 오르지 못하셨기에… 국구께서 원자마마께서 세자가 되실 때까지 이 사실을 숨기고 있다는 말도 돌고 있사옵니다."

"말도 안 되네. 말도 안 돼."

원근은 단언하면서도 한편으로는 불안한 마음을 숨길 수가 없었다.

"그러나저러나 동궁전 상궁인 자네가 이 소문을 들었을 정도라면….”

상궁이 작은 목소리로 읊조리듯 말했다.

“이미 대비전은 물론이고 전하께서도 들으셨을 소문이옵니다.”

원근이 안도의 한숨을 쉬었다.

“보게. 대비마마와 전하의 귀에도 들어갔을 소문인데도 두 웃전 모두 아무런 말씀도 없지 않은가.”

“아니지요. 이 소문의 진위를 추궁해 관련자를 처벌하셨어야 하옵니다.”

“괜한 거짓 소문 때문에 일을 크게 만들지 않으시려는 것이겠지.”

“소인도… 그런 것이기를 바랄 뿐이옵니다. 단지 어린 원자마마를 염려하여 찬선 영감께 말씀 올린 것이니 괜히 염려치 마시옵소서.”

“알았으니 자네부터 입단속을 하게나. 안 그래도 북쪽 봉기군이 진압되지 않아 전하의 염려가 깊으시네. 이런 소문으로 전하를 더욱 심려케 해서는 안 되지 않겠는가.”

“예에….”

상궁이 물러서자 원근도 동궁전을 나섰다. 하지만 마음이 내내 편치 않았다.

‘홍몽남의 소재를 파악해주세요. 평안도에 사람을 보내서

알아봐주시고요.'

'그를 다시 만날 생각이십니까?'

'아뇨. 그를 다시 만날 생각은 없어요. 그저 죽은 소희 때문이라도… 그가 여생을 행복하게 살면 좋겠어요.'

중전의 지시로 평안도로 사람을 보내 홍몽남에 대해 알아보게 했다. 그러나 홍몽남의 자취는 그 어디에서도 찾을 수가 없었다.

'그 평안도 촌뜨기 말일세. 홍, 몽, 남.'

유상영의 말이 마음에 걸렸다. 마음 같아서는 자신이 직접 평안도로 가서 몽남에 대해 알아보고 싶었다. 그러나 지금 평안도에는 봉기가 일어나 난리가 나 있었다.

더군다나 왕비의 부재. 그는 왕비가 온양에서 돌아올 때까지 착실하게 왕자를 가르치고 보살펴야 할 의무를 느끼고 있었다. 이런 상황에서 평안도로 직접 갈 수는 없었다.

"중전마마…. 언제 돌아오십니까."

함박눈 사이에서 원근의 한숨이 깊어졌다.

평안도의 봄은 5월에야 찾아온다. 그때까지는 살을 에는 추위가 매일같이 이어진다.

"감자를 심을 밭이었는데…."

정주성 성벽을 따라 길게 펼쳐진 밭을 장정들이 파헤치고 있었다. 사람을 묻을 구덩이를 파려는 것이었다. 하지만 단단하게 얼어버린 땅은 쉽게 그 자리를 허락하려 하지 않았다.

"사람이 매일 죽어 나가고 있어요."

이를 지켜보던 한 여인이 슬픈 목소리로 말한다.

4월. 먹을 것이 줄어들자 아사자가 속출했다. 노인들과 아이들이 많이 죽었다. 병사자도 늘었다. 아픈 사람들은 약을 구하지 못해 병이 낫지 않아 죽었다. 종종 성문을 열고 들어오려는 관군과 봉기군의 크고 작은 전투에서 부상을 입고도 치료받지 못해 죽는 부상자도 있었다. 사람이 죽는 것은 이제 일상이 되어갔다.

여기에 관군들은 수시로 연을 띄워 편지를 성안으로 날려 보냈다. 대부분 항복하면 목숨을 살려주고 적병을 죽이고 귀순하면 벼슬을 준다는 내용이었다.

실제 그런 일들도 벌어졌다. 몽남을 암살하려던 시도가 있었다. 다행히 이들은 사전에 발각되어 피살당했다. 이후로 몽남이 거주하는 정주성 관아의 경계가 더욱 삼엄해졌다.

"원수님께서 부르십니다."

제대로 된 장례식조차 치르지 못한 가족들의 통곡을 지켜보던 내게 병사가 다가와 말했다.

"알았어요. 곧 갈게요."

관이 아닌 거적에 둘둘 말아 땅속으로 들어가는 차가운 시신을 지켜본 후에야 나는 몽남이 있는 곳으로 가기 위해 돌아섰다

"소희."

"원수님."

생각보다 나를 부르는 몽남의 표정은 밝았다. 오히려 그것이 나를 안심시켰다. 그는 자신의 처소에서 커다란 지도가 펼쳐져 있는 책상 앞에 앉아 있었다.

나는 들어서면서부터 그 지도에 눈길을 주었다.

대부분 정주성을 둘러싸고 있는 관군들의 위치를 표시해놓은 지도였다.

"어디를 다녀왔소?"

"성벽에요. 사람이… 또 죽었더군요."

"아…."

그는 잠시 비통한 표정을 지으며 내게서 눈을 돌린다. 그러나 아주 잠깐이었다. 그는 곧 내 손을 잡아 의자에 앉혔다.

"무슨 일로 부르셨어요?"

"부탁할 것이 있어서요."

"제게요?"

"그렇소."

"말씀하세요."

"그대는 오늘 밤 정주성을 떠나야겠소."

"…."

그의 말에 난 놀란 표정을 지었다. 하지만 몽남은 되레 아주 태연스러운 얼굴로 말을 이어 나갔다.

"멀리는 아니오. 다복동 산채에 다녀와야겠소."

"다녀온다고요…."

잠시 떠나라는 말에 놀랐던 나는 다녀오라는 말에 가슴을 쓸어내렸다. 몽남은 그런 내 표정을 읽었는지 이렇게 물었다.

"어찌 그리 놀라시오?"

"성을 영영 떠나라고 하시는 줄 알았어요."

몽남이 피식 웃었다.

"나와 함께 정주성으로 가겠다고 한 것은 그대요. 내가 어찌 그대를 영영 떠나라 하겠소."

난 고개를 끄덕이며 응수했다.

"성의 상황이 많이 좋지 않지요. 이럴 때일수록 모두 함께 이겨내야 해요. 어렵지만 날이 따뜻해지면 분명 상황이 달라질 거예요. 전 그렇게 믿어요."

"그대의 심성이… 나를 웃게 하는구려."

몽남이 내 손을 잡아당겨 잡더니 부드럽게 쓸어내렸다. 나는 그런 그의 손을 지켜보다가 고개를 들어 그의 얼굴을 쳐다보았다.

매우 피곤한 표정. 지난번 암살 시도 이후로 그가 깊게 잠을 못 잔다는 말을 들었다.

“잠은 좀 주무셨나요?”

“지금은 낮이오. 잠은 밤에 자야겠지.”

“많이 안 바쁘시면 지금이라도 조금 주무세요. 제가 곁에 있어드릴게요.”

솔직한 심정이었는데 그는 가벼운 농담쯤으로 들었는지 웃고 말았다.

“원수님! 나와보시지요!”

그때 밖에서 병사의 목소리가 들렸다. 몽남은 날 잡았던 손을 놓고는 자리에서 일어섰다.

“해가 지면 동행인을 붙여줄 것이니 북쪽 성문으로 나가시오. 다복동 산채까지는 돌아가야 하는 길이나, 바로 산으로 이어져 관군이 없어 안전하오.”

“네, 알겠어요. 며칠 안으로 빨리 돌아오도록 할게요.”

“너무 무리하진 마시오.”

“아니에요. 그러면 조금이라도 빨리 정주성으로 돌아오도록 할게요.”

그가 나를 보며 또다시 웃었다. 꽤나 오랫동안 그의 미소를 보지 못했다. 그래서인지 오늘따라 나를 보며 웃는 그를 보니 안심이 되었다. 어쩌면 그는 나를 안심시키려 저리 웃는 모습을 보이는 것이 아닐까라는 생각을 했다.

"준비되셨습니까?"

해가 지자 몽남이 보낸 병사가 나를 찾아왔다.

"네."

간단한 짐을 꾸린 내가 밖으로 나왔다. 그러자 병사가 내게 말했다.

"짐이 많이 무거우시다면 저희가 들어드리겠습니다."

"아니에요. 가벼운 짐이에요."

그가 고개를 끄덕이더니 주변을 살피며 말한다.

"서두르시지요."

"알았어요. 그런데 원수님은요?"

"아마 관아에 계실 겁니다."

난 불이 환하게 밝혀진 관아가 있는 곳에 잠시 눈길을 주었다.

보통은 그가 잠들었어야 할 시간이다. 하지만 그는 요즘 깊게 잠들지 못했다. 심지어 그를 암살하려는 자들이 또다시 생길까 관아의 곳곳은 불을 환하게 밝혀놓아 대낮처럼 밝았다. 그는 이러한 불안한 상황을 내게 드러내지 않으려는 듯 내 거처를 관아에서 떨어진 사대부가 저택으로 옮기게 했다.

인사도 못 하고 떠나야 하는 건가…. 어차피 며칠 안으로 다시 돌아올 것이긴 하지만 말이다.

"서두르셔야 합니다."

병사가 재촉했다. 난 고개를 끄덕이며 그와 함께 북쪽 성문으로 향했다. 이미 그곳에는 연락을 받은 이들이 우리를 위해 성문을 열어주었다.

성문을 나서자마자 곧바로 끼이익, 하는 소리와 함께 성문이 닫혔다. 나도 모르게 걸음을 멈추고 뒤를 돌아보았다. 몽남과 함께 정주성에 입성한 뒤 처음으로 이곳을 떠나는 것이라 그런지 기분이 묘했다.

그런데 그 순간 성루에 병사들 사이로 한 남자의 그림자가 비쳤다.

횃불의 불빛이 미치지 않는 곳이라 얼굴이 자세히 보이진 않았지만, 옷차림만으로는 몽남과 비슷했다.

어둠 사이로 희미하게 보이는 그의 얼굴을 확인하려 눈살을 찌푸렸을 때였다. 동행하는 병사가 움직이지 않는 나를 채근했다.

"지체할 시간이 없습니다."

"아, 네에…."

잠시 병사를 돌아보았던 내가 다시 성루로 눈길을 돌렸을 때, 조금 전 보았던 사내는 온데간데없이 사라져 있었다.

한 치 앞도 보이지 않는 캄캄한 밤의 숲. 치맛자락이 몇 번이나 나무뿌리에 걸려 넘어질 정도로 아무것도 보이지 않았다. 마침 달도 뜨지 않은 밤이었다.

"쉿."

종종 산짐승의 울음소리가 들려올 때마다 병사는 걸음을 멈추고 칼집에 손을 댔다. 어쩌면 관군들이 이 숲까지 들어오지 않은 이유가 산짐승 때문이 아닌가 싶을 정도였다.

"이쪽입니다."

그는 길을 아주 잘 아는지 멈추지 않고 북쪽으로 나아갔다. 종종 숲 사이로 사람이 다니는 듯한 길이 보였다. 그런데도 그는 일부러 그 길을 이용하지 않고 길옆으로 난 숲길로만 계속 이동했다.

녹지 않은 눈에 가끔씩 발이 미끄러지기도 했다. 이런저런 이유로 아직 정주성 북쪽 성루가 손톱 크기만큼만 보이는 거리밖에 오지 못했다.

"해가 뜰 때쯤이면 곽산에 이를 겁니다."

그런데 무심코 던진 병사의 말이 내 발목을 잡았다.

"곽산이라고요? 곽산이면 다복동이 있는 가산이 아닌 북쪽이잖아요."

그런데 병사는 대답하지 않고 앞으로만 계속 걸었다. 난 그의 뒤를 쫓으며 반복해서 물었다.

"가산이 아니라 곽산이라고 하셨나요?"

안 그래도 남쪽으로 가야 하는데 계속 북쪽으로만 가는 것이 조금은 이상하다는 생각이 들던 차였다. 물론 몽남은 관군을 피하기 위해 돌아서 가야 한다고 말하긴 했다. 아무리 그래도 이건….

"관군 때문에 일부러 곽산으로 돌아가는 건가요?"

"…."

"말해주세요!"

"…."

"말 안 하면… 저 스스로 길을 찾겠어요."

조금 전에 사람들이 다니는 길도 본 터였다. 여차하면 그 길을 따라 남하하여 가산으로 갈 수 있을 것 같았다.

"안 됩니다."

돌아서려는 나의 길을 병사가 막아섰다. 하지만 나도 지지 않고 맞섰다.

"말해줘요. 우린 지금 어디로 가고 있는 거죠?"

시간이 지날수록 정주성의 상황이 불리해지자 몽남의 얼굴에서 미소를 찾아보기가 힘들어졌다. 그런데 오늘 그는 나에게 잠시 다복동 산채를 다녀오라면서 계속 미소를 지었다.

불안했어야 한다. 그가 안 하던 행동을 할 때는 불안해하고 그래서 눈치를 챘어야 한다.

"다복동으로 가는 게 맞나요?"

계속되는 나의 추궁에 병사가 솔직히 털어놓았다.

"우린 다복동으로 가지 않습니다. 이미 그곳의 산채는 발각되어 사람들이 모두 흩어진 지 오래라 가도 아무도 없을 겁니다."

"그럼 우린…."

"의주로 갑니다."

"의주요?"

난 놀라 눈을 크게 떴다. 다복동 산채가 사라졌다는 말도 충격인데 여기에 의주로 간다는 말은 더 큰 충격이었다.

"예. 이 길로 쭉 가다 보면 의주로 가는 큰길을 만날 겁니다. 우린 거기서 바로…."

"의주는 다복동보다 더 멀잖아요! 그럼 정주성에는 언제 돌아가죠?"

"마님. 우린 정주성으로 돌아가지 않을 겁니다."

"무슨…"

"성에 계셨으니 그곳 상황이 어떤지는 더 잘 아실 것 아닙니까? 정주성은 더는 버틸 수 없습니다. 최후의 항전만 남았을 뿐입니다."

나도 안다. 하지만 난 그곳에서도 희망을 버리지 않았어. 몽남이라면… 분명 몽남이라면 무슨 뾰족한 수를 낼 것이라 믿어 의심치 않았으니까.

"거짓말 말아요."

코끝이 따끔거리며 눈물이 날 것만 같았다. 하지만 추위가 눈물을 뽑아낼 만한 온도를 내 얼굴에서 모두 가져가버려 이마저도 쉽지 않았다.

"아직도 모르시겠습니까? 원수님께서는 마님을 살리고자 저와 함께 의주로 보내신 것입니다. 일단 의주로 가시면 마님을 도와드릴 사람들이…."

"안 가요. 아니… 못 가요. 나 혼자는 절대 못 간다고요."

재차 못 간다는 말을 하고 나서야 내 눈에서 뜨거운 눈물이 흘렀다.

"마님!"

"내가 묻은 사람들이 몇인데…."

정주성에서 많은 아이들이 죽었다. 추위와 굶주림에 아파서 약도 구하지 못해 죽은 아이들이 부지기수였다. 난 그 아이들의 마지막을 지켜보면서 약속했다. 반드시 이 어려움이 언젠가는 끝날 것이라고… 죽어가는 아이들에게 내가 준 것은 희망이었다.

마지막 희망. 난 그 희망을 주는 사람이었다.

"죽고 싶으십니까?"

죽고 싶진 않다. 나도 죽음이 두렵다.

하지만 다들 죽을 걸 알게 되었는데도 나 혼자만 살겠다고 도망칠 순 없었다.

"의주는 혼자 가요. 난 정주성으로 돌아가겠어요."

"마님!"

난 돌아서서 정주성이 있는 방향으로 걷기 시작했다.

"정주성으로 돌아가면 죽습니다!"

병사가 위협하듯 말했지만 바뀐 내 의지를 꺾진 못했다.

밤새 켜두었던 초가 다 녹아 꺼져버리고 말았다. 때가 알맞았다. 어느새 어슴푸레한 새벽의 푸른빛이 창가 옆에 앉아 있던 몽남을 비추기 시작했으니.

'혹시… 제게 아이가 있었나요?'

'있었소…. 우리의 아이가.'

거짓말이다. 아이는 없었다.

'혼인한 그대가 다시 찾아왔다던 그 동굴을 기억하시오? 우리는 그곳에서 둘만의 혼례를 올렸소. 첫날밤도 치렀지.'

혼례도 없었다. 그는 소희에게 해줄 수 있는 것이 아무것도 없었다. 그가 할 수 있는 일은 붉은 초를 밝히는 것뿐이었다. 언젠가는 치를 혼례를 기대하며 두 연인은 그렇게 첫날밤을 동굴에서 보냈다.

처음부터 세자빈을 뽑기 위한 삼간택은 형식적이었다. 이미 선왕은 마음속에 세자 이공의 반려로 소희를 점찍어둔 상태였다. 조정 신료들 모두가 알았고 왕실 어른들 모두가 알고 있었던 사실이다.

그러나 선왕이 갑작스레 승하했다.

그러자 상황이 달라졌다.

선왕의 죽음과 함께 어린 세자가 즉위하자 대왕대비가 수렴청정을 시작했다. 대왕대비의 가문에서는 소희는 세자빈으로 간택된 것이니 중전 간택을 위한 삼간택을 다시 열어야 한다고 했다.

그러자 안동 김씨 집안에서는 모두 소희가 자결하기를 바라는 암묵적인 분위기가 생겼다. 그들은 소희가 왕비가 되지 못할 시, 그녀를 죽음으로 내몰고 이를 핑계 삼아 조정에서 영향력을 행사하려고 했다.

소희는 당장 자신의 목숨을 끊을 용기가 없었다. 그 대신

빛도 들어오지 않는 방구석에 틀어박혀 곡기를 끊었다. 그런 그녀의 마음을 울린 목소리. 바로 홍몽남이었다.

"펄펄 나는 저 꾀꼬리는

암수가 서로 노니는데

외로울 사 이 내 몸은

뉘와 함께 돌아갈꼬."

그것이 모든 이야기의 시작이었다. 그리고….

'국혼이 결정되었답니다….'

소희가 흐느끼며 몽남에게 말했던 그날, 몽남의 가슴은 함께 무너져 내렸다. 아무런 힘이 없어 실력이 있는데도 관직에 오를 수 없었던 몽남이 소희를 지켜줄 수 있는 방법은 아무것도 없었다.

그들은 동굴 안에서 서로를 부여잡고 함께 흐느꼈다. 그날 밤, 소희는 잠든 몽남의 옆에서 은장도를 꺼내 들었다. 그리고 그 장도로 자신의 왼쪽 가슴을 힘껏 찔렀다.

"으으…."

피를 흘리며 괴로워하는 소희의 소리에 깬 몽남은 그녀를 끌어안았다.

"소희!"

"도련님."

"어찌, 어찌 이런 무모한 짓을!"

소희는 몽남의 품에서 흐느끼며 말했다.

"죽는 것이 두려웠습니다. 하지만 도련님께 마음을 드린 후 죽음이 더는 두렵지 않습니다. 소녀가 두려운 것은 도련님을 두고 다른 이와 부부의 연을 맺는 것입니다."

"소희…."

몽남이 소희의 가슴에서 흐르는 피를 지혈하려 누르자 소희가 고개를 저었다.

"제발 저를 죽게 내버려두세요. 더는 살아서 무엇 하겠습니까. 간신히 오늘을 넘기더라도 소녀는 언젠가는 반드시 목숨을 끊을 것입니다. 그러니…."

"죽어서는 안 되오. 절대."

"도련님…!"

몽남이 이를 악문 채 그녀의 얼굴을 자신의 가슴으로 끌어안았다.

"그대가 죽는다면 내가 살 수 있을 것 같소? 생사를 함께합시다. 그대가 초라하고 아무것도 가지지 못한 내게 모든 것을 내어주며 한 말이 그것이지 않소. 우린 살더라도 함께 살고 죽더라도 함께 죽을 것이오."

"흐으윽…. 도련님…."

죽는 것이 두려워 스스로 목숨을 끊지 못했던 소녀였다. 그녀가 스스로 목숨을 끊겠다고 은장도를 가슴에 꽂았을 때, 몽남은 자신을 향한 소희의 마음이 얼마나 깊은지 보았다. 그런 그녀를 홀로 죽음으로 내몰 수 없었다.

"우린… 끝까지 함께합시다…. 끝까지…."

성문을 나설 때 보았던 성루 위의 사내. 그는 분명 홍몽남이었다! 몽남이 분명해!

"다… 알고 보낸 거였어…."

마지막이었다. 그는 마지막으로 나를 보기 위해 성루 위에 있었던 것이다. 나는 그것도 모르고 웃는 그를 믿고 떠나려고 했으니….

미움과 원망이 먼저 들었다. 물론 그가 나를 살리겠다며 보낸다는 말을 했더라도 난 가지 않았을 것이다. 그러니 그가 나를 속인 것은 당연했다. 이를 알면서도 그가 미웠다. 너무나도 미웠다. 단 한마디 상의도 없이 나를 살리려고 한 그가 원망스럽기 그지없었다.

"누구냐!"

성문 앞에 도착한 나는 맨손으로 성문을 두드리면서 소리쳤다.

"어서 성문을 열어요! 어서요!"

"마님이시다! 어서 문을 열어라!"

나를 알아본 병사들이 서둘러 성문을 열었다.

"원수님은요? 원수님은 어디에 계시죠?"

"조금 전까지 성루에 계시다가 관아로 돌아가셨습니다."

역시 그였다. 성루 위에 있었던 그 사내는 몽남이었어. 나는 지체 없이 관아가 있는 곳으로 달려갔다.

어렴풋이 샛별이 보이기 시작하는 시각. 날이 밝아오려 하고 있었다. 내게는 너무나도 짧았던 이 밤. 나를 살리려 한 몽남을 향한 미움과 원망으로 되돌아온 길은 너무나도 짧게만 느껴졌다.

"마님?"

갑자기 관아 앞에 나타난 나를 본 병사들이 서둘러 길을 열었다. 나는 익숙한 걸음으로 관아의 관청을 지나 처소로 사용되는 방의 문을 열고 안으로 들어갔다.

"원수님!"

분노에 찬 목소리로 그를 불렀을 때였다. 새벽의 어슴푸레한 푸른빛이 새어드는 창가 앞에 그가 앉아 있었다. 밤새, 잠을 이루지 못했는지 이불조차 깔지 않은 채 앉아 있는 자세 그대로였다. 밤새 불을 밝히다가 다 닳아서 초가 꺼져버린 촛대 하나만 그의 앞을 지키고 있었다.

"소희?"

떠난 내가 다시 나타난 것을 본 그의 눈이 커졌다. 나는 잠시 그를 쳐다보며 가만히 서 있었다.

다시 그를 보면 할 말이 아주아주 많았다. 아니, 많다고 생각했다. 그러나 그의 얼굴을 보자 난 그 할 말들을 모두 잃어버렸다.

어제, 나를 보며 미소를 짓던 그의 얼굴은 모두 사라졌다. 그가 끝까지 내게 감추려던 진짜 표정과 마주했기 때문이다. 세상의 모든 슬픔과 근심을 홀로 짊어진 채 싸우는 장수의 모습. 그의 곁에는 지금 아무도 남아 있지 않았다. 그리고 조금 전까지만 하더라도 그가 사랑하는 정인 역시 그의 곁에 없었다. 그가 떠나보냈기 때문에….

"왜 저를 버리려고 하셨어요. 저를 당신만 믿고 이곳에 왔는데…."

참았던 눈물이 다시 터졌다. 정말 내겐 홍몽남, 그뿐이었다.

"왜 저를 버리고 죽으려 하셨느냐고요…!"

그러자 그가 애써 태연한 척 억지웃음을 지었다.

"죽는다니, 그것이 무슨 말이오?"

모른 척 연기를 하더라도 이미 모든 것은 늦었다.

"원수님은 거짓말쟁이에요! 제가 당신의 아내라면서, 당신의 아이까지 품었던 여인이라면서!"

난 그에게 달려갔다.

그리고 앉아 있는 그의 멱살을 붙잡았다.

"제가 당신의 아내라는 말은 다 거짓이죠!"

"소희…."

난 흐느끼며 말했다.

"그럼 함께 죽어야지요. 제게 원수님 없는 세상이 얼마나 두려운지 아세요? 전 모든 것을 잃었어요. 모든 것을 버렸다고요! 이제 제 전부는… 당신이란 말이에요."

이 고백을 하기까지 아주 오랜 시간이 걸린 것 같았다.

그가 할 말을 잃은 채 나를 가만히 바라보았다.

"그러니 혼자 죽을 생각하지 마세요. 과거에도 그랬듯 이번에도 난 당신과 함께 죽겠어요."

"그럴 순 없소…."

겨우 터진 그의 입에서 목멘 소리가 나왔다. 그런 그의 목소리가 내 가슴을 더욱 아프게 만들었다.

"어째서요?"

그 순간 그의 눈에서 한 줄기 눈물이 흘러내렸다.

"그대는 이미 날 위해 목숨을 버렸소. 그런 그대가 또다시 나로 인해 죽는 것은 볼 수 없다오. 차라리 내가 죽을지언정… 난 그대를 죽음으로 내몰 수 없소."

자신을 먼저 돌보고 자신이 먼저 살아야 한다는 생각을 하기도 전에, 당연한 듯 자신의 죽음을 준비하고 사랑하는 나를 살리려고 했던 이 사내. 이 사내를 바라보는 내 눈에서는 쉴 새 없이 뜨거운 눈물이 흘렀다.

나는 그의 얼굴을 감싸 쥐고는 천천히 입을 맞췄다. 서툴지만 부드럽게… 굳게 닫힌 메마른 땅을 조금씩 녹여내는 것처럼 나의 입맞춤에는 촉촉한 단비 같은 정성이 묻어났다.

마침내 그의 입술이 열렸을 때 나의 가빠오는 숨과 그의 숨이 얽혔다. 난 잠시 고개를 들어 그의 눈동자를 정면에서 바라보며 고백했다.

"사랑해요…. 당신을 사랑한다고요…."

그의 눈물이 내 눈물이다. 나를 위한 그의 눈물은 모두 내 것이다.

"그러니 저를 버리지 마세요. 끝까지 함께해요. 네?"

원망은 간절함이 뒤섞인 애원의 눈물이 되어 흘렀다. 그 어떤 사내라도 이러한 눈물을 매몰차게 거절하지 못할 것이다. 그가 밤새 산길을 달려오느라 흐트러져 엉망이 된 내 머릿결을 쓰다듬으며 고개를 끄덕인다.

"그리하리다. 정주성으로 함께 올 때 내 그리한다고 약조하지 않았소?"

재차 거듭된 그의 약조에 난 다시 그의 입술에 내 입술을 맞췄다. 그러나 이번에는 앞선 입맞춤과는 달랐다.

그와 입술을 떨어뜨리지 않은 상태로 내 두 손이 그의 가슴을 더듬었다. 단단히 매인 그의 옷고름을 풀고 그 안에 겹겹이 입은 옷들의 끈도 풀어내 빠르게 옷을 벗겨냈다. 그의 상체가 드러나자 난 바로 그를 밀어 넘어뜨리고는 그의 몸 위로 올라탔다.

"소희…."

신음이 섞여 들어간 그의 목소리에 내 몸을 둘러싼 모든 옷의 끈들이 나를 갑갑하게 죄어오는 것처럼 느껴졌다. 난 내 허리를 양손으로 붙잡으며 나를 올려다보는 그를 향해 말했다.

"벗겨주세요. 제가 그랬듯이."

날이 밝아오고 있었다. 그런데도 이런 낯부끄러운 말을 서슴없이 하는 나는 도대체 지금까지 어디에 숨어 있었을까.

내 명령에 새벽빛을 받은 그의 손이 내 저고리 끈을 풀어내렸다.

창덕궁의 새벽.

"김 찬선?"

대비전에 아침 문후를 가던 왕이 동궁전으로 향하던 원근과 마주쳤다.

"전하."

원근의 인사를 받으며 왕이 말했다.

"원자 때문에 수고가 많군."

"황공하옵니다."

왕은 그대로 원근을 지나쳐 대비전으로 가려 했다. 그때 무언가 생각난 듯 원근이 급히 왕을 불렀다.

"전하."

왕이 걸음을 멈추고 원근을 돌아보았다.

"평안도에서 일어난 난이 곧 진압될 것이라는 말을 들었사옵니다."

그러자 왕이 고개를 끄덕였다.

"자네도 어제 순무사에게 성안의 식량이 떨어져 아사자가 속출한다는 보고를 들은 모양이군."

"그렇사옵니다."

"그런데?"

"이번 난이 진압되면 소신이 평안도를 다녀올 수 있게 윤허하여주시옵소서."

"어째서인가?"

원근이 잠시 망설이다 아뢰었다.

"오래전 중전마마께서 신께 하명하신 일이 있사옵니다."

중전의 이야기에 왕이 입을 다물었다. 언젠가부터 중전의 이야기는 왕의 앞에서 금기 아닌 금기가 되어가고 있었다.

잠시 후 왕이 굳은 표정으로 답했다.

"그리하라."

왕은 더는 말하고 싶지 않다는 듯 자리를 떠나려 했다. 그러나 이번에도 원근이 용기 내어 왕에게 아뢰었다.

"전하. 송구하오나 요양을 이유로 온양에서 환궁하지 않으시는 중전마마와 관련된 소문이 궐에 파다한 것으로 아옵니다. 이를 아시는지요?"

"…들었다."

원근은 주변에 왕의 지밀나인들이 있는 것을 알고도 용기 내어 물었다.

"정녕 중전마마께서는 요양 중이신 것이 맞사옵니까?"

왕이 잠시 고심하더니 말했다.

"지난날 과인이 자네와 독대하며 한 말을 기억하느냐?"

'과인은 지나간 과거의 일로 지금의 중전을 잃을 순 없기 때문이다.'

원근이 기억한다는 듯 고개를 끄덕였다.

그러자 왕이 말했다.

"김 찬선. 앞으로 어떠한 일이 일어나더라도 그래서 과인이 어떠한 결정을 내리더라도… 과인의 아내는 오직 중전뿐이라네."

옷고름을 푸는 그의 손이 너무나도 느리게만 느껴져 애가 탔다. 내 마음만 그런 걸까.

그는 느리게, 그리고 아주 천천히 풀어 헤친 저고리를 벗겨내었다. 곧이어 좁고 매끈한 어깨가 드러났다. 그러자 그는 크게 숨을 들이쉬는가 싶더니, 이어 둔덕의 절반을 가린 치마의 끈을 한 손으로 가볍게 잡아당겨 풀었다.

내겐 이 모든 것이 느리기만 했다.

"저를 부끄럽게 하시는군요."

애달픈 마음을 감춘 채 꺼낸 말은 하나였다.

부끄럽다는 것.

얇은 창호지 너머로 투과되는 빛이 너무나도 밝았다. 어느새 새벽이 물러가고 아침이 찾아올 시간. 그도 이런 내 마음을 알았는지 그제야 치마가 다 흘러내리기도 전에 나를 돌려 바닥에 눕혔다.

"하아…."

그런 다음부터는 느리기만 했던 그의 동작 뒤에 숨겨진 숨이 터져 나왔다.

내가 긴장해 내쉬는 옅은 숨보다도 더욱 거친 숨. 이러한 숨을 어디에 숨겨놓았는지 의문이 들었을 때였다.

그가 숨을 고르며 나를 가만히 내려다보았다. 미주(美酒)를 마시기 전 천천히 감상하고 또 음미하려는 듯이…. 그리고 그 끝에서 그의 부드러운 손길을 닮은 입맞춤이 시작되었다.

"음…."

짧은 신음이 그대로 파묻혀버렸다. 이미 열려 있던 입술 사이로 그가 부드럽게 들어오고 나가기를 반복한다. 그렇게 더욱 깊게 내 안으로 파고들었다. 나는 눈을 감은 채 몸 곳곳에서 막 피어나기 시작한 감각에 온 신경을 곤두세웠다.

"소희…."

신음이 섞인 목소리로 나를 부른다. 그간 내 입술에서만 머물던 그의 입술이 목선을 타고 쇄골을 지나 점점 아래로 내려간다. 그러자 내 손끝부터 발끝까지 오소소 소름이 돋았다.

동시에 그의 한 손이 아직 가슴을 덮고 있던 풀어진 치맛자락을 단번에 벗겨냈다. 그제야 완전히 드러난 둔덕 위로 그의 입술이 닿은 그때였다.

그가 멈칫했다. 잠시 숨 고르기에 들어간 것이라 여겼지만, 시간의 공백이 길어졌다.

"워… 원수님?"

감았던 눈을 뜨며 난 그를 불렀다.

그는 상체를 치켜들고 내 가슴을 가만히 내려다보고 있었다. 긴장과 흥분으로 점철되어 있어야 할 그의 시선은 큰 충격을 담고 있었다.

난 무언가 이상하다는 생각이 들었다.

"원수님?"

내가 그를 재차 불렀다. 그런데도 그는 내 목소리를 전혀 듣지 못한 얼굴이었다.

"왜… 읏…!"

갑자기 그가 손가락으로 내 왼쪽 가슴을 아프게 눌렀다. 마치 내 몸에 묻어 있는 무언가를 찾는 듯 누르고 밀며 살펴보던 그가 고개를 들었다.

"그대… 그대는…!"

흔들리던 그의 눈동자가 내게 무언가를 요구하듯 바라보던 그 순간!

콰콰쾅! 하늘이 무너지는 듯한 우레와 같은 소리가 성안을 울렸다. 건물도 진동했다. 마치 지진이 일어난 것만 같았다.

콰쾅! 쾅! 바로 뒤이어 또 한 번 큰 소리가 울려 퍼졌다. 이번에는 지진 같은 느낌은 적었다. 그러나 무언가 잘못되었다는 것을 느끼는 데는 그리 오래 걸리지 않았다.

"원수님!"

와아아아!

"나와보십시오!"

밖에서 다급히 그를 찾는 우군칙의 목소리가 들려왔다. 그는 잠시 멍한 얼굴로 나를 내려다보다가 대답했다.

"무슨 일이냐?"

"북장대 왼편 성벽이 무너졌습니다! 관군이…! 관군이 성 안으로 몰려들어오고 있습니다!"

상황이 다급하다는 것을 알아차린 나는 벗겨진 치마를 끌어당겨 몸을 덮었다. 그사이 몽남이 자리에서 일어서더니 빠르게 옷을 갖춰 입었다. 난 그를 도와주어야 할 것 같아 치마만 대충 둘러 묶고는 방 한쪽에 놓여 있던 그의 장검을 들고 다가갔다.

"여기요."

그런데 그가 나와 눈을 마주치려 하지 않았다.

"원수님?"

그가 말없이 내 손에서 검을 받아 들더니 그대로 밖으로 뛰쳐나갔다.

홀로 남겨진 나는 치마 위로 드러난 왼쪽 가슴을 쳐다보았다. 잡티 하나 없이 희고 매끈한 살결이 눈에 띄었다.

무엇이 문제였을까…. 그는 무엇을 보고 그리 크게 놀란 표정을 지었을까?

답답한 마음에 긴 한숨을 내쉬었을 때였다.

"동문이 공격받고 있다!"

관아 곳곳에서 병사들이 소리치는 소리가 들려왔다. 조금 전에는 북장대 성벽이 무너졌다고 하더니, 이번에는 동문에 공격이 가해지는 모양이었다. 나는 더는 관아에만 머물 수가 없었다. 벗겨진 옷들을 다시 챙겨 입은 나는 몽남의 처소를 나왔다. 관아 안에서는 병사들이 무기를 나르며 이리저리 뛰어다니고 있었다. 어디선가 심하게 타는 냄새가 느껴져 관아의 누각 위로 올라갔다. 그러자 북장루 쪽에서 검은 연기가 쉴 새 없이 피어오르는 것이 보였다. 화재가 난 것인지 아니면 다른 이유 때문인지는 모르지만 타는 듯한 냄새는 바로 저곳에서 시작된 것 같았다. 여기가 끝이 아니었다.

탕! 탕!

북장루 쪽에서 검은 호의를 입은 관군들이 우르르 몰려들어오는 것도 보였다. 총소리가 연달아 들리고 화살이 비 오듯 북장루 주변으로 떨어졌다. 사람들이 비명을 지르고 아우성치는 소리도 들려왔다.

그는 저곳으로 갔을 거야. 그때 분주히 관아 밖으로 무기를 나르고 있던 우군칙이 누각 위에 있는 나를 발견했다.

"여기 계시면 안 됩니다! 당장 피하셔야 합니다!"

"원수님은요?"

난 그에게 몽남의 안부를 물었다.

"북장루로 가셨습니다!"

"성벽이 무너졌다고 들었는데 그곳 상황은 어떻죠?"

정주성으로 들어온 이후 크고 작은 전투들이 벌어졌다. 승리하진 못했어도 크게 패배하진 않았다. 패배하더라도 철옹성이나 다름없는 정주성으로 피신하면 그만이었기 때문이다. 그러나 성벽이 무너졌다면….

"피신하십시오."

상황을 묻는 내게 우군칙의 비장한 목소리가 들렸다. 이 같은 목소리와 눈빛을 어제도 보았다. 바로 나를 의주로 안내하려던 병사의 눈빛. 그리고… 목소리에서. 우군칙의 목소리에서 이미 승패는 드러났다.

"그럼… 원수님은…."

몽남을 찾으며 나는 누각 위에 털썩 주저앉았다. 다리에 힘이 들어가지 않았다. 지금 정주성에서 북장루의 상황이 제일 위급한데 몽남은 그곳으로 달려갔다. 이제 그의 생사가 불투명해진 상황이었다.

"원수님은 어떻게 되는 거예요?"

내가 울먹거리자 우군칙이 빠르게 누각 위로 올라왔다. 그는 주저앉은 내 앞에 고개를 숙이며 말했다.

"무슨 일이 있어도 원수님은 반드시 살릴 것입니다. 그러니 어서 피신하십시오."

"저 혼자는 못 가요. 못 간다고요…."

탕! 또 한 발의 총성이 들려왔다.

물론 총성은 북장루 옆 성벽이 무너진 이후로 계속 들려오고 있었다. 그러나 이번에 들린 총성은 달랐다. 관아에서 가장 가까운 곳에서 들려왔기 때문이다.

우군칙도 더는 내 곁에 머물 수가 없다고 느꼈는지 나를 두고 누각 아래로 내려갔다.

"흑… 흐흑…."

빠르게 불어오는 바람에 탄내가 자욱이 깔렸다. 이제 정주성 곳곳이 불길에 휩싸이고 있었다.

와아아아! 관군의 함성이 관아로 가까워지고 있었다.

"흐흑…. 원수님…."

몽남이 하는 일이 위험하다는 것은 알고 있었다. 그래도 그와 함께하겠다고, 끝까지 함께하겠다고 결심했다. 그러나 그 끝이 내 예상과는 다르게 너무나도 순식간에 다가오고 말았다. 이날, 관군은 정주성 북장루 아래에 땅굴을 파고 그곳에 화약을 묻어 폭파했다.

그 충격으로 성벽이 일부 무너져 내리자 관군들이 그곳으로 쏟아져 들어온 것이다.

봉기군이 정주성으로 들어와 버티기에 들어간 지 석 달째 접어들던 때였다.

3권에서 계속

국립중앙도서관 출판시도서목록(CIP)

왕과 왕비님의 신혼일기. 2 / 지은이: 유오디아. --
고양 : 위즈덤하우스미디어그룹, 2018
p. ; cm

ISBN 978-89-97414-77-2 04810 : ₩12000
ISBN 978-89-97414-75-8 (세트) 04810

한국 현대 소설[韓國現代小說]

813.7-KDC6
895.735-DDC23 CIP2017035214

왕과 왕비님의 신혼일기 2

초판 1쇄 인쇄 2018년 1월 3일 **초판 1쇄 발행** 2018년 1월 10일

지은이 유오디아
펴낸이 연준혁

웹소설사업분사 이사 정은선
책임편집 양은경

펴낸곳 (주)위즈덤하우스미디어그룹
출판등록 2000년 5월 23일 제13-1071호
주소 경기도 고양시 일산동구 정발산로 43-20 센트럴프라자 6층
전화 031-936-4000 **팩스** 031)903-3893
홈페이지 www.wisdomhouse.co.kr

값 12,000원
ISBN 978-89-97414-75-8 04810 왕과 왕비님의 신혼일기(세트)
978-89-97414-77-2 04810 왕과 왕비님의 신혼일기 2